CW01477031

※ | SAUERLÄNDER

Marcin Szczygielski, geboren 1972 in Warschau, ist ein preisgekrönter Journalist und Autor und schreibt seit 2009 auch sehr erfolgreich Bücher für Kinder.

›Flügel aus Papier‹ wurde ausgezeichnet mit dem Astrid-Lindgren-Manuskriptpreis, von der polnischen IBBY-Sektion ausgewählt als Buch des Jahres und von der Internationalen Jugendbibliothek aufgenommen in den White Ravens Katalog.

Weitere Informationen zum Kinder- und Jugendbuchprogramm der S. Fischer Verlage, auch zu E-Book-Ausgaben, gibt es bei *www.blubberfisch.de* und *www.fischerverlage.de*

Marcin Szczygielski

Flügel aus Papier

Aus dem Polnischen
von Thomas Weiler

※ | SAUERLÄNDER

DIE ÜBERSETZUNG WURDE VOM POLNISCHEN BUCHINSTITUT GEFÖRDERT

Erschienen bei FISCHER SAUERLÄNDER

Die polnische Originalausgabe erschien 2013 unter dem Titel
›Arka czasu‹ bei Wydawnictwo Piotra Marciszuka Stentor, Warschau

© Copyright by Wydawnictwo Piotra Marciszuka STENTOR
Copyright by Marcin Szczygielski
Warschau 2013

Für die deutschsprachige Ausgabe:
© S. Fischer Verlag GmbH, Frankfurt am Main 2015
Umschlaggestaltung: init Kommunikationsdesign, Bad Oeynhausen,
unter Verwendung einer Illustration von Marcin Szczygielski
Satz: Fotosatz Amann, Memmingen
Druck und Bindung: CPI books GmbH, Leck
Printed in Germany
ISBN 978-3-7373-5212-3

»Mit dieser Maschine«, sagte der Zeitreisende
und hielt die Lampe hoch, »gedenke ich
die Zeit zu erforschen.«

H. G. Wells, *Die Zeitmaschine*

Teil 1

DIE ZEITMASCHINE

I

Zur Bibliothek kommt man so: Zuerst muss man durch unseren Hof, dann über die Straße und durch den nächsten Hof dahinter. Da sind der Kosmetiksalon und das Labor von Adam Duchowiczny, in dem er Cremes und andere Schönheitsmittel herstellt. Es riecht da immer sehr stark, aber man weiß vorher nie, ob es diesmal gut riecht oder stinkt, das reinste Lotteriespiel, sagt Großvater. Heute hat es gut gerochen, obwohl es auch ein bisschen gekribbelt hat in der Nase. Gleich neben dem Labor hat der Schneider seine Nähstube. Er zankt sich immer mit Herrn Duchowiczny wegen der Gerüche, weil er meint, dass er davon Kopfweh bekommt. Vielleicht hat er sogar recht, da kann man wirklich zu viel bekommen, wenn man den ganzen Tag so viel Verschiedenes einatmet. Wenn man durch diesen Hof durch ist, kommt wieder eine Straße, und auf der muss man nach links gehen, dann auf die andere Seite und in die Twarda, die so einen Bogen macht. Dort kommt man an einem Feinkostgeschäft und an dem Lebensmittelladen der Szurmans vorbei, gleich daneben ist ein Buchankauf und die Buchhandlung von Herrn Mirski. Wenn man an der Wäscherei angekommen ist, muss man wieder auf die andere Straßenseite, zum Gemüsestand und dann die Ciepła-Straße hinunter. In der Ciepła gibt es nichts Besonderes außer der Seifensiederei Kaminer mit dem schiefen roten Schild. Man geht sie einfach bis zur Kreuzung und dann wieder nach links. Dann geht es vorbei an dem Geschäft mit den geschwungenen Möbeln. Zu beiden Seiten des Schaufensters sind auf die Mauer Stühle gemalt und in großen Buchstaben »Kasiczak«, so heißt nämlich der Ladeninhaber. Wenn man an der nächsten Kreuzung ankommt, da, wo das große Loch im Gehweg ist, muss man wieder auf die andere Seite, nach rechts und dann einfach geradeaus. Am besten schaut man sich gar nicht groß um. Es gibt hier keine Geschäfte, nur Werkstätten und jede Menge Leute, die Arbeit suchen, und die sind nicht besonders nett, reden auf jeden ein und können einem sogar etwas aus der Hand reißen. Immer wenn ich dort vorbeikomme, habe ich ein Buch aus der Bibliothek unterm Arm, deshalb versuche ich meistens, dieses Stück zu rennen. Weil ich so schnell rennen kann, bin ich ruck, zuck an der Brücke. Vor der Brücke laufe ich wieder langsamer, weil es hier spannende Sachen zu sehen gibt. Viele kleine Läden, ein Kleiderbasar, und manchmal verkaufen sie hier sogar Blumen. Ich springe die hölzernen Stufen hinauf, überquere schnell die Brücke, weil man da nicht anhalten darf und immer ein furchtbares Gedränge ist. Die Brücke ist erst ein paar Tage alt, und die Bohlen duften noch nach Harz. Ich versuche, außen am Geländer zu gehen, und schaue nach unten, vor allem, wenn gerade eine Straßenbahn kommt. Unten auf der Straße sind Menschen unterwegs, aber andere und meistens nicht besonders viele. Dann geht man drüben die Brücke wieder runter und biegt in die Żelazna ein, ganz in der Nähe. Man kommt an der Konditorei von Herrn Jagoda vorbei, da riecht es auch, aber immer gut. Dann gibt es noch das Caféstübchen Albatros und den Pappschachtelladen von Frau Głowacka. Frau Głowacka hat viele Röcke übereinander an und einen Wollmantel, sogar im Sommer – sie sagt, ihr sei immer kalt. Meist sitzt sie auf einem Stuhl vor dem Tor und hält Ausschau nach bekannten Gesichtern, sie plaudert nämlich furchtbar gern. Großvater sagt, dass Frau Głowacka viel lieber plaudert, als Pappschachteln zu falten, und da ist etwas dran.

An der Ecke, bei der Konditorei Sommer, muss man abbiegen. Am besten rennt man noch mal, weil da wieder nur Werkstätten und kleine Fabriken kommen, der Lebensmittelhersteller Avilo zum Beispiel oder die Marmeladenhandlung Karmen. Wenn man an der nächsten Kreuzung ankommt, ist man schon fast am Ziel. Man biegt nach rechts ab, kommt an der Glaswarenfabrik der Brüder Starosznajder vorbei, in dem großen Haus auf der gegenüberliegenden Straßenseite sind Schneidereien und Brown & Rowiński – wenn man die Straße überquert, kann man durch die hohen Fenster in die Werkstatt schauen, wo Frauen an speziellen Maschinen Pullover und Schals herstellen. Dann kommt nur noch der Juwelier und schon ist man da: Leszno-Straße 67. Jetzt noch schnell im Innenhof die Treppe hinauf, und da ist sie, die Bibliothek. Sie ist mein Lieblingsort im ganzen Bezirk.

In der Bibliothek sind immer viele Leute, aber sie haben überhaupt keine Eile. Und es ist still hier – niemand schreit, niemand streitet, nichts dergleichen. Ich freue mich ganz besonders, wenn Basia die Bücher ausgibt, aber in letzter Zeit sehe ich sie leider immer seltener. Meistens sitzt irgendein Fräulein hinter dem Schreibtisch, jedes Mal ein anderes. Basia kennt mich und empfiehlt mir immer nur die richtig spannenden Bücher. Die anderen Fräuleins haben keine Ahnung von Büchern, jedenfalls nicht von denen, die mich interessieren. Sie schauen mich an, lächeln und glauben, sie müssten (ja, sie müssten!) mir unbedingt ein schmales Bändchen mit vielen Bildern geben, nur weil ich so klein bin, und wenn ich dann protestiere, schlagen sie mir allenfalls noch *Doktor Dolittle* vor. Ich habe nichts gegen *Doktor Dolittle*, der hat mir gut gefallen. Damals, vor einem Jahr oder mehr, da war ich noch nicht mal sieben. Gerade habe ich *Die Kinder des Kapitän Grant* von Jules Verne gelesen, das ist richtig dick und überhaupt kein Kinderbuch, auch wenn es sich so anhört.

Basia ist heute nicht da. Hinter dem Schreibtisch sitzt ein Fräulein mit blonden Haaren und einer grünen Bluse. Sie lächelt mich an und sagt:

»Möchtest du ein Büchlein, Kleiner?«

Ich sehe sie mit ernster Miene an. Ein Büchlein! Kleiner!

»Ich bin überhaupt nicht klein«, entgegne ich mit tiefer Stimme, ziehe das Jules-Verne-Buch unter meinem Pullover hervor, lege es auf den Tisch und ergänze mit Nachdruck: »Ich gebe ein BUCH zurück.«

Das Fräulein legt den Kopf schief und mustert mich mit einem amüsierten Funkeln in den Augen, wird aber gleich wieder ernst.

»Wie heißt du denn?«

»Rafał Grzywiński.«

Sie nimmt das Heft, in dem alle Ausleiher verzeichnet sind und sucht nach meinem Namen. Daneben steht eine lange Liste von Büchern, die ich schon gelesen habe, dabei komme ich erst seit ein paar Monaten hierher, seit Großvater mich angemeldet hat. Jeden Monat gibt er mir fünf Złoty, so viel kostet hier das Lesen. Und für diese fünf Złoty kann man lesen, so viel man nur will! Ich finde, das ist ziemlich günstig.

Das Fräulein findet meine Seite und vermerkt, dass ich das Buch zurückgegeben habe.

»Hast du es selber gelesen?«, fragt sie.

Ich nicke. Klar habe ich es selber gelesen. In gerade mal fünf Tagen!

»Mannomann!«, staunt das Fräulein, und ich lächle zum ersten Mal zurück.

»Aha, du kannnst es also«, stellt sie fest.

»Was kann ich? Lesen?«, frage ich.

»Nein. Lächeln.«

»Das kann doch jeder«, sage ich achselzuckend.

Sie sieht für einen kurzen Moment fast traurig aus, als sie antwortet: »Leider nicht ... Was würdest du gern als Nächstes lesen?«

»Was Gutes.«

»Jules Verne?«

»Zum Beispiel. Ich mag solche Bücher.«

»Was Phantastisches. Warte mal.«

Sie steht auf und geht in einen anderen Raum, wo die Bücherregale stehen. Ich würde zu gerne mitgehen und selbst stöbern, aber das dürfen die Leser nicht – die Bücher bringen immer die Bibliothekarinnen. Aber Basia hat mich schon ein paarmal reingelassen, sie weiß ja, dass ich mit Büchern umzugehen weiß und nie eins stehlen würde. Aber so ist es nun einmal, sage ich mir seufzend. Bestimmt bringt sie mir irgendeinen Quatsch, und ich muss entweder herumdiskutieren oder morgen wiederkommen.

Sie kommt zurück und legt ein Buch auf den Tisch. Es ist nicht nur klein, sondern auch noch schmal.

»Das wird dir gefallen«, sagt sie.

Ich greife nach dem Bändchen und betrachte mit skeptischer Miene den Einband. *Die Zeitmaschine*, H.G. Wells. Vorne drauf ist ein graues Monster gemalt. Es steht auf dünnen X-Beinen und zeigt seine scharfen Klauen. Augen und Ohren sind übergroß, das Maul nicht so. Die Zähne sind zu sehen. Neben dem Monster steht in einem roten Kreis »95 Groschen«.

»Bisschen dünn«, sage ich.

»Aber spannend.«

»Und was ist das für ein Monster?«

»Ein Morlock.«

»Was ist ein Morlock?«, frage ich.

»Lies es dir durch, dann erfährst du es schon«, erwidert sie mit einem herausfordernden Lächeln.

»Weiß ich doch ...« Ich blättere kurz durch das Buch, um zu überprüfen, ob es nicht auch noch dumme Bildchen gibt. »Und worum geht es?«

»Um Zeitreisen«, antwortet sie geheimnisvoll.

Das klingt spannend. Ich würde gerne durch die Zeit reisen können, obwohl ich nicht genau sagen kann, ob lieber in die Zukunft oder die Vergangenheit – das habe ich mir schon einmal überlegt. Auf jeden Fall wäre es sicher nicht schlecht, das zu können.

»Mit einer Maschine?«, hake ich nach.

»Ja.«

»Haben Sie es gelesen?«

»Wieso denn Sie?«, lacht sie. »Ich heiße Janka. Ich habe es gelesen und kann es besten Gewissens empfehlen.«

»Na gut«, seufze ich. »Meinetwegen.«

Janka lacht fröhlich und trägt auf meiner Seite *Die Zeitmaschine* ein.

»Am Freitag bin ich wieder in der Bibliothek«, sagt sie

noch. »Komm vorbei. Dann bekommst du den *Professor Urgestein*, der ist auch sehr gut.«

Ich nicke, verstaue das Buch unter meinem Pullover und renne aus der Bibliothek. Es ist schon kurz vor vier, Großvater kommt bald zurück. Ich flitze über die Holzbrücke über der Chłodna-Straße und dann weiter zu unserer Wohnung in der Sienna. Menschenmassen schieben sich über die Gehwege, Rikschafahrer vertreiben schreiend Fußgänger von der Fahrbahn und werden selbst vom Läuten der Pferdebahn verjagt, die in der Straßenmitte rattert. Zigaretten- und Zeitungsjungen rufen nach Kundschaft, Bonbonverkäuferinnen preisen lauthals ihre Ware an, Bettler bitten um Geld oder Essen. Der übliche Lärm und Trubel im Bezirk eben. Ich schlüpfe zwischen den Menschen hindurch, laufe Slalom und versuche, niemanden anzurempeln. Inzwischen bin ich darin ganz gut, außerdem ist einem beim Rennen wohler. Für Anfang Februar ist es zwar schon ziemlich warm, es liegt nicht mal Schnee, aber ich friere trotzdem. Nach einer Viertelstunde bin ich wieder in unserem Hof. Ich steige die Treppe hoch, klopfe an die Wohnungstür und warte, bis Frau Brylant mir öffnet. Großvater gibt mir keinen Schlüssel, weil er Angst hat, ich könnte ihn verlieren. Aber ich brauche auch gar keinen, Frau Brylant ist ja immer da. Ich höre sie durch die Diele schlurfen, dann schnappt der Riegel zurück, und schon bin ich zu Hause.

2

Früher haben alle Zimmer und die Küche in unserer Wohnung Großvater gehört. Wenn ich mir das heute vorstelle, kommt es mir vollkommen verrückt vor, es gibt nämlich drei Zimmer – was will denn ein einziger Mensch mit so viel Platz? Aber so war es, und ich kann mich sogar noch daran erinnern, ganz schwach. Jetzt wohnt Frau Brylant mit ihrem Mann, den beiden Söhnen und der Schwägerin im größten Zimmer. Die Brylants sind sehr alt (aber nicht so alt wie mein Großvater), und ihre Söhne sind schon erwachsen. Alle gehen arbeiten außer Frau Brylant, die hat es mit den Beinen. Aber manchmal verdient sie als Wahrsagerin etwas dazu. Sie legt Karten oder wirft Kartoffelschalen in eine Schüssel und erzählt dann verschiedenen Herrschaften, was sie darin sieht. Natürlich ist alles frei erfunden. Manchmal lausche ich nämlich (obwohl ich weiß, dass sich das nicht gehört) an der Zimmertür, wenn Frau Brylant so eine Sitzung hält. Das kann ziemlich lustig sein. Einmal musste ich so lachen, dass sie mich gehört hat.

»Ich sehe ..., ich sehe ...«, sagte Frau Brylant. »Ich sehe einen großgewachsenen Mann an Ihrer Seite. Haben Sie einen Bruder?«

»Nein«, antwortete die Frau, die sich wahrsagen lassen wollte.

»Es ist nicht der Bruder«, stellte Frau Brylant fest. »Und haben Sie einen Vater?«

»Mein Vater lebt in Lemberg«, erklärte die Frau.

»Nein, es ist nicht Ihr Vater, das sehe ich ganz deutlich. Gibt es überhaupt einen Mann an Ihrer Seite?«

»An meiner Seite? Neben mir lebt nur mein Nachbar, und der hat mir gesagt ...«

»Ja, genau!«, rief Frau Brylant. »Es ist der Nachbar!«

»Aber mein Nachbar ist nicht besonders groß. Kleiner als ich.«

»Nicht besonders groß, genau wie ich gesagt habe. Er hegt gewisse Gefühle für Sie. Er will Sie heiraten.«

»Aber mein Nachbar ist schon fünfundsiebzig!«

»Ach ja, natürlich. Jetzt sehe ich wohl, dass er älter ist. Leben Sie allein?«

»Mit meiner Mutter.«

»Na freilich! Er will Ihre Mutter heiraten.«

»Aber er ist doch schon verheiratet!«, rief die Frau.

»Habe ich etwa gesagt, er wäre ein anständiger Mensch? Nehmen Sie sich in Acht vor ihm. Er ist böse. Er hat Schlimmes mit Ihnen vor.«

»Aber das ist ein liebenswürdiger alter Herr«, protestierte die Frau. »Er hat mir auch Ihre Adresse gegeben und gesagt, ich solle mir von Ihnen wahrsagen lassen. Er hat gesagt, Sie wären verwandt, er heißt auch Brylant. Wir wohnen in der Zamenhof-Straße. Wissen Sie, wen ich meine?«

»Gewiss, gewiss ...«, antwortete Frau Brylant matt. »Das ist mein Onkel, aber ich ... Also ... Ich wollte etwas anderes sagen ... Oh, hier! Hier sehe ich, dass Ihnen großes Glück bevorsteht! Schon sehr bald!«

Da konnte ich nicht mehr an mich halten und lachte, dass mir die Tränen über die Wangen kullerten, und da hat sie mich erwischt. Aber später, als die Frau gegangen war, musste Frau Brylant selber darüber lachen.

Im zweiten Zimmer wohnt Herr Boc mit seinen beiden Schwestern, deren Kindern und noch einem Vetter. Die vier Kinder sind unterschiedlich alt, ein bisschen jünger und ein bisschen älter als ich. Wir spielen aber nicht miteinander, weil sie eine fremde Sprache sprechen, die ich nicht verstehe, und deshalb machen sie sich über mich lustig, weil angeblich alle im Bezirk diese Sprache kennen, nur ich nicht. Dabei stimmt das gar nicht, viele Leute sprechen nur Polnisch, das weiß ich von Basia. Herr Boc, seine Schwestern, die Kinder und der Vetter sind übrigens den ganzen Tag nicht zu Hause. Sie kommen erst kurz vor sieben und bleiben dann bis zum Morgen in ihrem Zimmer, deshalb sehe ich sie nur selten, obwohl wir Wand an Wand wohnen.

In der Küche wohnt Aniela, sie ist Lehrerin. Aniela ist fast so alt wie Großvater, und sie bringt mir manchmal interessante Dinge bei, Geographie oder Physik, aber nur, wenn sie nicht traurig ist. Aniela hat eine schwermütige Ader, sagt Großvater. Meistens sitzt sie am Küchenfenster, schaut in den Himmel und seufzt oder weint. Ich habe sie einmal gefragt, warum sie ständig traurig ist. Sie hat erzählt, sie hätte Sehnsucht nach ihrer Familie, die nach Übersee gefahren wäre, aber sie hätte es nicht mehr geschafft. Das fand ich komisch, das ist doch kein Grund, traurig zu sein. Meine Eltern sind auch weit weggefahren, bis nach Afrika, und das ist schon so lange her, dass ich mich fast nicht mehr an sie erinnern kann. Sicher, ich wäre gern bei ihnen, aber ich bin es nicht, weil es nicht geklappt hat. In diesem Afrika geht es ihnen aber bestimmt viel besser, als wenn sie hiergeblieben wären, im Bezirk. Das ist also kein Grund zur Traurigkeit, sondern zur Freude! Manchmal, wenn es mir sehr schlechtgeht, denke ich an Mama und Papa, dass sie jetzt im fernen Afrika in Sicherheit sind, und gleich habe ich bessere Laune. Das habe ich auch Aniela erzählt, aber sie meinte, ich wäre noch klein und könnte das nicht verstehen, und dann hat sie noch mehr geweint. Ich bin noch klein, das stimmt. Aber ich verstehe schon sehr viel, und deshalb war ich damals ein bisschen böse auf sie.

Großvater und ich wohnen im kleinsten Zimmer, dessen Fenster zur Sienna hinausgehen. Wir haben einen Balkon, auf dem Kästen stehen, und darin wachsen im Frühjahr, im Sommer und im Herbst Zwiebeln und Radieschen – ich gieße sie und kümmere mich gut um sie.

Bei schönem Wetter sitze ich oft auf dem Balkon, auf meinem kleinen Stuhl (sogar im Winter, wenn es nicht zu kalt ist) und lese die Bücher aus der Bibliothek oder schaue, was sich auf der Straße tut.

Auf der Sienna ist es ruhiger als auf anderen Straßen im Bezirk, aber trotzdem ist immer etwas zu sehen. Von unserem Balkon kann ich die Kreuzung Sienna-Sosnowa einsehen. Im Eckhaus ist das Café Hirschfeld, das größte Luxuscafé im ganzen Bezirk, und alles ist da sehr teuer, sogar gewöhnlicher Malzkaffee. Viele vornehme Herrschaften kommen hier auf Rikschas vorgefahren, besonders am Nachmittag. Großvater hat vor einigen Monaten im Café gearbeitet und mir erzählt, wie es dort ist. Ein paarmal konnte er mir sogar ein Stück Kuchen mitbringen. Das waren die leckersten Kuchen, die ich je gegessen habe.

Direkt neben dem Café ist der Tabakkiosk von Herrn Brylant. Wenn Frau Brylant ihm etwas Wichtiges mitzuteilen hat, kommt sie manchmal zu uns auf den Balkon und ruft nach ihrem Mann. Sie hat es mit den Beinen, aber nicht mit dem Hals. Frau Brylant kann brüllen, dass man es noch auf der Pańska hört, zwei Straßen weiter.

Vom Balkon aus ist auch das Lebensmittelgeschäft zu sehen, in dem wir immer einkaufen. Und die Schneiderwerkstatt von Herrn Mordka mit der wunderhübschen, ganz besonderen Schaufensterpuppe. Sie ist so besonders, weil sie grün schimmert, ihre Haut ist grünlich, die Augen sind smaragdgrün, die dunkelgrünen Haare sind mit Silberfarbe angesprüht. Nur ihre Lippen sind rot wie bei einem lebendigen Menschen. Herr Mordka kleidet diese Puppe zweimal im Monat neu ein, er schneidert für sie die schönsten Kleider, und die ganze Straße darf sie dann bewundern. Bei Herrn Mordka kaufen die reichsten und elegantesten Damen, die auch ins Café Hirschfeld gehen, seine Kleider sind nämlich sehr kostbar.

Neben der Schneiderwerkstatt, schräg gegenüber von uns, gibt es noch ein zerstörtes Haus. Von ihm ist fast nichts mehr übrig, nur noch ein riesiger Trümmerhaufen, da hat eine Bombe eingeschlagen, ich kann mich noch daran erinnern. Und das war es auch schon so ziemlich, weil die Häuser dahinter von unserem Balkon aus kaum zu sehen sind.

Ich gehe nur sehr selten vor die Tür, weil Großvater mich nicht lässt. Er sagt, er hätte meinen Eltern geschworen, gut auf mich aufzupassen, und er wolle nicht, dass ich durch den Bezirk springe, das könnte nämlich gefährlich für mich sein. Als im Herbst die ersten Schulen im Bezirk aufgemacht wurden (vorher hatte es zwei Jahre lang keine gegeben, wegen des Krieges), dachte ich, ich würde auch in eine gehen. Es wurden zwar nur Kinder zwischen acht und zehn Jahren aufgenommen, und ich war noch nicht acht, trotzdem bin ich sicher, sie hätten für mich eine Ausnahme gemacht, wenn ich freundlich darum gebeten hätte. Aber Großvater hatte gesagt, es könne keine Rede davon sein, dass ich zur Schule gehe, erstens wäre ich zu klein und zweitens würde ich mir da sofort die Läuse oder etwas anderes einfangen. Ich war furchtbar wütend auf ihn und habe sogar ein bisschen geweint vor Wut, aber nachher habe ich mich dafür geschämt, weil ich ja weiß, dass Großvater nur das Beste für mich will. Ich brauche auch gar nicht zur Schule zu gehen, weil Großvater mir selber alles beibringt. Polnisch und Geschichte, und die anderen Sachen auch. Er hat mir auch das Lesen beigebracht. Ich lerne sehr schnell, nur das Musizieren leider nicht. Großvater hat versucht, mir Geigenunterricht zu geben, das hat mir auch ganz gut gefallen. Er hat mir gezeigt, wie ich Geige und Bogen halten soll und welche Saiten ich wie drücken muss. So habe ich einen ganzen Nachmittag lang gespielt, und Großvater hat auf seinem Stuhl gesessen, zugeschaut und zugehört. Als ich fertig war – ich fand, dass ich es ganz gut hinbekommen hatte, ich hatte mir große Mühe gegeben und war mit dem Ergebnis höchst zufrieden –, sagte er, ich gehörte zu den Menschen, deren Musizieren ein wahrer Genuss sei, aber leider nur für sie selbst. Ich habe das nicht ganz verstanden, wusste aber, dass ich kein Geiger werden würde. Das fand ich auch nicht weiter schlimm, dann blieb mir mehr Zeit für die Bücher. Zum Glück ließ sich Großvater auf mein inständiges und hartnäckiges Betteln hin schließlich davon überzeugen, meine Ausflüge zur Bibliothek zu genehmigen. Bis es so weit war, hatte er allerdings lange gegrübelt. Dann stellte er mich auf die Probe – ich ging allein, aber er mir nach, wenn auch mit größerem Abstand. Er wollte überprüfen, ob ich den Weg fand und mir auch nichts zustieß. Endlich sagte er mir, ich könnte zur Bibliothek gehen, aber ich habe ihn danach noch zweimal erwischt, wie er mir nachgeschlichen ist, und war furchtbar wütend auf ihn.

Ach ja, manchmal gehe ich auch noch in dem kleinen Laden in der Sienna einkaufen, aber wirklich nur selten, nur wenn Großvater unmöglich selbst gehen kann und es gerade etwas Gutes gibt. Für die Lebensmittel dort braucht man spezielle Marken, es gibt auch nicht besonders viel zu kaufen. Meistens erledigt das Großvater selbst oder die Schwester von Herrn Brylant, der wir dafür ein bisschen Geld geben.

Großvater ist Geiger und war vor dem Krieg eine richtige Berühmtheit – viele Leute kannten ihn, und er war häufig in der Zeitung, weil er in der Philharmonie spielte. Die Philharmonie ist so ein Ort, wo viele Musiker gleichzeitig auf einer Art Bühne spielen, und im Saal sitzen jede Menge elegant gekleideter Herren und Damen und hören ihnen zu. So eine Philharmonie gibt es jetzt nicht mehr, aber im Bezirk finden noch ab und zu Konzerte mit klassischer Musik statt. Allerdings nicht so oft, dass man davon leben könnte, deshalb zieht Großvater tagsüber mit seiner Geige durch die Hinterhöfe des Bezirks, und die Leute werfen ihm Geld oder Brot aus ihren Fenstern. Nachmittags spielt Großvater dann in Cafés oder Restaurants, damit die Gäste es beim Essen und Trinken netter haben. Manchmal spielt er auch bei Feiern oder im Theater, aber das kommt selten vor. Außerdem gibt er noch ab und zu verschiedenen Kindern und Erwachsenen Geigenunterricht. Er bekommt fünf Złoty für eine Unterrichtsstunde – für eine einzige Stunde so viel, wie die Bibliothek für einen ganzen Monat kostet! Deshalb finde ich, dass Lesen günstig ist.

Früher bin ich mit Großvater zusammen durch die Höfe gezogen. Er hat gespielt, ich bin herumgelaufen und habe Geld und Essen in eine Mütze oder ein Jutesäckchen gesammelt. Das hat mir eigentlich Spaß gemacht, obwohl ich mich immer richtig beeilen musste. Aber dann hat ein SS-Mann Großvater auf der Straße angehalten, und dieser Soldat hat ihn geschlagen.

Nicht schlimm, nur so ein bisschen, aber ich habe einen Riesenschreck bekommen und laut geweint, weil ich noch klein war. Da hat Großvater gesagt, dass ich nicht mehr mitkommen würde. Also sitze ich in der Wohnung und mache mir manchmal Sorgen, dass ihm etwas zustößt, aber es hilft ja nichts, wir brauchen nun einmal Geld, und Großvater kann es nur mit seiner Geige verdienen. Dass ich zu Hause sitze, bedeutet aber nicht, dass ich untätig bin, ich habe viele wichtige Aufgaben zu erledigen! Zum Beispiel putze ich unser Zimmer, und manchmal, wenn es etwas zu kochen gibt, bereite ich in der Küche unser Essen zu. Aniela hilft mir dabei, wenn sie nicht gerade zu traurig dazu ist.

Außerdem lese ich natürlich und mache mir viele Gedanken. Über Erfindungen oder über das Einmal. Das Einmal meint das, was war, und das, was noch kommen wird. Ich mache mir also Gedanken darüber, was ich einmal tun werde, dass ich Erfinder werde und die verrücktesten Dinge erfinde. Essbares Gras zum Beispiel oder ein Medikament gegen das Alter. Oder Klappflügel – ich würde gerne Klappflügel erfinden, die man immer in der Tasche hat und sich umschnallt, wenn man nicht mehr laufen will. Ich glaube, den Menschen würde meine Erfindung ganz gut gefallen, mir würde sie das auf jeden Fall. Manchmal erzähle ich Großvater von meinen Ideen, und er hat mich noch kein einziges Mal ausgelacht, obwohl manche wirklich verrückt sind. Großvater sagt, Wissenschaftler und Erfinder sind Menschen, die Wahrscheinlichkeit in Wirklichkeit verwandeln können, und meine Ideen sind, wenn auch verrückt, so doch wahrscheinlich, sie können also Wirklichkeit werden, wenn nur einer herausfindet, wie es geht. Wenn meine Ideen aber wahrscheinlich sind, heißt das, dass ich denke wie ein Wissenschaftler und dass ich für Großvater bestimmt einmal ein großer Erfinder werde.

Das zweite Einmal, über das ich mir Gedanken mache, betrifft das, was war. Es gab einmal keinen Krieg und auch keinen Bezirk. Man konnte einmal aus der Stadt hinausfahren aufs Land, in den Wald, an den Fluss oder sogar ans Meer. Meine Eltern waren einmal bei mir, und wir wohnten zusammen in Saska Kępa. Angeblich, ich kann mich nämlich kaum noch daran erinnern, nur noch an einzelne Bilder, und selbst da bin ich mir unsicher, ob ich die nicht nur geträumt habe. Meine Eltern sind nach Afrika ausgewandert, als ich drei war, da bin ich zu Großvater gezogen. Es sollte eigentlich ein Jahr dauern, höchstens zwei Jahre, bis Mama und Papa sich in Afrika ein Haus gebaut und sich eingerichtet haben, dann wollten sie uns Geld schicken, dass wir nachkommen. Leider haben sie das nicht mehr geschafft, weil der Krieg kam. Anfangs haben sie uns noch oft geschrieben. Dann wurden die Briefe weniger, und seit es den Bezirk gibt, haben sie ganz aufgehört. Nicht, weil meine Eltern aufgehört hätten zu schreiben – ich bin sicher, sie schicken uns immer noch Briefe, aber die kommen nicht mehr an, weil der Bezirk abgeriegelt wurde.

Es soll einmal gar nicht so wichtig gewesen sein, wo jemand herkam, sondern es zählte nur, was er für ein Mensch war. Jeder wohnte, wo es ihm gefiel, ganz egal, wie er hieß, woran er glaubte oder welche Farbe seine Haut, seine Haare oder seine Augen hatten. Wieso kann ich mich nicht mehr daran erinnern? Mit fünf oder sechs Jahren kann man doch schon sprechen und prägt sich vieles ein!

Ich erinnere mich an den Beginn des Krieges und die Bomben – ich hatte überhaupt keine Angst vor ihnen. Großvater nahm mich mit in den Keller, aber er sagte, das wäre ein Spiel, und er lachte, also lachte ich auch. Wenn in der Nähe eine Bombe einschlug, alles erzitterte und es von der Kellerdecke rieselte, sagte Großvater, die Riesen spielten Ball und es sei wahrhaftig ein Kreuz mit ihnen. Ich glaubte tatsächlich an diese Riesen und hätte sie zu gerne gesehen. Leider konnten wir nicht rausgehen und schauen, aber im Keller war es auch ganz interessant, deshalb habe ich nicht gemeckert. Dann tauchten die deutschen Soldaten auf, und es kamen immer mehr Menschen, die aus den Vororten von Warschau vertrieben worden waren. Ich habe nicht einmal mitbekommen, wann (und dass überhaupt) der Bezirk eingerichtet wurde und dass wir in ihm eingesperrt wurden.

Mir kommt es so vor, als habe ich schon immer hier gelebt. Als wäre der Bezirk schon immer da, als gebe es schon immer zu wenig zu essen und zu viele Menschen. Als wäre schon immer Krieg und als dürfe man unter keinen Umständen vergessen, sich zu fürchten, selbst wenn man gar keine Angst hat. Das macht mich manchmal furchtbar müde. Ich glaube, ich hätte es viel leichter, wenn ich mich an meine Eltern, an den Fluss, den Wald und an unser schönes Saska Kępa erinnern könnte. Deshalb könnte ich auch so eine Zeitmaschine gut gebrauchen. Zuerst würde ich mit ihr in das Einmal von früher reisen und nachsehen, wie es war, als wir in Saska Kępa gelebt haben. Dann würde ich in das zukünftige Einmal reisen und sehen, welche Erfindungen ich gemacht haben werde und wann der Krieg zu Ende gegangen sein wird. Es sagen ja alle, der Krieg werde einmal zu Ende gehen, und wenn das alle sagen, dann ist das sicher so, auch wenn man es kaum glauben mag. Vielleicht ist in dem Buch aus der Bibliothek ja eine Bauanleitung für die Zeitmaschine. Gleich nach dem Essen, wenn Großvater mit seiner Geige ins Café geht, fange ich an zu lesen. Aber jetzt muss ich erst einmal Essen kochen, es ist schon längst nach vier!

Aniela hat heute einen guten Tag, sie hilft mir mit den Kartoffelpuffern. Die zerfließen zwar ein bisschen, weil wir nur ein Ei haben, aber dafür sehen sie gut aus und riechen noch besser. Ich habe sie gerade fertig, als Großvater kommt. Behutsam legt er den Geigenkasten auf dem Schränkchen neben der Liege ab – die Geige ist das Wertvollste, was wir haben. Sie ist schon sehr alt, und einmal wollte wohl ein Mann sie kaufen, der dafür so viel Geld bezahlt hätte, dass es für ein neues Auto gereicht hätte! Zum Glück hat Großvater sie nicht verkauft, wovon würden wir sonst heute leben? Man darf jetzt keine Autos mehr haben, jedenfalls nicht im Bezirk. Großvater wäscht sich die Hände und setzt sich dann zu Tisch.

»Himmlisch«, sagt er nach den ersten Bissen. »Was hast du heute gemacht?«

»Ich war in der Bibliothek«, erkläre ich.

Die Puffer sind wirklich ganz anständig geworden, Aniela hat mir ein bisschen Salz abgegeben. Den ersten habe ich schon aufgegessen und lade mir gleich den zweiten auf den Teller.

»Schon wieder in der Bibliothek«, brummelt Großvater. »Warst du auch vorsichtig auf dem Weg?«

»Das bin ich doch immer«, sage ich achselzuckend.

»Du hattest doch eben erst so einen Riesenwälzer aus-
geliehen ... War Basia da?«

»Nein, irgendein neues Fräulein. Janka heißt sie. Sie hat
mir ein schönes Buch gegeben.«

»Was für eins?«

»Die Zeitmaschine.«

Stirnrunzelnd angelt Großvater nach seinem zweiten
Puffer.

»Das ist doch eher etwas für Erwachsene.«

»Überhaupt nicht«, protestiere ich sofort. Ich habe
einmal hineingeschaut und alles verstanden. Und wenn
schwierige Wörter vorkommen, schlage ich im Wörter-
buch nach oder frage Aniela.«

»Ich meinte etwas anderes.«

Ein letzter Puffer ist noch übrig.

»Nimm ihn dir«, sagt Großvater.

»Ich bin schon satt«, antworte ich.

»Bist du nicht«, seufzt Großvater. »Nun nimm ihn
schon.«

»Aber wenn ich doch nicht will. Iss du ihn, Großvater.«

Die Kartoffeln reichten für fünf Puffer. Ich habe zwei
gegessen, die anderen drei waren für Großvater. Erstens
ist er viel größer als ich, also muss er mehr essen, das ist
logisch. Und zweitens arbeitet er und ich nicht. Wenn ich

ständig nur zu Hause sitze, brauch ich nicht so viel zu essen – obwohl mein Magen das leider etwas anders sieht. Aber sei's drum. Außerdem kriege ich vielleicht von Frau Brylant etwas zum Abendessen, das passiert ab und zu.

»Ich esse im Café noch etwas«, erklärt Großvater.

»Aber vielleicht auch nicht.«

»Gut, dann machen wir es so.« Großvater schneidet den Puffer in der Mitte durch, die eine Hälfte legt er auf meinen Teller, die andere auf seinen. »Einverstanden, der Herr? Ein sauberer Kompromiss.«

Ich lächle ihn an und verspeise dann meine Hälfte des letzten Puffers. Sie schmeckt noch besser als der erste.

3

Nach dem Essen besorge ich den Abwasch, Großvater steigt wieder in seinen Mantel und geht früher als gewöhnlich los. Im Café muss er erst um sechs aufspielen, aber er will sich vorher noch ein Zimmer in der Mariańska anschauen, das wohl zu vermieten ist. Wir müssen aus der Sienna wegziehen, die Straße wird bald nicht mehr zum Bezirk gehören. Also brauchen wir eine neue Wohnung, und das ist sehr schwierig. Das einzig Gute an der Sache ist, dass wir nur wenige Sachen haben, dann ist der Umzug wenigstens nicht so schwer. Herr Duchowiczny, der mit dem Chemielabor in der Śliska, hat versprochen, uns einen Handwagen zu leihen, damit wir unsere Koffer, die Kissen und ein paar Möbel transportieren können.

Eifrig rubble ich die Teller mit dem Geschirrtuch ab und stelle sie in das Schränkchen neben der Liege, dann nehme ich das Buch zur Hand und setze mich in die Decke eingewickelt an den Tisch. Draußen ist es fast schon dunkel. Ich muss meistens bei Kerzenlicht lesen, aber heute gibt es sogar Strom, und die Lampe geht an. Sorgsam ziehe ich die Vorhänge vor dem Fenster zu. Dann schlage ich das Buch auf und beginne zu lesen. Der Anfang ist mühsam, aber das kenne ich schon. Wenn man erst einmal alle Figuren kennt, die in einem Buch vorkommen, geht es gleich besser – natürlich nur bei guten Büchern. Manchmal bin ich schon nach einer Seite in der Geschichte drin, manchmal auch erst nach zehn oder fünfzehn. In diese hier kommt man nicht so leicht hinein, weil erst ein Zimmer ausführlich beschrieben und dann viel geredet wird, viele verschiedene Figuren, und man weiß nicht genau, wer gerade spricht. Großvater kommt kurz vor acht nach Hause. Im Bezirk gilt die Polizeistunde, und niemand darf nach neunzehn Uhr noch auf der Straße sein, aber manche Cafés und Restaurants haben für das Personal Sondergenehmigungen organisiert, damit es ein bisschen länger arbeiten kann. Großvater hat jetzt auch so einen Schein. Als er kommt, bin ich schon auf Seite 47, am Anfang des Kapitels »Menschheit im Niedergang«. Ich kann mich nicht losreißen und spüre schon, dass meine Wangen glühen. Das ist das spannendste Buch, das ich in meinem ganzen Leben gelesen habe!

»Du hast doch kein Fieber?«, fragt Großvater besorgt und legt mir die Hand auf die Stirn, aber ich kann nicht einmal antworten, so sehr nimmt mich die Lektüre gefangen.

Als ich mich endlich schlafen lege und das Licht im Zimmer ausgeht, starre ich mit aufgerissenen Augen in die Dunkelheit. Ich weiß, dass ich nicht so bald einschlafen werde. Der Zeitreisende, die Hauptfigur der Geschichte, hat eine Maschine konstruiert, mit der man durch die Zeit reisen kann. Leider ist sie nicht so genau beschrieben, ich habe auch nicht ganz verstanden, wie sie funktioniert, aber das macht nichts, weil nicht die Maschine das Wichtigste ist. Der Zeitreisende ist in der Zukunft gelandet! Und diese Zukunft musste unvorstellbar weit entfernt sein – die Handlung spielt im Jahr achthundertzweitausendsiebenhundertundeins. Die Welt hat sich stark verändert, die Menschheit ist gespalten in Morlocken und Eloi. Die Eloi leben in strahlendem Sonnenschein in riesigen schönen Gärten und in verfallenen Palästen. Die Morlocken leben unter der Erde in Höhlen und Gängen. Die Eloi sind schön, die Morlocken abstoßend hässlich. Aber dann stellt sich heraus, dass die Morlocken die eigentlichen Herrscher sind. Sie züchten sich die sorglosen, hübschen Eloi. Und sie machen mit ihnen, was sie wollen. Sie fressen sie sogar!

Die Geschichte ist ungeheuer fesselnd und entsetzlich, aber das ist nicht einmal das Aufregendste. Das Aufregendste ist, dass mir beim Lesen bewusst wurde, dass mir diese ferne Zukunftswelt seltsam vertraut ist. Dass wir alle hier im Bezirk (und nicht nur im Bezirk, sondern im ganzen besetzten Polen, vielleicht sogar in ganz Europa) wie diese Eloi sind, und die deutschen Soldaten und SS-Männer sind die Morlocken! Äußerlich unterscheiden wir uns nicht voneinander, wir sehen ja alle gleich aus – da gibt es nicht die Unterschiede wie zwischen den Eloi und

Morlocken im Buch. Aber die Welt in der *Zeitmaschine* ist ja auch eine Welt in Hunderttausenden von Jahren. Bevor sie so wurde, wie sie dort beschrieben wird, muss sie ganz anders ausgesehen haben. Schließlich haben sich auch Morlocken und Eloi anfangs nicht unterschieden. Jedenfalls nicht sichtbar. Vielleicht erleben wir also gerade den Beginn des Eloi- und Morlockenzeitalters? Ich weiß, dass das nur ein Buch ist, nur eine Geschichte, die sich ein Herr in England ausgedacht hat. Aber selbst dann noch steckt eine Menge Wahres darin. Kann man also gar nichts mehr tun, damit die Welt einmal anders aussieht? Oh, wenn ich so eine Maschine hätte ... Es würde schon genügen, ein paar Jahre oder Jahrzehnte zurückzureisen und alle vor dem zu warnen, was kommt. Dann würden aus uns keine Eloi, und wir würden auch nicht zulassen, dass jene zu Morlocken werden. Es würde genügen, ihnen ... uns einfach diesen Hinweis zu geben, und alles würde anders aussehen! Nicht wahr? Die Warnung würde genügen ...

Ich schließe die Augen. Vor mir breitet sich eine grenzenlose sanfte Hügellandschaft voller Obstbäume und Blumen aus. An den Hängen ragen weiße Paläste auf, immer noch schön anzusehen, wenn auch von der Zeit gezeichnet. An einem Flusslauf sehe ich eine Gruppe Eloi in bunten Tuniken, ich laufe auf sie zu und will sie warnen. Obwohl ich laut rufe, beachten sie mich nicht. Lächelnd wenden sie mir den Rücken zu und verschwinden im Schatten der Bäume, deren Zweige sich unter der Last fremdartiger, riesiger Früchte biegen.

»Lauft weg!«, rufe ich. »Flieht nach Afrika! In Afrika ist es sicherer!«

Sie hören mich nicht. Um meine Knie wogt sanft das dichte, bläuliche Gras. Der Fluss strömt mit einem schnellen Rauschen zwischen glatten Kieseln dahin. Ich bin hier allein.

*

Am nächsten Tag lese ich das Buch zu Ende. Großvater sagt, das Zimmer in der Mariańska war nichts, aber im Restaurant hat ihm jemand erzählt, dass in einem Haus in der Chłodna-Straße noch Platz ist. Das finde ich gut, von der Chłodna ist es nämlich längst nicht so weit bis zur Bibliothek wie von der Mariańska. Großvater geht also das neue Zimmer anschauen, und ich lese das Buch zu Ende, denn obwohl ich eigentlich zuerst putzen müsste, kann mich jetzt nichts mehr vom Lesen abhalten. Das Ende finde ich ein bisschen enttäuschend. Erstens weil Weena, die Freundin des Zeitreisenden, nicht überlebt. Weena war eine von den Eloi, aber nachdem der Zeitreisende sie aus einem Fluss vor dem Ertrinken gerettet hatte, waren sie sich nähergekommen. Ich hatte geglaubt, durch diese Freundschaft würde Weena sich verändern, vielleicht klüger werden und die Eloi in den Aufstand gegen die Morlocken führen. Aber nichts dergleichen passierte, sie kam bei einem Waldbrand ums Leben. Außerdem hatte der Aufenthalt des Zeitreisenden in der Zukunft nichts verändert! Die Morlocken machten weiterhin Jagd auf die Eloi, das durfte nicht sein. Sehr spannend war dann wieder die Fortsetzung der Zeitreise in eine noch entlegenere Zukunft. Die matter werdende Sonne, die bewegungslos über dem Horizont steht, Monsterkrabben am Meeresufer ... Aber auch diese Reise hatte keinerlei Konsequenzen. Immerhin ist der Zeitreisende wenige Tage nach seiner Heimkehr ein weiteres Mal aufgebrochen. Vielleicht wollte er Weena retten? Ich denke schon, aber das hat der Autor leider nicht beschrieben. Obwohl das Ende eine kleine Enttäuschung war, ist das das beste Buch, das ich bisher gelesen habe. Ich habe jetzt eine Million Gedanken im Kopf. Deswegen will ich es auch noch einmal lesen – nicht sofort, aber in ein paar Tagen, nach dem *Professor Urgestein*, von dem Janka gesprochen hat.

Ich mache das Bett, breite die Tagesdecke darüber, dann kehre ich den Boden und wische Staub. Ich habe Hunger, aber die Schwester von Herrn Brylant hat unsere Einkäufe noch nicht gebracht, also versuche ich, nicht daran zu denken. Auf dem Balkon klopfe ich den Bettvorleger aus, dann schlüpfe ich in Jacke und Mütze, verstecke das Buch unterm Pullover und mache mich auf zur Bibliothek.

Heute ist es ein bisschen kälter, es schneit aber immer

noch nicht. Kein Wölkchen ist am Himmel zu sehen, die Sonne steht tief über den Dächern. Beim Labor riecht es wieder komisch, der Schneider schimpft schon. Wie immer laufe ich die Twarda hinunter, die Ciepła, ich biege in die Grzybkowska ein und … bleibe wie angewurzelt stehen. An der Ecke Waliców-Grzybkowska gibt es einen Tumult. Viele Menschen rennen, jemand schreit. Dann fällt ein Schuss, und ich sehe Morlocken-Uniformen. Ich mache auf dem Absatz kehrt und rase zurück in die Ciepła. An der Ecke halte ich an und schaue über die Schulter zurück – am Ende der Straße, an der Mauer, die den Bezirk von Warschau teilt, drängen sich immer noch die Menschen. Was soll ich tun? Nach Hause zurückgehen oder in die Bibliothek? Aber wie dorthin kommen? Ich muss zur Brücke, aber auf welchem Weg? Der Bezirk ist riesig, ich kenne ihn kaum …

»Ach, du bist das«, höre ich plötzlich eine Stimme neben mir. »Rafał, nicht wahr?«

Erschrocken drehe ich mich um, bin aber gleich wieder beruhigt. Im Torbogen steht Janka aus der Bibliothek und lächelt mich an, dabei liegt in ihren Augen ein ernster Ausdruck. Sie sieht zum anderen Ende der Grzybkowska.

»Ich wollte das Buch zurückbringen«, sage ich. »Aber ich habe Angst, da langzugehen.«

»Da gehst du besser nicht lang«, nickt Janka. Nimm die Krochmalna und dann die Żelazna.«

Ich schaue sie verlegen an.

»Die Krochmalna?«, frage ich unsicher. »Wo muss ich da lang?«

Janka betrachtet mich leicht erstaunt.

»In welcher Straße wohnst du denn?«

»In der Sienna.«

»Ach, in der Sienna«, sagt sie, als wäre damit alles klar. »Die Sienna ist ja ganz in der Nähe. Dann geh heute besser wieder nach Hause. Komm morgen mit deinem Buch, ich bin da.«

»Morgen erst?«, sage ich hörbar enttäuscht.

Was soll ich denn bis morgen machen? Vielleicht lese ich *Die Zeitmaschine* noch einmal. Plötzlich beginnt jemand ganz in unserer Nähe zu schreien.

»Weg von der Straße«, sagt Janka schnell und zieht mich in die Toreinfahrt. Wir laufen in den Innenhof, auf dem sich viele Kinder und ein paar Jugendliche tummeln. Janka wirft noch einen Blick in die Grzybkowska, dann zieht sie die schweren Torflügel zu.

»Was ist da nun schon wieder los?«, murmelt sie, schaut mich an und fragt: »Und mit wem wohnst du da? Mit deinen Eltern?«

»Nein.« Ich schüttle den Kopf. »Mit Großvater.«

»Nur mit deinem Großvater? Und deine Eltern?«

»Meine Eltern sind weggefahren«, erkläre ich vorsichtig, weil ich nicht weiß, warum sie so neugierig ist. »Aber ich wohne da nicht nur mit Großvater. Da sind auch noch Herr und Frau Brylant und ihre Söhne. Und Aniela.«

»Aber die gehören nicht zu deiner Familie«, unterbricht mich Janka.

»Nein. Ich gehe jetzt lieber nach Hause.«

»Warte«, hält sie mich zurück. »Hast du vielleicht Hunger?«

Klar habe ich Hunger. Was ist denn das für eine Frage? Ich antworte nicht, sondern sehe ihr nur in die Augen. Sie lächelt.

»Dann komm. Iss eine Suppe.«

»Suppe? Aber ich habe kein Geld ...«

»Das macht nichts«, sagt Janka, legt mir ihre Hand auf den Arm und führt mich durch die Menge.

Wir kommen in einen niedrigen dunklen Saal mit langen Tischreihen. Manche sind aus Brettern zusammengezimmert, andere sind normale Esstische wie zu Hause. Die Stühle sind auch ganz verschieden. Kaum einer ist noch frei, man hört ein einziges Schmatzen und Schlürfen. Niemand sagt ein Wort, alle sitzen tief über ihre Teller gebeugt und starren hinein. Die meisten tragen Lumpen, aber ich sehe auch ein paar Herrschaften in Mänteln. Vor allem aber sehe ich Kinder. Es riecht widerlich. Ich will nicht hier sein, aber ich will etwas essen.

»Gebt ihm eine Portion«, sagt Janka zu zwei Fräuleins, die hinter riesigen Kesseln mit Klappdeckel stehen.

»Aber er ...«, fängt die eine an, die mich unter streng zusammengezogenen Brauen mustert, doch Janka fällt ihr ins Wort:

»Geht in Ordnung.«

Sie zieht eine Münze aus der Tasche und wirft sie in eine große rechteckige Büchse mit der Aufschrift »Backpulver Liliput«. Die Büchse hat im Deckel einen Schlitz wie eine Spardose. Aniela hat in der Küche auch so eine Büchse, aber ohne Schlitz. Darin bewahrt sie ihre Fotografien auf. Das eine Fräulein holt unter dem Tisch einen Emailteller hervor und wischt ihn mit einem Lappen aus. Sie öffnet den Kessel und tut Suppe auf. Janka führt mich an den Tischen entlang, findet einen freien Platz, stellt den Teller hin und legt einen Löffel daneben. Ich wische ihn an meinem Jackenärmel sauber und fange an zu essen. Die Suppe ist von einem trüben Braun, ungesalzen und heiß. Kartoffelstückchen schwimmen darin, Graupen und ein paar Möhrenscheibchen. Ich kann mich nicht beherrschen und schlinge sie laut schlürfend in mich hinein, obwohl ich weiß, dass sich das nicht gehört. Ich weiß nicht, warum mir nach Heulen zumute ist.

»Fertig?«, fragt Janka, als ich den letzten Löffel im Mund habe. »Jetzt besser?«

Ich könnte fünf Teller Suppe essen, ich bin immer noch hungrig, aber ich nicke.

»Ja, danke.«

»Bitte sehr«, antwortet sie, nimmt meinen Teller und stellt ihn auf einen Stapel schmutzigen Geschirrs bei der Tür. »Komm, sehen wir mal nach, ob es ruhiger geworden ist.«

Janka bringt mich durch das Tor auf die Grzybkowska. Das Gedränge am Ende der Straße ist nicht mehr ganz so groß, aber immer noch sind da viele Menschen, man hört ihre aufgeregten Stimmen.

»Weißt du was«, meint Janka, »lass das heute lieber mit der Bibliothek. Ich begleite dich in die Sienna.«

»Warum denn?«, will ich wissen.

»Für alle Fälle. Ich gehe dann auch nach Hause. Ich wohne nämlich in der Śliska, direkt neben dem Waisenhaus von Janusz Korczak, das liegt also sowieso auf dem Weg.«

Wir biegen in die Ciepła ein, und Janka reicht mir die Hand. Ich habe noch nie jemand anderen an der Hand gehalten als Großvater, jedenfalls kann ich mich nicht daran erinnern. Das fühlt sich seltsam an. Ich schäme mich ein kleines bisschen, aber diese Hand gibt mir auch Sicherheit. Wir kommen in die Twarda, dann in die Pańska. Nach wenigen Schritten sehe ich Großvater mit wehendem Mantel und ohne Hut in unsere Richtung laufen. Als er mich entdeckt, bleibt er ruckartig stehen, schaut beunruhigt auf Janka und auf meine Hand in ihrer.

»Ich bringe ihn nach Hause«, erklärt sie. »Und Sie sind Rafałs Großvater?«

»Ja.«

Großvater greift schnell meinen Arm und zieht mich zu sich. Ich lasse Jankas Hand los und stecke meine in die Jackentasche.

»Danke«, sagt Großvater. »Auf Wiedersehen.«

»Einen Moment noch.« Janka zückt ein Kärtchen und hält es Großvater hin. »Ich arbeite in der Kinderbibliothek in der Leszno-Straße. Das ist meine Adresse, für den Fall der Fälle.«

Großvater nimmt das Kärtchen nicht, er sieht Janka an. Nach einer Weile fragt er: »Für welchen Fall?«

»Falls Rafał Hilfe braucht. Wenden Sie sich an mich.«

»Warum?«

»Warum nicht? Wir sollten einander helfen. Ich helfe Kindern.«

»Wir brauchen keine Hilfe«, erwidert Großvater und schüttelt den Kopf.

Wortlos steht Janka mit ausgestrecktem Arm da. Endlich greift Großvater zu, nimmt sich das Kärtchen und lässt es schnell in seiner Tasche verschwinden.

»Mach es gut«, sagt Janka zu mir. »Komm morgen in die Bibliothek. Aber pass gut auf.«

»Ich passe immer gut auf«, antworte ich lächelnd.

*

»Ist dir auch nichts passiert?«, fragt Großvater, als wir durch den Hof an der Śliska gehen.

»Nein.«

»Wir gehen nur noch zusammen zur Bibliothek«, verkündet er. »Du gehst dort nicht mehr allein hin.«

»Aber du hast keine Zeit.«

»Dann finde ich sie eben.«

»Ich bin schon fast neun«, sage ich. »Ich kann alleine hingehen.«

Großvater legt mir seufzend seine Hand auf den Arm.

»Du bist bestimmt hungrig.«

»Ja.« Ich nicke. »Aber nicht so schlimm. Von Janka habe ich Suppe bekommen.«

»Was heißt das, du hast Suppe von ihr bekommen? Warst du bei ihr zu Hause?«

»Nein. Wir waren in einem Restaurant.«

»Einem Restaurant?« Großvater bleibt stehen und hält mich nun mit beiden Händen fest. Er sieht mir fest in die Augen und fragt: »In was für einem Restaurant?«

»Ich weiß nicht«, sage ich achselzuckend und fühle mich ein bisschen ungemütlich.

»Wo war das?«

»An der Ecke Grzybkowska-Ciepła, in einem Hof. Da waren viele Kinder.«

»Die Centos[1]-Küche!«, schreit Großvater fast. »Die Armenspeisung!«

»Gar nicht! Janka hat Geld dafür bezahlt! Sie hat eine Münze in die Büchse geworfen. Wenn man Geld bezahlen muss, dann ist es nicht für Arme. Ich hatte Hunger!«

Großvater reibt sich die Stirn und schweigt erst einmal, ich werde richtig wütend. Ich war schließlich hungrig!

44

Wem schadet es denn, dass ich eine Suppe gegessen habe? Sie war ja nicht irgendwie besonders!

»Rafał«, sagt Großvater schließlich leise, »diese Suppe ist für die Armen.«

»Wir sind doch auch arm!«

»Diese Suppe ist für Kinder, die nichts haben, verstehst du? Nichts außer dieser Suppe. Es gibt sehr viele solcher Kinder. Du hast mich, und du hast zu Hause etwas zu essen. Weil du dort gegessen hast, wird ein Kind, das nichts hat, vielleicht nicht einmal ein Zuhause, heute nichts zu essen bekommen. Verstehst du das?«

Ich kneife die Lippen fest zusammen und blicke ihn mit zorniger Miene an.

»Das waren sehr große Kessel«, sage ich wütend. »Riesige! Das ist fast überhaupt nicht weniger geworden mit meiner einen kleinen ...«

Kopfschüttelnd geht Großvater auf unser Haus zu. Ich stehe eine Weile nur da und spüre, wie meine Wut so rasch und so unerwartet verraucht, wie sie gekommen ist. Plötzlich schäme ich mich, und meine Wangen fangen an zu brennen, weil ich verstehe, was Großvater da eben gesagt hat und was er damit meinte. Ich bin ein gemeiner, widerwärtiger Bursche, das habe ich verstanden.

»Großvater!« In unserem Hof hole ich ihn wieder ein. »Entschuldige. Sei nicht böse auf mich.«

»Ich bin nicht böse auf dich«, sagt er leise.

»Ich gehe dort nicht mehr hin. Nie mehr!«

»Gut.«

»Du bist immer noch böse«, sage ich, als wir schon die Treppe hinaufgehen.

»Nein. Wir essen jetzt, und dann gehe ich zu diesem Fräulein und gebe ihr das Geld zurück.«

»Aber ich muss nichts essen! Zur Strafe werde ich nichts essen, ja?«

Großvater schließt die Tür auf und tritt in die Wohnung. In unserem Zimmer hängt er seinen Mantel an den Schrank, dann kniet er sich auf den Boden und nimmt mich in den Arm. Er sagt nichts, er wiegt mich nur sanft hin und her. Ich will nur noch losheulen, ich will mich aus seinen Armen losreißen und ihn gleichzeitig ganz fest drücken.

4

Am Montag ziehen wir um in das neue Zimmer in der Chłodna. Großvater und ich ziehen den Wagen mitten auf der Straße. Wir haben alles darin untergebracht, weil wir weder den Schrank noch den Tisch oder die Liege mitnehmen mussten. Das neue Zimmer ist wohl möbliert, es soll sogar zwei Betten geben, also kann ich ab jetzt alleine schlafen. Ich habe vor langer Zeit schon einmal alleine geschlafen, als Großvater noch die ganze Wohnung in der Sienna gehörte, aber daran kann ich mich kaum noch erinnern.

Wir haben zwei Koffer mit Großvaters Kleidern mitgenommen und einen für mich. Bettzeug, einen Stuhl, Töpfe und Teller. Das Bild über der Liege, auf dem meine Großmutter zu sehen ist, Großvaters Frau, die ich nie kennengelernt habe, weil sie schon vor vielen Jahren gestorben ist. Auch den gesprungenen Globus, mit dem ich Erdkunde lerne, haben wir mitgenommen, die Tagesdecke, Notenbücher, Vorhänge und noch ein paar andere Dinge. Und Großvaters Geige natürlich. Das Gepäck türmt sich im Wagen. Viele Menschen ziehen gerade aus der Sienna weg, wir sind also nicht alleine unterwegs. Manche haben deutlich mehr umzuziehen als wir, andere viel weniger. Besonders schade ist es um den Balkon und um Frau Brylant. Das neue Zimmer hat wohl keinen Balkon, und Frau Brylant zieht mit ihrem Mann, den Söhnen und der Schwägerin in die Bagno-Straße. Ich weiß nicht, wo das ist, sicher weit weg, wir werden uns so schnell nicht wiedersehen. Herr Brylant zieht auch seinen Kiosk dorthin um, dann kann seine Frau wieder vom Fenster aus nach ihm rufen. Zum Abschied hat sie mir die Karten gelegt. Ich habe mich sehr bemüht, ernst zu bleiben, um sie nicht zu verärgern, schließlich war das ein großes Geschenk – fürs Kartenlegen nahm sie von ihren Kunden bis zu vier Złoty oder etwas zu essen. Ich saß im Zimmer der Brylants am Tisch, die Vorhänge waren zugezogen, eine Kerze brannte. Ganz konzentriert mischte Frau Brylant die Karten, ließ sie mich auslegen, wählte sieben Karten aus und ordnete sie kreuzförmig an, aber so, dass die Bilder nicht zu sehen waren. Dann sagte sie feierlich:

»Ich decke nun die erste Karte auf!«

Ich musste kichern und hielt mir die Hand vor den Mund, sie sah mich streng an und zwinkerte mir dann zu. Sie deckte sämtliche Karten auf, betrachtete sie und sagte:

»Ich sehe Wasser. Ein großes Abenteuer steht dir bevor.«

»Wasser?«, fragte ich und wurde jetzt doch ein wenig aufmerksam. »Das Meer?«

Afrika liegt doch hinter dem Meer. Man fährt mit dem Schiff dorthin.

»Nein, kein Meer. Eher ein Fließgewässer.«

»Was ist ein Fließgewässer?«, fragte ich erstaunt.

»Ein Fluss oder ein Bach«, erklärte Frau Brylant und fuhr fort: »Du wirst auf eine große Reise gehen. Höchste Gefahr und eine Reise. Und auch ein Mann ist auf diesem Weg. Ein junger Mann. Karobube.«

»Ist es Ihr Onkel aus der Zamenhof-Straße?«, fragte ich schnell und musste laut lachen.

Frau Brylant bemühte sich noch standhaft, die Fassung zu wahren, aber dann musste auch sie lachen. Damit endete die Kartenlegerei.

Der Wagen ist nicht besonders wendig, und wir haben einige Mühe, ihn zu ziehen. Wir haben zwar nur wenige Dinge, aber die sind ziemlich schwer. Als wir in der Chłodna ankommen, bin ich völlig durchgeschwitzt, und Großvater atmet schwer.

Das Haus, in dem wir nun wohnen werden, ist ein wunderschönes Gebäude, auch wenn es an einer Seite schon ein bisschen eingefallen ist, sicher nach einem Bombentreffer. Der Rest hält sich aber ganz wacker – zwei Stockwerke und ein spitzes Dach. Über den Fenstern winden sich steinerne Girlanden mit Früchten und Blumen, und über dem obersten Treppenhausfenster steht in der Nische auf einem dreieckigen Sockel die Skulptur eines Mädchens mit zwei Krügen. Dieses Haus muss früher einmal sehr reichen Leuten gehört haben.

Unser Zimmer liegt im zweiten Stock. Es ist ein bisschen größer als das alte. Und es hat drei hohe Fenster, die ganze Wohnung ist sehr hoch.

»Die Vorhänge sind bestimmt zu kurz«, sorgt sich Großvater.

Das wäre schlimm, weil wir verdunkeln müssen. Abends müssen die Fenster vollständig verhängt werden, damit von außen kein Lichtstrahl zu sehen ist. Das ist natürlich ein Befehl der Morlocken aus Angst vor sowjetischen oder britischen Flugzeugen. Wenn ein Pilot unten ein Licht sieht, weiß er ja, dass dort eine Stadt ist, und kann eine Bombe abwerfen. Wenn die Vorhänge wirklich nicht lang genug sind, die Fenster ganz zu verhüllen, werden wir abends im Dunkeln sitzen müssen. Mein Bett steht an einem Ofen, wie ich noch nie einen gesehen habe – er sieht aus wie der prächtige Turm eines Porzellanschlosses. So ungefähr habe ich mir die Schlösser der Eloi in der *Zeitmaschine* vorgestellt. Am seltsamsten ist, dass der Ofen keine Ofenklappe hat. Großvater erklärt mir, dass die Kohlen durch eine Maueröffnung vom Flur aus eingefüllt werden. Die früheren Bewohner hatten Diener, die dafür zuständig waren. Dann konnte nämlich kein Ruß ins Zimmer kommen und die Teppiche verschmutzen.

Jetzt gibt es keine Teppiche mehr, aber dafür einen Schreibtisch! Einen riesigen eleganten Schreibtisch mit unzähligen Schubladen mit goldenen Beschlägen und einer Tischplatte mit rotem Lederbezug. Die Platte ist gesprungen, das Leder löst sich ab, und an einer Seite hat jemand zwei Leisten abgerissen – sicher hat deshalb den Schreibtisch noch niemand verkauft. Er ließe sich aber auch kaum aus dem Zimmer tragen, er ist wirklich riesig. Der Schreibtisch steht vor dem mittleren Fenster, ich werde an ihm meine Bücher lesen. Dann gibt es noch einen witzigen krummbeinigen Tisch, einen Stuhl mit rotem Samtpolster und einen Spiegelschrank – ein Spiegel ist noch heil, zwei sind gesprungen. Großvaters Bett hat ein hohes Kopfteil mit einem Medaillon, in dem Palmen, Kamele und Pyramiden gemalt sind. Während Großvater unsere Kleider und Dinge im Schrank verstaut, betrachte ich das Bild ausgiebig. Pyramiden und Kamele gibt es in Afrika. Ob meine Eltern dort wohl auch auf Kamelen reiten? Früher lebten die Kamele einfach, wie sie lustig waren, als wilde Tiere. Heute gibt es kaum noch wilde Kamele, sie müssen alle für die Menschen arbeiten. Das habe ich gelesen.

Um kurz vor vier ist der Umzug schon geschafft. Großvater nimmt seine Geige und macht sich auf ins Café. Unterwegs will er noch den Wagen bei Herrn Duchowiczny abgeben.

Ich bleibe allein zurück und komme mir ein bisschen komisch vor, denn obwohl das jetzt unser neues Haus ist, fühle ich mich hier noch nicht zu Hause – als wäre ich in der Wohnung von jemandem, der gerade weggegangen ist und nicht weiß, dass ich hier bin. Ich ordne die Kleider im Schrank, kehre den Fußboden, wische die Möbel mit einem

feuchten Lappen ab und beziehe die Betten. Mit den Vorhängen muss ich auf Großvater warten, alleine kann ich
sie nicht aufhängen. Ich sitze am Fenster und lege das
Buch vor mir auf den Schreibtisch. Es dämmert zwar
schon, aber ich kann die Buchstaben noch erkennen. *Professor Urgestein* ist auch ein interessantes Buch, aber nicht
ganz so wie *Die Zeitmaschine*. Es erzählt die Abenteuer von
Reisenden, die durch einen Spalt ins Erdinnere vordrin-
gen und nacheinander verschiedene prähistorische Epo-
chen durchleben – ein bisschen wie in Jules Vernes *Die
Reise zum Mittelpunkt der Erde*. Das war die spannendere
Reise, weil da mehr passiert ist, dafür gibt es hier jede
Menge interessanter Informationen. Besonders gefällt mir
das Kapitel, in dem Doktor Fliegenfänger und Professor
Urgestein den Dinosauriern begegnen. Die Dinosaurier
sind Lebewesen, die vor langer Zeit auf der ganzen Welt
gelebt haben, es gab ungeheuer viele von ihnen, und sie
waren riesengroß, viel größer als ein Mensch. Menschen
gab es damals überhaupt noch nicht, lange Zeit beherrsch-
ten die Dinosaurier den Planeten. Aber dann kam irgendwann der Moment, an dem sie alle zu sterben anfingen –
vielleicht nach einer gigantischen Katastrophe, einem
Erdbeben oder so etwas. Die Dinosaurier tun mir leid,
und ich überlege mir oft, was sie wohl empfunden haben,
als sie so ausstarben, einer nach dem anderen, auf der ganzen Erde. Sie hatten bestimmt große Angst. Und sie konnten nichts tun. Ob den Menschen wohl dasselbe Schicksal

bevorsteht? In der *Zeitmaschine* war ja in der entlegensten Zukunft keine Spur von Menschen mehr zu sehen, also läuft es wohl darauf hinaus. Früher oder später wird es mit den Menschen zu Ende gehen, damit müssen wir uns abfinden. Am schwierigsten ist es sicher für die, die als Erste sterben, wenn das Ende kommt. Ich wünschte, es fängt mit den Morlocken an, aber so wird es nicht kommen, das weiß ich. Dafür genügt ein Blick aus dem Fenster.

*

Nach ein paar Tagen kenne ich unser Haus und die nächste Umgebung schon ein bisschen besser. Hier ist viel mehr los als in der Sienna. Im Nachbarhof gibt es eine Bäckerei, da sind schon in aller Frühe das Rattern der Räder auf dem Pflaster und die Hufschläge der Pferde zu hören. Die einen Fuhrwerke bringen Mehl, die anderen fahren die fertigen Brötchen und Brote in die Geschäfte. Ein paar Häuser weiter ist die Möbelfabrik von Aniela Laszko. Den ganzen Tag über ist dort das Klopfen der Hämmer und das Kreischen der Sägen zu hören, und von Zeit zu Zeit ertönt ein lautes Fauchen, weil es in der Werkstatt eine besondere Maschine gibt, die mit Dampf Holz biegen kann. Manchmal stelle ich mir vor, dass da ein großer Drache faucht, den Frau Laszko sich im Hof hält. Drachen waren so etwas Ähnliches wie Dinosaurier, da bin ich mir fast sicher, aber ich werde in der Bibliothek noch einmal nachfragen.

In der Chłodna gibt es natürlich auch Geschäfte, Schneiderwerkstätten und eine Apotheke. Auch hier fahren viele Fuhrwerke vorbei, die einen Heidenlärm machen. Sie liefern Lebensmittel und Heizmaterial. Und ein paar Häuser weiter gibt es noch eine Anlaufstelle für Flüchtlinge aus allen möglichen Teilen Polens, die wegen der Morlocken in den Bezirk ziehen mussten. Dort ist immer etwas los, und es gibt ständig Streitereien, deswegen hat Großvater mir verboten, auf der Straße in diese Richtung zu gehen.

Ich habe schon ein paar Menschen kennengelernt, die in den Nachbarzimmern wohnen. Die Wohnung erstreckt sich über die gesamte Etage, deshalb kenne ich noch nicht alle Nachbarn. Es soll hier auch noch andere Kinder geben – ein Mädchen und ein Junge ungefähr in meinem Alter wohnen Wand an Wand mit uns, hat mir Frau Lampert aus dem Zimmer am Ende des Flurs erzählt, aber sie gehen nie vor die Tür. In den anderen Zimmern gibt es Familien mit größeren Kindern, wo alle arbeiten. Sie gehen schmuggeln. Ich weiß, was das ist. Die Kinder schleichen sich heimlich auf die andere Seite der Mauer und kaufen etwas zu essen. Einen Teil behalten sie für ihre Familien, der Rest wird verkauft. Viele Kinder aus dem Bezirk machen das, obwohl es gefährlich ist, weil die Morlocken richtig Jagd auf sie machen. Ich überlege, ob ich nicht auch Essen besorgen sollte. Wir würden ein bisschen was verdienen, und Großvater müsste nicht so viel in den Höfen spielen. Ich habe mit ihm darüber gesprochen, aber er hat es mir strengstens verboten, und ich war erleichtert. Denn ich hätte nicht einmal gewusst, wie man dieses Schmuggeln am besten angeht. Außerdem glaube ich, ich hätte Angst davor gehabt – ich schäme mich zwar dafür, aber es ist nun einmal so.

Im März kommt Leben in unseren Innenhof. Er ist nicht gepflastert, also kann man dort Setzlinge einpflanzen. Frau Lampert hat gesagt, unser Haus hätte den schönsten Garten in der ganzen Straße. Hier wachsen sogar Kartoffeln und Tomaten, und am Rand hat jemand Flieder und Stachelbeersträucher gepflanzt! Das freut mich sehr – unsere Fenster gehen direkt auf den Hof, und wenn ich mich hinauslehne, werde ich all die Pflanzen sehen. Wie schön muss das sein, einen Garten vor dem Fenster zu haben! Und wir Hausbewohner können ein bisschen Gemüse abbekommen. Deshalb helfe ich manchmal mit und grabe die Erde mit dem Spaten um, damit sie weich wird und die Pflanzen gut ihre Wurzeln treiben können. Herr Ochniak, unser Hauswart, hat mich schon gelobt und gesagt, ich wäre gut im Umgraben. Das habe ich Großvater erzählt. Herr Ochniak hilft mir auch, Kästen für unsere Fensterbänke zu zimmern – darin werden wir Zwiebeln ziehen.

Eines Tages kommt ein Marionettentheater in unsere Straße! Eine Menge Kinder eilen herbei, um sich die Vorstellung anzuschauen. Das Theater ist in einer Holzkiste auf Rädern untergebracht, die von einem mageren braunen Pferd gezogen wird. Auf der einen Seite hat sie ein Fenster, so ähnlich wie das Kabäuschen des Hauswarts, aber mit goldenem Vorhang. Wir setzen uns auf das Straßenmäuerchen vor einem ausgebombten Haus. Auch ein paar Erwachsene kommen dazu, sie bringen sich Stühle mit. Als dann alle sitzen, tritt eine Frau in einem komischen roten Kostüm vor den Wagen. Sie ist geschminkt und trägt einen hohen Hut auf dem Kopf. Als Ruhe eingekehrt ist, begrüßt sie das Publikum. Der Vorhang geht auf. Die Vorführung heißt *Gullivers Reisen*. Ich habe das Buch schon gelesen, ein Märchen. Aber es macht überhaupt nichts, dass ich die Geschichte schon kenne, ich lache genauso laut wie alle anderen, jedenfalls am Anfang. Die Marionetten gefallen mir sehr. Jede hat Schnüre an Händen, Füßen und Kopf, die von Leuten in der Holzkiste heimlich bewegt werden. Sie sprechen auch, tun aber so, als täten dies die Marionetten. Ich sehe mir die Puppen und die Schnüre an und lache, bis ich es plötzlich, so dumm es auch sein mag, nicht mehr lustig finden kann und die Marionetten mir leidtun. Sie müssen tun, was die Menschen in der Kiste wollen: gehen, springen, sich verbeugen. Sie sind aufgeknüpft. Ich weiß natürlich, dass es nur Puppen sind und dass sie nichts spüren, aber ich kann an nichts anderes mehr denken. Wirklich zu dumm.

Verstohlen beobachte ich die anderen Kinder. Die meisten sehen bleich und kränklich aus. Neben mir sitzen der Junge und das Mädchen aus unserer Wohnung, ich habe

56

sie schon auf der Treppe gesehen, als wir rausgegangen sind. Beide sind fein angezogen, sie sehen mit ihren roten Wangen auch viel gesünder aus als die anderen. Sie lachen zwar, wirken aber dabei ein bisschen verängstigt. Eine Frau, die ich noch nie gesehen habe, ist mit ihnen hergekommen. Sie hat etwas von einem Vogel mit ihrer großen Hakennase, dem schlanken dunklen Gesicht und den großen kohlschwarzen Augen. Sie lacht nicht. Gerade als ich sie anschaue, wendet sie sich mir zu und erwidert meinen Blick. Sie runzelt leicht die Stirn, schielt plötzlich, streckt die Zunge raus und die Arme von sich. Die kraftlosen Hände schlackern herum wie bei den Marionetten, und dann lacht sie doch. Es ist aber kein fröhliches Lachen, und ich komme zu dem Schluss, dass sie mich nicht erheitern wollte. Ich glaube, sie hat meine Gedanken gelesen. Mit aller Macht reiße ich mich von ihr los, mir wird heiß. Sie beugt sich zu den Kindern hinunter und sagt etwas in einer fremden Sprache zu ihnen - das war Englisch, ich habe es erkannt, weil Aniela einmal versucht hat, es mir beizubringen, aber bald keine Lust mehr hatte. Die Kinder sehen mich schief an, wenden sich dann aber wieder der Vorstellung zu. Ich kann kaum erwarten, dass sie zu Ende geht, und während noch alle applaudieren, springe ich schon von dem Mäuerchen und laufe zu unserem Tor.

*

»Wollen wir Freunde sein?«, fragt jemand hinter mir so unerwartet, dass ich vor Schreck einen kleinen Hüpfer mache.

Ruckartig drehe ich mich um und stehe jetzt direkt vor dem Mädchen, das ich vor einigen Tagen bei der Vorstellung des Marionettentheaters gesehen habe. Sie mustert mich ernst, die Hände hinter dem Rücken verschränkt. Ich war gerade in den Hof gegangen, um zuzusehen, wie die Pflanzen aus der Erde kommen. Es ist warm, die Sonne scheint.

»Ich weiß nicht«, antworte ich unsicher.

Ehrlich gesagt, hatte ich bislang selten Gelegenheit, mit anderen Kindern zu spielen. Früher, als ich frisch zu Großvater gezogen war, hatte sich ein älteres Mädchen um mich gekümmert, Marianna. Sie hat mich manchmal mitgenommen in den Sächsischen Garten, ich kann mich noch ganz vage daran erinnern. Dort gab es viele Kinder, wir liefen über den Rasen und spielten Verstecken im Gebüsch. Das ist sehr lange her, und auch bei dieser Erinnerung habe ich meine Zweifel. Vielleicht habe ich das alles nur geträumt? Als später der Krieg kam und dann der Bezirk, bin ich nur noch selten aus dem Haus gegangen. Ständig zogen Menschen ein und aus, dauernd gab es neue Gesichter, andere Kinder – ich sah sie nur von Zeit zu Zeit, jedes Mal andere. Deshalb verbrachte ich die meiste Zeit mit mir alleine oder mit Großvater.

»Ich heiße Lidia«, erklärt das Mädchen. »Du kannst Lidka sagen. Und du bist Rafał.«

»Woher weißt du das?«

»Das hat die Kinderfrau gesagt.«

»Mhm«, murmle ich. »Ist das die mit der Hakennase, die aussieht wie eine Krähe?«

Lidka sieht mich mit großen Augen an, aber dann muss sie lachen.

»Ja, genau die. Ich werde ihr das nicht erzählen.«

»Was?«

»Was du über sie gesagt hast. Das ist unser Geheimnis.«

»Und wo ist dein Bruder?«, frage ich.

»Ach, Piotruś. Piotruś ist krank. Der Arzt ist gerade gekommen, deswegen haben sie mich auf den Hof geschickt.«

»Und was hat er?«

»Ich weiß nicht. Fieber hat er. Was ist nun? Wollen wir zusammen spielen?«

»Was denn?«

»Alles.« Lidka zuckt die Achseln. »Was spielst du denn sonst so?«

Ich sehe sie erstaunt an. Was ich sonst spiele? Ich spiele wohl überhaupt nicht.

»Ich lese Bücher«, sage ich nach einer kurzen Pause.

»Bücher? Das kann man nicht zu zweit spielen. Aber wir können Schule spielen, wenn du Lust hast.«

»Gut.« Ich bin einverstanden.

Lidka geht quer über den Hof zur Mauer auf der anderen Seite des Gartens. Dort stemmt sie die Hände in die Hüften und sieht sich um. Dann zieht sie ein Stück Kreide aus einem Steinhaufen und deutet auf die Sandkiste an der Mauer.

»Das ist deine Bank. Setz dich.«

Ich gehe zu der Kiste und klettere hinauf. Sie ist ziemlich hoch, meine Füße baumeln ein Stückchen über der Erde. Lidka stellt sich an die Mauer und schreibt mit ihrer Kreide »Unterrichtsthema« darauf.

»Test!«, sagt sie mit fremder, hoher Stimme. »Alle Kinder packen bitte ihre Bücher weg. Rafał! Ich rede mit dir!«

»Ja?«, sage ich sofort.

»Nein, so sagt man nicht zu seiner Lehrerin«, tadelt mich Lidka. Du musst sagen ›Bitte, Frau Lehrerin‹.«

»Gut. Ja bitte, Frau Lehrerin?«

»Hast du dich auf die Prüfung gut vorbereitet?«

»Wohl eher nicht«, antworte ich.

»Hast du nicht?«, ruft Lidka entrüstet. »Dann bekommst du einen Eintrag ins Klassenbuch, du ... du schrecklicher, fauler Junge. Stell dich zur Strafe in die Ecke.«

»In die Ecke?«

»Da.« Lidka zeigt auf einen Mauerwinkel.

Ich hüpfe von meiner Kiste und stelle mich in die Hofecke.

»Und was jetzt?«, frage ich.

»Jetzt hast du deine Strafe.«

»Soll ich hier stehen bleiben?«

»Ja.«

»Lange?«

»Bis ich dir sage, dass du wieder zurückkannst in deine Bank.«

»Und wann sagst du mir das?«

»Ich werde es dir schon sagen.«

»Aber wann?«

»Zähl bis zweihundert, dann kannst du zurückkommen.«

»Ich habe keine Lust, Schule zu spielen«, erkläre ich und komme aus der Ecke.

Lidka sieht für einen Moment enttäuscht aus, zuckt dann aber die Achseln und lacht.

»Dann eben nicht. Wir können ja Salon spielen.«

»Salon?«, überlege ich. »Nein, keine Lust.«

»Worauf hast du denn Lust?«

Ich denke kurz nach und sage dann: »Wir könnten Zeitmaschine spielen!«

»Was spielen?«

»Das ist aus einem Buch«, erkläre ich Lidka. »Ich bin der Zeitreisende, und du bist Weena. Weena war eine von den Eloi, eine Frau aus der Zukunft. Ich komme aus einer noch ferneren Zukunft zu dir, um dich aus einem brennenden Wald zu retten.«

»Und dann?«

»Dann können wir uns zusammen zum Palast aus grünem Porzellan durchschlagen.«

»Gut«, nickt Lidka. »Was soll ich machen?«

»Du legst dich da hin.« Ich zeige zu den Stachelbeersträuchern. »Das ist der Wald, und er brennt.«

»Hinlegen kann ich mich nicht«, erklärt Lidka, »weil sonst mein Kleid schmutzig wird. Aber ich gehe in die Hocke.«

Sie geht zu den Stachelbeersträuchern und kauert sich hin, ich laufe zur Kiste zurück. Die Kiste ist die Zeitmaschine. Ich klettere hinauf, setze mich in den Schneidersitz und tue so, als würde ich den Hebel umlegen.

»Geht es schon los?«, fragt Lidka-Weena.

»Ja.«

»Brenne ich?«

»Ja!«

Lidka ist zunächst still, dann holt sie tief Luft und brüllt aus Leibeskräften:

»O Gott, o Gott, Hilfe, Gnade! Ich brenne, ich brenne! Zu Hilfe!«

Mit so einem Schrei hatte ich nicht gerechnet, da bin ich aber platt. Lidka kann tatsächlich so laut schreien wie Frau Brylant, wenn sie ihren Mann vom Balkon aus gerufen hat, vielleicht sogar noch lauter. Weena sollte zwar eigentlich ohnmächtig sein, aber das war nicht so wichtig – schließlich ist die Rückkehr des Zeitreisenden im

Buch gar nicht beschrieben, und vielleicht ist sie in der Zwischenzeit ja wieder zu sich gekommen.

»Ich komme!«, rufe ich also zurück und schalte schneller an den Hebeln.

»Rette mich, mein Zeitreisender!«, brüllt Lidka. »Ich bin schon angebrannt! Rette mich! Feuer! Zu Hilfe!«

Plötzlich fliegt krachend ein Fenster nach dem anderen auf, und der ganze Hof gerät in Aufruhr. Aus der Treppenhaustür kommt Herr Ochniak geschossen, eine Frau schreit aus dem Fenster, aus einem anderen segelt ein Federbett in den Hof, ihm nach ein Kissen, dann noch eins ...

Jemand brüllt: »Feuer! Feuer!«

Herr Ochniak packt die Schaufel und rennt auf meine Zeitmaschine zu ... Auf die Kiste mit dem Sand also, und dann bleibt er ruckartig stehen und sieht sich panisch nach allen Seiten um.

»Wo?«, schreit er. »Wo brennt es?«

Entsetzt von diesem unerwarteten Verlauf der Dinge reiße ich die Augen auf und vergrabe das Gesicht in meinen Armen. Lidka steht in aller Ruhe auf, streicht ihr Kleid glatt und sagt: »Es brennt überhaupt nicht. Wir spielen das nur.«

»Spielen?«, ruft Herr Ochniak. »Ich hol gleich den Rohrstock, dann wird aber richtig gespielt! Frau Borcuch, was tun Sie denn da? Es brennt gar nicht, hören Sie doch auf!«

Ich schaue zu dem Fenster auf, aus dem gerade noch

das Federbett geflogen kam, und sehe dort eine kleine schwarzhaarige Frau, die mit aller Macht einen gewaltigen, offenbar schwerbeladenen Koffer über das Fensterbrett zu schieben versucht.

»Wie denn, es brennt nicht?!«, ruft sie mit schriller Stimme zurück und lehnt sich aus dem Fenster. »Ich habe doch ›Feuer‹ gehört!«

»Das waren nur die Halbstarken aus der Vier. Die spielen! Halten Sie den Koffer fest. Ich bringe Ihnen das Bettzeug wieder hoch.«

»Du lieber Gott, ich bin in den letzten zwei Jahren zweimal abgebrannt«, jammert Frau Borcuch. »Mein ganzes Hab und Gut ist mir schon zweimal in Rauch aufgegangen. Wie kann man einen Menschen nur so grausam erschrecken?«

Auf einmal steht die Kinderfrau im Hof, die aussieht wie eine Krähe. Mit strengem Blick nimmt sie Lidka bei der Hand und zieht sie wortlos hinter sich her ins Treppenhaus. In der Tür dreht sich das Mädchen noch einmal um und winkt mir zum Abschied mit einem schelmischen Grinsen zu.

Das ist auch schon das Ende unserer Hoffreundschaft, denn ich werde Lidka hier nie wiedersehen. Zwei Tage nach unserem Abenteuer zieht sie mit der Kinderfrau, ihren Eltern und dem kranken Piotruś von hier weg. Aber wir werden uns noch einmal begegnen.

5

Im April kommt noch mehr Bewegung in die Chłodna. Auch hier wollen die Toporol[2]-Leute einen Garten anlegen, extra für Kinder! Das Grundstück mit dem Trümmerhaus, wo *Gullivers Reisen* gespielt wurde, wird in Ordnung gebracht. Der Schutt wird weggeschafft. Jeden Tag kommen viele Jugendliche, die alles umgraben, Sträucher pflanzen und Gras säen. Schreiner zimmern Bänke und eine Schaukel, und die rückwärtige Hauswand mit den leeren Fensterhöhlen, die noch hinten auf dem Grundstück steht, soll von den Zeichenkursteilnehmern bemalt werden. Sie werden Tiere und Märchenfiguren malen, ich kann es kaum erwarten!

Ende April ist es schon sehr warm, aber nachts wird es noch kalt, so dass ein Teil der Tomaten im Hof eingeht. Im Mai wird es richtig heiß. Frau Lampert erzählt in der Küche, dass auf dem Dach des höchsten Gebäudes in der Chłodna mit der Hausnummer 20 eine Sonnenterrasse zum Bräunen eröffnet hat. Liegestühle stehen da, und man kann sich kalte Getränke kaufen. Es kostet anderthalb Złoty Eintritt, und man muss einen Badeanzug tragen. Frau Lampert ist ganz außer sich, sie regt sich furchtbar auf.

»Wie kann man man ausgerechnet hier in diesen Zeiten ein Solarium veranstalten?«, fragt sie Großvater. »Anderthalb Złoty Eintritt für das Dach! Und dann noch im Badeanzug! Wer hat denn bitte heute noch einen Badeanzug?«

»Alle wollen ein normales Leben führen, meine Liebe«, antwortet Großvater müde. »Was regen Sie sich denn so auf?«

»Aber anderthalb Złoty!«, ruft Frau Lampert gedämpft. »Die Menschen hungern, sterben auf der Straße wie die Fliegen, und dann anderthalb Złoty für einen Platz im Liegestuhl! Im Badeanzug!«

Großvater antwortet nicht, er wartet, dass unser Wasser warm wird. Ich werde heute in einem Zuber baden, den uns eine Nachbarin geliehen hat. Nachdenklich schaut Frau Lampert aus dem Fenster in den strahlenden Sonnenschein. Auf dem Blech des Fensterbretts stolziert eine Taube hin und her. Sie wirft sich in ihre silberne Brust und blickt uns durch die Fensterscheibe bald mit dem einen, bald mit dem anderen Auge an.

»Anderthalb Złoty«, wiederholt Frau Lampert, dann steigt sie mit ihrem Mann auf den Speicher. Sie öffnen die Dachluke und schauen nach, ob man nicht auch bei uns ein Solarium einrichten könnte – ich gehe mit. Leider ist unser Dach zu steil.

Wir stellen den Zuber mitten in unser Zimmer, Großvater schüttet den großen Topf kochendes Wasser hinein und gießt dann kaltes Wasser aus dem Krug hinterher. Ich ziehe mich aus, steige in den Zuber und seife mich gründlich ein. Die Seife ist aus der Siederei Kaminer, der Name ist oben in das Seifenstück eingeprägt. Großvater sitzt auf dem Stuhl und schaut aus dem Fenster. In letzter Zeit ist er ständig erschöpft, hustet viel und atmet schwer, wenn er die Treppe zu unserer Wohnung hinaufgeht. Er lacht gar nicht mehr und unterhält sich kaum noch mit mir über Bücher. Manchmal gibt er mir zwar noch Geschichts- und Polnischunterricht, aber die Stunden sind kürzer als früher. Ich beobachte ihn, als er gerade nicht zu mir schaut. Er sieht sehr alt aus.

Als ich den Blick abwende, sehe ich meinen Schatten neben dem Kopfteil des Bettes, dem mit dem afrikanischen Medaillon. Ich bin dünn, aber nicht so abgemagert wie manche andere Kinder im Bezirk. Mein Schatten ist noch dünner. Weil der Zuber so weit von der Wand weg steht, ist mein Schatten unscharf, er verschwimmt an den Rändern. Ich stelle mich seitlich zum Fenster, strecke den Bauch heraus, mache einen Buckel und schiebe den Kopf vor. Jetzt erinnert mein Schatten an einen afrikanischen Buschmann, nur der Speer fehlt noch. Ich habe in dem Buch *Die Welt in Worten und Bildern* Fotografien von Afrikanern gesehen. Das dürften jetzt die Nachbarn meiner Eltern sein. In welcher Sprache sie sich wohl unterhalten können? In Afrika gibt es angeblich keinen Krieg und auch keine Morlocken, ich kann mir das kaum vorstellen.

»Nicht träumen, Rafał«, mahnt Großvater. »Das Wasser wird kalt.«

Als ich fertiggebadet und frische Kleider angezogen habe, schöpfen wir das Wasser wieder in den Topf, sonst ist der Zuber zu schwer. Dann bringen wir ihn der Nachbarin zurück und spülen den Topf unter dem Wasserhahn in der Küche aus.

»Wir müssen noch etwas besprechen«, eröffnet mir Großvater, während ich den Topf unter dem Küchenbrett verstaue.

»Was denn?«

Ich folge ihm in unser Zimmer.

»Du fährst in die Ferien«, sagt Großvater, nachdem ich mich zu ihm an den Tisch gesetzt habe.

»In die Ferien?« Ich kann mich kaum auf dem Stuhl halten. »Wohin?«

»Du wirst bei einer Frau in Gocław wohnen. Auf einem Bauernhof. Es ist schon alles abgesprochen. Das Fräulein aus der Bibliothek hat geholfen, alles vorzubereiten.«

Ich runzle die Stirn und sehe ihn fragend an.

»Ist das denn im Bezirk?«

»Nein. Dort wird es dir bessergehen.«

»Besser? Ich darf den Bezirk nicht verlassen. Und wenn mich jemand fragt?«

»Dann sagst du, dass du Rafał Mortyś heißt. Die Frau dort wird deine neuen Papiere haben. Du musst dann alles genau auswendig lernen.«

68

»Was alles?«

»Wie deine Eltern hießen, wo du gewohnt hast, wo du geboren bist. Das sagen sie dir dort, in Gocław.«

»Aber ich weiß doch, wo ich geboren bin«, entgegne ich.

»Du weißt schon, was ich meine. Viele Menschen kennen mich noch aus der Zeit vor dem Krieg und könnten dich mit mir in Verbindung bringen, und wer ich war, ist nie ein Geheimnis gewesen. Deswegen müssen wir uns für dich eine neue Lebensgeschichte ausdenken, und du kannst nicht mehr Grzywiński heißen, obwohl das ein guter polnischer Name ist. Zuerst einmal musst du jedenfalls anders heißen.«

»Und was ist mit dir?«

»Nichts. Ich bleibe hier. Und wenn sich alles beruhigt hat, kommst du zu mir zurück. Ich werde auf dich warten.«

»Wann kann ich zurückkommen?«

»Das weiß ich nicht. Wenn es nicht mehr gefährlich ist.«

Ich schaue zu Boden und zupfe an meinem Stuhlpolster herum. Der Samtbezug ist am Rand ganz fadenscheinig geworden, man kann die einzelnen Fädchen spüren. Wenn es nicht mehr gefährlich ist ...

»Man erzählt sich schlimme Sachen darüber, was hier noch vor sich gehen könnte. Das ist sicher nur Gerede, aber wir wollen es lieber nicht darauf ankommen lassen«, sagt Großvater nach einer kurzen Pause ganz sanft. »Ich bin schon alt und fühle mich in letzter Zeit nicht so gut, obwohl das bestimmt nichts Ernstes ist. Ich habe nicht mehr so viel Kraft wie früher einmal.«

Einmal.

»Aber ich kann dir doch helfen! Ich kann doch viel mehr! Ich gehe mit dir durch die Höfe, oder ich lerne, wie man über die Mauer kommt und Essen besorgt. Das kann nicht so schwierig sein, viele Kinder machen das. Dann musst du gar nicht mehr in den Höfen spielen, kein bisschen. Wir haben Essen und Geld, und ...«

»Rafał«, unterbricht mich Großvater in aller Ruhe. Ich kenne diesen Tonfall.

Das Gespräch ist beendet, denn wenn Großvater in diesem Ton spricht, ist alles gesagt.

»Und wenn es doch etwas Ernstes ist und du richtig krank wirst? Wer kümmert sich dann um dich?«

»Ich weiß mir schon zu helfen, mach dir um mich keine Sorgen.«

»Kann ich dich denn besuchen kommen?«

»Du weißt genau, dass das nicht geht.«

»Und kommst du mich manchmal besuchen?«

Großvater seufzt und reibt sich die Stirn.

»Wir werden sehen«, sagt er schließlich. »Packe deine Kleider zusammen. Die Wollhose, die graue. Und zwei Hemden.«

Wie denn? Jetzt gleich? Ich starre Großvater erschrocken an und spüre, dass meine Augen zu brennen beginnen.

»Wann muss ich wegfahren?«

»Heute.« Großvater wendet sich ab und schaut aus dem Fenster.

Ich schlucke. Mit einem Mal werde ich ganz schlaff und komme mir vor, als stürzte ich wie ein Stein in einen grausigen bodenlosen Schlund – mir bleibt sogar die Luft weg. Heute soll ich fahren? Jetzt gleich?

Nach einer Weile stehe ich auf und sage leise: »Ich nehme das Köfferchen.«

»Nein.« Großvater schüttelt den Kopf. Die beiden Hemden ziehst du an, darüber Pullover und Jacke. Es ist besser, du hast kein Gepäck. Wir fahren jetzt zu einer Frau, die dich vorbereiten wird. Bis sieben müssen wir da sein. Du wirst dann direkt von dort aus fahren.«

Es fühlt sich an, als hätte ich ein Eisbällchen in mir, gleich hinter den Rippen. Ich möchte weinen, aber meine Augen wollen nicht feucht werden, ich beginne bloß zu zittern. Ich kann das überhaupt nicht kontrollieren, alle Muskeln verkrampfen sich und zucken, als wäre es bitterkalt im Zimmer, dabei ist es doch warm. Mit zitternden Fingern hole ich die Hemden aus dem Schrank und breite sie auf dem Bett aus. Dann klopfe ich meine Hose aus. Ich nehme auch die Fotografie von Großvater vom Tisch und eine zweite mit meinen Eltern. Sie gehen spazieren – Mama im hellen Rock mit passender Jacke, Papa im Anzug. Die Sonne auf dem Foto kommt von oben, deshalb sind ihre Gesichter im Schatten fast völlig schwarz, nur die blitzenden Augen und Mamas Zähne sind zu sehen, weil sie lächelt. Früher, als ich noch klein war, habe ich gedacht, sie wären Schwarze. Das ist doch logisch, dann passen sie nach Afrika. Als ich das Großvater erzählt habe, hat er bestimmt fünf Minuten lang gelacht, bis er sich setzen musste. Dann hat er mir erklärt, dass das nur der Schatten ist und dass ich sonst auch dunkle Haut haben müsste. Da habe ich mich geschämt, dass ich so dumm bin.

Wortlos nimmt mir Großvater die Fotografien wieder ab und stellt sie zurück. Ich darf nur Kleider mitnehmen, sonst nichts. Nichts, was verraten könnte, dass ich aus dem Bezirk komme. Da sehe ich, dass Großvater sich verstohlen die Tränen wegwischt, und plötzlich hört das Zittern auf, ich weiß selbst nicht, warum. Ich versuche ihn anzulächeln und ziehe die Hemden an, darüber den Pullover. Die Jacke klemme ich mir unter den Arm, es ist ja so schon viel zu heiß. Ich bemühe mich, ganz ruhig zu sein, damit Großvater sich keine Sorgen macht. Ich bekomme das schon hin, und alles wird gut. Ich kriege Kopfschmerzen.

Frau Brylant hat mir erzählt, dass schon ein paar Kinder aus dem Bezirk über die Mauer geschickt wurden, in polnische Familien, die sie verstecken oder so tun, als wären sie mit ihnen verwandt. Nie wäre ich auf die Idee gekommen, dass auch ich eines dieser Kinder werden könnte. Ich kenne kein Kind, das von dort zurückgekom-

72

men wäre, aber hinter der Mauer ist es ja auch nicht anders als hier, nur besser. Es soll dort nicht so gefährlich sein, es gibt etwas zu essen und keine Bettler auf der Straße. Hinter der Mauer gibt es mehr Platz. Aber hinter der Mauer gibt es keinen Großvater. Was soll denn aus ihm werden? Wer wird für ihn kochen und putzen?

Ich beiße feste die Zähne zusammen, dass mein Kinn nicht so zittert. Und wenn ich die Augen ganz weit aufmache, sind die Tränen im Nu getrocknet, und man sieht sie überhaupt nicht.

Ich bin bereit. Großvater nimmt seine Geige in die eine Hand und mich an die andere. Wir gehen los.

Die Frau, zu der wir gehen, wohnt in der Miła-Straße. Das ist ziemlich weit weg, weiter als die Bibliothek. Wir brauchen über eine halbe Stunde, schieben uns durchs Gewühl, eine Rikscha an der anderen, Lärm, Geschrei. Marktfrauen verkaufen Brot aus Drahtkäfigen, damit niemand etwas klaut. Sie verkaufen auch Bonbons aus Sacharin und weiches, welkes Gemüse. Sülze aus Pferdeknochen und Fladen aus kleinen Fischen, die alle nur Stinker nennen. Die Sülze kostet zehn Groschen, ein Fladen dreißig, mit einer Scheibe Brot dazu vierzig Groschen. Und es gibt natürlich Sachen. Alle verkaufen irgendwelche Sachen. Uhren, Bücher, Kleider, Kämme, Tassen, Kissen. Zwischen den Verkäuferinnen huschen Kinder herum, an den Hauswänden sitzen Bettler. Manche bitten höflich um ein Almosen, andere schreien. Wieder andere sitzen einfach da und starren auf den Boden. Jemand singt, jemand spielt Mundharmonika, jemand tanzt in der Menge. Mir dreht sich alles. Es ist ziemlich warm, und ich habe zwei Hemden, einen Pullover und Wollhosen an. Der Schweiß tropft mir von der Nasenspitze.

An einer Kreuzung machen wir kurz halt, weil es einen Stau gibt – von der einen Seite kommt die Pferdebahn, die Kohnhellerka, von der anderen der schwarze Leichenwagen mit der Aufschrift »Pinkert« auf der Seite, da bricht mitten auf der Straße einer Rikscha die Achse. Alles stockt, und es gibt ein Riesendurcheinander. Von überall her kommen Menschen angelaufen, um zu sehen, was passiert. Jemand schubst uns gegen eine Hauswand, Großvater presst die Geige an seine Brust und zieht mich zu sich heran. Irgendwelche Jungs lachen laut.

Nebenan ist ein Hoftor, in dem jemand einen kleinen Stand aus einem ehemaligen Nähmaschinentisch aufgebaut hat. Ich beobachte, wie eine junge Frau mit buntem Kopftuch einen Handspiegel mit langem Griff begutachtet, auf dessen Rückseite ein schöner Blumenstrauß gemalt ist.

»Zwei Złoty, gute Frau, ich bitte Sie! Woher denn zwei Złoty? Das ist doch Ramsch. Er hat einen Sprung, hier!«

»Sie müssen ihn ja nicht nehmen«, meint die Frau hinter dem Stand achselzuckend. »Niemand zwingt Sie dazu.«

»So etwas von unverfroren«, wettert die erste Frau. »Da

legen Sie einen zerdepperten Spiegel aus und warten auf einen Dummen. Zwei Złoty! Betrug ist das!«

»Passen Sie mal auf, meine Beste«, erwidert die Verkäuferin ganz ruhig, »das ist keine Ware, und hier ist kein Geschäft. Sie sind keine Kundin, ich bin kein Kaufmann. Ich verkaufe Ihnen nichts, und Sie bezahlen mir nichts, dieses Papier ist doch kein Geld. Sie verlieren nichts, und ich verdiene nichts. Was ist daran Betrug? Wozu betrügen? Man muss halt etwas tun. Nicht wahr?«

Die Sonne verschwindet hinter einer Wolke. Die Straße versinkt in Grau. Alles ergraut, sogar das bunte Kopftuch der Frau, die um den Spiegel feilscht, verliert seine Farben. Die Menschen werden grau, die Steine, selbst die Brote, die wie exotische Vögel in Drahtkäfigen gehalten werden, sehen aus wie grobe, schwere Bleibarren. Endlich ruckt die Straßenbahn wieder an, das dürre Pferd stemmt sich mühsam mit den Hufen gegen das Pflaster. Der Leichenwagen verschwindet, gezogen von zwei Männern, hinter der nächsten Straßenecke.

»Wir müssen weiter«, sagt Großvater.

*

Großvater nimmt mir die Mütze ab und zaust mir die Haare, die sich an die verschwitzte Stirn geklebt haben. Dann bringt er seine Haare in Ordnung und klopft an eine hohe mächtige Tür im zweiten Stock eines Hauses in der Miła-Straße. Das Haus ist düster, das Treppenhaus eng. Die hölzernen Stufen sind ausgetreten, sie knarren und ächzen laut bei jedem Schritt. Die ehemals mit hellblauer Ölfarbe gestrichenen Wände sind von Tausenden kleiner Risse durchzogen, vielerorts ist der Putz abgefallen und hat die roten Ziegel freigelegt. Mir gefällt es hier nicht.

Ein Scharren ist zu hören.

»Wer da?«, fragt eine hohe, schneidende Frauenstimme hinter der Tür.

»Grzywiński«, sagt Großvater.

Ein Riegel quietscht. Noch einer. Dann klirrt eine Kette. Die Tür geht auf.

»Ihr solltet um sechs hier sein«, sagt die Frau mit einem strengen Blick zu Großvater. »Bitte.«

Die Diele ist genauso düster wie das Treppenhaus. Sie wird nur von einer einsamen nackten Glühbirne direkt unter der Decke etwas erhellt. Der Flur ist zugestellt mit Möbeln, Koffern und irgendwelchen Päckchen, nur ein schmaler Gang in der Mitte ist noch frei. Die Frau tritt beiseite und lässt uns herein. Sie trägt einen schimmernden gelbgeblümten Morgenrock und Pantoffeln mit lustigen Bommeln vorne drauf. Ich finde sie sehr schön. Mit ihren leuchtend roten Lippen und den hochgesteckten hellen Haaren sieht sie aus wie eine Schauspielerin aus einer der alten Filmzeitschriften, die mir Frau Brylant einmal gezeigt hat.

»Wir haben nicht viel Zeit. Alles ist ...«, beginnt die Frau, sieht mich an und verstummt.

Stirnrunzelnd mustert sie mich eingehend. Ich fühle mich nicht wohl in meiner Haut.

»Und ob er ähnlich ist!«, stellt sie aufgeregt fest. »Sie haben gesagt, er wäre es nicht!«

Ähnlich? Wem sehe ich ähnlich? Großvater? Überhaupt nicht! Er hat graue Augen, und meine sind schwarz. Außerdem hat Großvater eine andere Nase als ich und glatte Haare, meine sind gekräuselt. Und meine Haare sind kohlrabenschwarz, seine sind fast weiß ...

»Nicht sehr. Nur ein bisschen«, entgegnet Großvater rasch. »Wenn er erst ein bisschen Farbe bekommt, etwas auf die Rippen und draußen in der Sonne spielen kann ... Man wird es ihm kaum noch ansehen!«

»Was ist denn das für ein Mumpitz, Herr Grzywiński«, ereifert sich die Frau im Morgenrock und deutet mit dem Kinn kurz ans Ende des Flurs.

Wir folgen ihr und gelangen in ein Zimmer, das ebenfalls fast vollständig mit Päckchenstapeln vollgestellt ist. Die Frau nimmt mich am Arm und zieht mich zum Fenster.

»Von wegen, sieht nicht so aus!«, jammert sie hände-ringend, als ich im Hellen stehe. »Man sieht es ihm doch sofort an! Noch der Dümmste erkennt auf Anhieb, dass das ein jüdisches Kind ist.«

Ohne ein Wort zu sagen, schaue ich sie mit großen Augen an und senke dann den Blick. Was soll ich denn sonst für ein Kind sein, wenn ich im Bezirk lebe? Im Bezirk leben nun einmal die Juden. Die Frau ist wohl nicht von der schnellsten Sorte. Außerdem bin ich gar nicht ganz Jude, sondern auch ein bisschen Pole. Großvater stammt aus einer jüdischen Familie, und Großmutter, seine Frau, war auch Jüdin. Aber meine Mutter nicht ... Außerdem schmücken Großvater und ich jedes Jahr den Christbaum, und dann spielt Großvater Weihnachtslieder auf seiner Geige. Und obwohl wir noch nie in einer Kirche waren, kenne ich sogar diese Perlenketten und weiß, wie man sich bekreuzigt – Aniela hat mir das beigebracht. Ich sehe wieder zu der Frau auf und bekreuzige mich schnell, damit sie weiß, dass ich es kann.

»Großer Gott«, sagt sie und sinkt auf einen Stuhl.

»Sie werden ihn doch nicht wegschicken, wenn er erst dort angekommen ist«, sagt Großvater leise. »Wer ein Herz im Leibe hat ...«

Die Frau antwortet nicht. Sie fasst mich beim Kinn und dreht und wendet mein Gesicht, als begutachte sie eine Ware auf dem Markt. Dabei seufzt sie tief.

»Oi, Herr Grzywiński, Herr Grzywiński«, sagt sie schließlich. »Sie sind ein großer Künstler und ein guter Mensch, aber Sie sind so naiv wie dieses Kind. Was kann man da machen? Warten Sie, ich gehe hinunter ans Telefon. Ich bin gleich zurück.«

Sie geht hinaus. Großvater setzt sich, legt schweigend den Geigenkasten auf seinen Schoß und streicht sachte mit der Hand darüber, ich atme auf. Ich tauge nicht dazu, über die Mauer geschickt zu werden! Ich muss nicht fort aus dem Bezirk, ich bleibe bei Großvater. Ich kann weiter in die Bibliothek laufen, weiter kochen und putzen. Und ich kann mich weiter um die Zwiebel kümmern, die ich in den Kasten auf der Fensterbank gepflanzt habe. Sie hat schon grünen Schnittlauch ausgetrieben. Und bald eröffnet der Garten, und es gibt ein großes Fest. Alle Kinder, die dann kommen, kriegen eine Tüte mit Bonbons, und es gibt ein Konzert ...

»Stella kommt nach der Vorführung«, sagt die Frau, als sie ins Zimmer zurückkommt.

Was für eine Stella? Die Frau geht zu einem Schränkchen am Fenster, auf dem ein kleiner Herd steht. Ich kenne diese Herde, sie heißen Fenomen, in der Żelazna gibt es ein Geschäft, in dem sie verkauft werden. Frau Brylant hatte auch so einen - sie hat gesagt, man könnte mit einem Pfund Kohlen ein ganzes Mittagessen kochen. Und es qualmt nicht einmal. Die Frau macht aber kein Feuer im Herd, sie steckt nur einen langen Tauchsieder in die Steckdose und versenkt die Heizspirale in dem Emailkessel, der auf dem Herdring steht. Kurz darauf siedet das Wasser auch schon, sie gießt es in eine Porzellankanne, und bald duftet es im Zimmer nach echtem Kaffee. Sie schenkt ihn in Becher aus, ich bekomme auch einen. Ich habe erst ein einziges Mal echten Kaffee getrunken. Er war furchtbar bitter.

»Hauptsache, wir bekommen ihn irgendwie raus, dann wird man schon sehen«, sagt die Frau. »Wir hellen ihm die Haare auf und verpassen ihm eine Brille.«

Sie holt ein bräunliches Fläschchen aus dem Schrank. Nach einem nachdenklichen Blick auf mich holt sie noch eines.

»Das wird ein gutes Stück Arbeit, nur keine Angst«, murmelt sie und sagt dann lauter zu mir: »Komm, wir waschen dir die Haare.«

»Aber ich habe heute schon gebadet«, erwidere ich. »Und Haare gewaschen.«

»Das macht nichts. Zu viel Seife hat noch keinem geschadet«, meint sie und bringt mich ins Bad.

Ich soll Pullover und Hemden ausziehen und mich über die Wanne beugen. Sie gießt mir die Flüssigkeit aus den Fläschchen über den Kopf – es stinkt erbärmlich, ein bisschen wie Katzenpipi. Dann massiert sie mir kräftig den Kopf, so energisch, dass meine Zähne klappern. Sie reißt einen Streifen Stoff von einem Tuch ab, das über der Wanne hängt. Den wickelt sie mir um den Kopf, danach noch ein Handtuch. Ein zweites Handtuch legt sie mir um die Schultern. Im Spiegel sehe ich aus wie der Magier auf dem Bild im Buch mit den indischen Märchen. Der Magier spielte auf einer Flöte, und eine Schlange im Korb tanzte vor ihm zu der Musik.

»Eine halbe Stunde sollte genügen«, sagt die Frau und bringt mich zurück ins Zimmer.

80

Mir wird ganz heiß, aber das ist ja auch kein Wunder bei diesem Turban. Aber dann fängt das Heiße auch noch an zu beißen, und es beißt immer mehr.

»Nicht bewegen«, ermahnt mich die Frau, als ich versuche, unter dem Handtuch zu kratzen.

»Aber es juckt so«, erkläre ich.

»Das hältst du schon aus. Nur noch«, sie schaut auf den Wecker neben dem Bett, »noch zwanzig Minuten.«

Zwanzig Minuten! So lang war der Weg von der Sienna bis zur Bibliothek! Das ist entsetzlich lang. Und es beißt immer ärger. Ich presse die Lippen zusammen und kralle die Hände ineinander. Die Füße kann ich auch nicht mehr still halten.

»Fertig«, sagt endlich die Frau.

Ich stürme ins Bad, reiße mir das Handtuch herunter und dann den Stoff. Die Frau spült mir die Haare mit kaltem Wasser aus dem Krug aus. Ein herrliches Gefühl!

»Trockne dich ab.«

Folgsam nehme ich das Handtuch und rubble mir die Haare trocken.

»Großer Gott ...«, sagt die Frau entsetzt.

Ich schaue in den Spiegel über dem Waschbecken. Meine Haare sind nicht mehr schwarz. Sie haben die Farbe einer reifen Tomate. Sie sind leuchtend rot. Mit weit aufgerissenen Augen bestaune ich mich ausführlich im Spiegel und drehe den Kopf nach allen Seiten. Noch nie habe ich jemanden mit solchen Haaren gesehen, ich wusste nicht einmal, dass so etwas überhaupt geht. Und so soll ich auf die Straße gehen?

»Hat es funktioniert? Wie ...« Großvater schaut ins Bad, fährt bei meinem Anblick zurück und ruft leise: »Gütiger Gott! Er ist ja rot wie eine Rübe!«

»Das sehe ich auch«, antwortet die Frau bitter. »Wir hätten länger warten sollen, das Perhydrol hat noch nicht gewirkt. Was kann ich denn dafür, dass er Haare hat wie eine Drahtbürste? So etwas hab ich mein Lebtag noch nicht gesehen, viele Frauen würden wer weiß was drum geben, solche Haare zu haben. Es hilft alles nichts, wir müssen weiterbleichen. Wartet hier.«

Sie geht wieder ins Zimmer und kommt kurz darauf mit zwei weiteren Fläschchen zurück.

»Gott sei Dank habe ich einen Vorrat«, sagt sie.

»Schadet das ihm denn nicht?«, fragt Großvater besorgt, während ich mich immer noch mit großen Augen im Spiegel bewundere.

»N-nein ...«, antwortet die Frau zögerlich. »Ich mache das bei mir alle zwei Wochen, manchmal jede Woche und habe nie etwas gehabt.«

Wieder muss ich mich über die Wanne beugen, sie massiert mir die Flüssigkeit ein und wickelt mir Stoff und Handtuch um den Kopf. Jetzt beißt es nicht mehr, es brennt. Wie Feuer brennt es, wie damals, als ich bei uns in der Sienna aus Versehen an die heiße Herdplatte gekommen war. Das ist ewig her, aber man sieht es immer noch.

»Es brennt«, sage ich und fange wieder an, mit den Füßen zu zappeln.

Ich will mir Handtuch und Stoff abreißen, aber die Frau hält meine Hände fest.

»Du musst das jetzt irgendwie aushalten.«

»Ich kann aber nicht!«, schreie ich.

»Durchhalten, Rafał«, fleht Großvater.

Ich ziehe die Nase kraus und beiße mit aller Kraft die Zähne zusammen. Es fühlt sich wirklich so an, als ob mein Kopf in Flammen steht, als ob mir jemand die Haut abzieht. Ich fange an zu wimmern, aber wenn Großvater so darum bittet ...

Die Frau bringt mich ins Zimmer, ich weine nur noch, weil ich es nicht mehr aushalten kann.

»Erzähl mir mal«, sagt die Frau, die immer noch meine Hände festhält, »was spielst du denn gerne?«

»Nichts.«

»Und was machst du gerne?«

»Weiß nicht ... Bücher lesen. Macht das ab!«

»Nur noch ein kleines bisschen«, sagt die Frau. »Ich heiße Sonia, hörst du? Ich lese auch gerne. Was für Bücher magst du denn?«

»Es brennt.«

»Ich weiß. Sag mir, was für Bücher du magst.«

»Mit Abenteuern. Und Erfindungen.«

»Erfindungen? Ich habe da ein Buch mit Erfindungen und phantastischen Abenteuern. Wenn du noch ein kleines bisschen durchhältst, bekommst du es von mir geschenkt.«

»Großvater hat gesagt, ich darf nichts mitnehmen.«

»Das Buch darfst du mitnehmen. Versprochen. Wenn du noch ein kleines bisschen durchhältst.«

Im Flur geht die Klingel. Dreimal kurz hintereinander und dann einmal lang – ich höre es wie durch einen Nebel.

»Machen Sie bitte auf«, sagt Sonia zu Großvater. »Das ist Stella.«

Das Feuer frisst sich nach innen, ich spüre es schon auf dem Schädel und in meinem Kopf. Alles dreht sich und verschwimmt vor meinen Augen.

»Da bin ich«, sagt jemand. »Ich bin kaum noch durchgekommen, fast hätten sie mich ... Aber das Kind fällt ja gleich in Ohnmacht! Was machst du denn mit ihm?«

»Er hat so einen Krauskopf, dass zwei Flaschen Perhydrol nicht ausgereicht haben«, erklärt Sonia. »Wir bleichen jetzt zum zweiten Mal.«

»Du verbrennst ihm die Kopfhaut! Schnell ins Bad!«

Jemand packt mich unter den Achseln und hebt mich hoch. Ich sehe nichts mehr, mein Kopf kippt zur Seite weg. Jemand reißt mir den Turban ab, und kaltes Wasser rinnt mir über die Stirn. Ich schnappe nach Luft. Mein Kopf schmerzt entsetzlich, aber die Flammen sind erst einmal gelöscht.

»Sieh nur, was du angerichtet hast«, sagt die fremde Frauenstimme.

»Das konnte ich doch nicht wissen«, verteidigt sich Sonia. »Ich lasse die Farbe immer eine halbe Stunde drauf, bei mir hat es nie gebrannt.«

»Du hast ja auch ein dickes Fell! Aber das ist ein Kind! Schau mich mal an, Kleiner.«

Ich hebe den Kopf und schaue blinzelnd auf. Über mich gebeugt stehen Sonia und eine andere Frau. Oder eigentlich noch ein Mädchen. Es ist sehr dünn, hat fröhliche Augen und schwarzes Haar, das sie streng nach hinten gekämmt und dort zusammengebunden hat.

»Ich bin Stella«, sagt sie. »Wie geht es dir?«

»Der Kopf tut weh«, antworte ich matt. »Aber es ist schon besser.«

Es geht mir tatsächlich schon ein bisschen besser, jedenfalls sehe ich nicht mehr alles verschwommen.

»Ich trockne dir die Haare ab, ja?«, sagt Stella. »Ich bin auch ganz vorsichtig.«

Ich nicke langsam. Das Mädchen ist wirklich ganz vorsichtig, aber trotzdem fühlt es sich an, als wäre das kein Handtuch, sondern Schmirgelpapier. Ich beiße mir auf die Lippen und versuche, nicht zu jammern.

»Was hast du bloß mit ihm gemacht?«, fragt Stella. »Jetzt sieht man ihn erst recht.«

Sie bringen mich ins Zimmer. Großvater sitzt kreidebleich auf einem Stuhl, den Geigenkasten auf dem Schoß. Bei meinem Anblick zieht er pfeifend die Luft ein, und seine Augen werden glasig. Ich betrachte mich im Schrankspiegel. Meine Haare sind nicht mehr rot. Sie sind orange wie das Innere eines Kürbisses. Frau Brylant hatte einmal einen Kürbis gekauft. Als sie ihn zerteilt hat, hatte das Fruchtfleisch genau dieselbe Farbe. Nur nicht so grell.

»Ich würde mich nicht wundern, wenn er im Dunkeln leuchtet«, sagt Stella. »Hast du Soda im Haus?«

»Ja.« Sonia holt ein großes Deckelglas aus dem Schrank.

Stella schüttet sich etwas Puder in die hohle Hand und verteilt es dann vorsichtig auf meiner Stirn und der Haut über den Ohren. Ihre Finger sind kalt.

»Das sollte helfen«, sagt sie. »Eigentlich sollten wir alle Verbrennungen bepudern, nur geht das hier nicht. Er hat aber auch dichtes Haar.«

»Wie eine Drahtbürste«, bekräftigt Sonia nickend.

»Wird es sich nicht entzünden?«, fragt Großvater mit zittriger Stimme.

»Hoffentlich nicht«, seufzt Stella.

Die Schmerzen sind jetzt nicht mehr ganz so heftig. Ich schnaufe, als wäre ich die ganze Straße einmal hoch- und runtergerannt, aber mein Herzschlag beruhigt sich langsam.

»Wir gehen am Morgen«, sagt Stella.

»Ausgeschlossen!«, widerspricht Sonia. »Alles ist abgesprochen. Lutek hat Wachdienst am Tor in der Świętojerska, er lässt euch durch. Aber seine Schicht endet um sechs Uhr früh.

»Das können wir nicht riskieren.« Stella schüttelt den Kopf. »Wenn uns nachts jemand bemerkt, schnappen sie uns sofort. Schaut euch doch an, wie der Junge aussieht, und dann noch diese Haare ... Wir gehen bei Tag. Tagsüber haben wir eine Chance. Dass ein Junge mit solchen Haaren aus dem Ghetto fliehen will, glaubt kein Mensch, das ist so absurd, dass es gar nicht sein kann. Am dunkelsten ist es immer unter der Laterne. Am einfachsten wäre es, durch die Gerichte zu gehen, aber nicht in dieser Situation. Da kommen wir nicht unbemerkt durch, so fällt er jedem auf.«

»Und wenn wir ihm ein Kopftuch umbinden?«, schlägt Sonia vor. »Oder ihm eine größere Mütze geben?«

»Es gibt noch einen anderen Weg.«

»Welchen?«, fragt Großvater unruhig.

»Wir gehen durch das Arbeitsamt. Über den kleinen Steg im ersten Stock. Da gibt es ein unbewachtes Tor. Keine Deutschen und keine Polizei. Der Wärter lässt mit sich reden.«

»Dann kommt ihr ganz auf der anderen Seite raus«, entgegnet Sonia. »Da musst du durch die halbe Stadt zur Brücke laufen.«

»Das schaffen wir schon«, verkündet Stella, sieht Großvater fragend an und sagt: »Oder haben Sie es sich anders überlegt?«

Großvater antwortet nicht sofort. Er klammert sich an seinen Geigenkasten. Schließlich schüttelt er den Kopf und sagt entschieden: »Alles bleibt wie besprochen. Aber geben Sie mir Ihr Ehrenwort, dass Sie alles tun werden, damit ... Damit er ankommt.«

»Ich gebe Ihnen mein Wort«, seufzt Stella. »Nur hat das leider nicht besonders viel Gewicht. Wie spät ist es?«

»Kurz vor zehn.«

»Hast du was zu essen?«

»Sofort. Wenn Sie bitte mit mir kommen wollen.« Sonia nickt Großvater zu, der aufsteht und ihr in die Küche folgt.

»Und, wie geht es?«, fragt Stella.

»Ein bisschen besser«, antworte ich.

»Gut. Wir müssen uns noch eine Geschichte für dich ausdenken.«

»Was für eine Geschichte?«

»Eine, die du erzählst, falls sie uns schnappen.«

»Die Morlocken?«, frage ich.

Stella sieht mich verständnislos an und runzelt die Stirn.

»Welche Mor...« Plötzlich strahlt sie und fängt laut zu lachen an. »Die Morlocken! Aus dem Wells-Buch, nicht wahr?«

Ich nicke.

»Ganz genau«, fährt Stella fort. »Wir müssen uns ein Märchen für die Morlocken ausdenken. Darin heißt du Rafał Mortyś und wohnst in Grójec. Deine Mutter ist nach Łódź gefahren, und dein Vater ... Dein Vater ist an der Front gefallen. Und du fährst zu Tante Hania nach Gocław.«

Stella denkt sich weiter meine Geschichte aus, wo ich angeblich einmal gewohnt habe, zu wem meine Mutter gefahren ist und wie sie heißt. Ich versuche mir alles zu merken. Sonia und Großvater kommen zurück, sie tragen ein großes Tablett, und auf diesem Tablett sind Brot und Quark. Und ein Zipfel Wurst! Und eingelegte Rüben und Gurken! So viele verschiedene Sachen zu essen auf einmal kenne ich sonst höchstens aus dem Schaufenster des Delikatessenladens in der Twarda. Ich esse und esse, der Kopf tut nicht mehr so schlimm weh. Stella, die Theater spielt, erzählt lustige Geschichten. Ich sitze an Großvater gekuschelt auf dem Sofa, lache und denke gar nicht mehr daran, dass dies meine letzte Nacht im Bezirk ist. Mit einem Mal wird dieser Abend zu einem der schönsten, an die ich mich erinnern kann. Erst einige Tage später wird mir bewusst, dass Großvater ohne seine Geige aus der Küche zurückgekommen ist. Und erst da geht mir auf, dass sie der Preis war für meine Flucht aus dem Bezirk.

6

Kopf hoch«, sagt Stella. »Schau den Leuten in die
Augen. Und lächeln. Wir gehen spazieren, also bist du
fröhlich.«

Ich lächle brav und hebe das Kinn. Und ich drücke ihre
Hand noch ein wenig fester. Stellas Finger sind kalt, meine
sind schwitzig. Ich muss schon wieder zittern, obwohl mir
warm ist.

Alles war so schnell gegangen. Sonia hatte mich ge-
weckt, da war es draußen schon hell, Stella war bereit zum
Aufbruch. Ich bekam noch etwas Kaffee und einen Kanten
Brot, aber obwohl ich hungrig war, konnte ich ihn nicht
essen – als wäre mein Hals enger geworden. Ich kaute und
kaute, konnte aber einfach nicht schlucken. Den Rest
habe ich in meiner Jackentasche verstaut. Dann musste
ich eine Sonnenbrille aufsetzen. Sie war mir zu groß.

»Jetzt sieht er aus wie eine Fliege«, hatte Stella gerufen.
»Das ist noch auffälliger. Aber umso besser. Soll er sie auf-
lassen.«

Sie setzten mir eine Kappe auf, obwohl die Verbrennungen immer noch weh taten. Ich fand, die Kappe half überhaupt nicht. Im Spiegel habe ich gesehen, dass die Haare

unter ihr hervorstanden wie orangefarbene Korkenzieher. Durch diese ganze Färberei waren sie noch viel störrischer geworden als früher.

Großvater war kreidebleich. Er küsste mich zum Abschied, sagte aber nichts.

Als wir gerade gehen wollten, fiel Sonia ihr Versprechen wieder ein. Sie lief zurück ins Zimmer und kam kurz darauf mit dem Buch für mich zurück.

»Fast hätte ich es vergessen! Hier«, sagte sie und reichte mir ein schmales Bändchen. »Gott behüte euch.«

Es war *Die Zeitmaschine*, aber ich war so aufgeregt, dass ich mich nicht einmal darüber wunderte.

Dann gingen wir los. Auf den Straßen des Bezirks herrschte schon Betrieb, aber nicht so wie am Nachmittag. Weniger Verkäufer, mehr Gerenne – unausgeschlafene Menschen auf dem Weg zur Arbeit. Und es gab mehr Bettler, vielleicht waren sie aber auch einfach besser zu sehen. Sie lagen an den Hauswänden, zugedeckt mit Zeitungspapier. Stella führte mich ganz am Rand des Gehwegs entlang, möglichst weit weg von ihnen.

Schnell waren wir an der Kreuzung Leszno-Żelazna angekommen. Über eine Holzbrücke gelangten wir ins Gebäude des Arbeitsamtes, das eigentlich schon außerhalb des Bezirks lag. Die Brücke führte über die Mauer – ich sah sie von oben, und da fing das Zittern an. Das Gebäude war noch verschlossen, aber Stella klopfte so lange an die Tür, bis sie endlich aufging und ein Kopf mit Haarnetz herausschaute. Die Frau war dick, und im Bezirk bekam man selten dicke Menschen zu Gesicht, deshalb glotzte ich sie unverwandt an, ich konnte einfach nicht anders.

»Was?«, fragte die Frau mit gerunzelter Stirn.

»Ich wollte zu Ihrem Mann«, sagte Stella.

Die Frau sah Stella an, dann mich. Sie machte große Augen – wegen meiner orangenen Haare – und glotzte mich an. Ich glotzte sie an und sie mich. Es wollte gar kein Ende nehmen. Stella wurde ungeduldig.

»Können Sie Ihren Mann rufen?«

Die dicke Frau riss sich endlich los und schlug die Tür zu. Eine ganze Weile geschah überhaupt nichts. Plötzlich konnten wir hören, wie sich ein Schlüssel im Schloss drehte, und in der Tür erschien ein älterer schnauzbärtiger Mann. Auch er war dick, aber nicht so wie seine Frau. Er sah Stella an, gab ihr einen Wink mit dem Kinn und ließ uns ein.

»Warte hier«, sagte Stella zu mir und ging mit dem Wärter ein paar Schritte weiter.

Sie unterhielten sich leise, ich konnte nichts verstehen. Der Wärter schüttelte den Kopf, Stella zog etwas aus der Tasche und drückte es ihm in die Hand. Endlich winkte sie mich heran. Wir folgten dem Wärter, der uns durch einen Flur führte, dann eine Treppe hinab bis zu einem neuerlichen Tor. Die mächtige Tür war mit Brettern vernagelt, aber in einem Flügel war noch eine schmale Pforte frei. Der Wärter drehte einen großen Schlüssel im Schloss unter der abgeschraubten Eisenklinke herum, trat beiseite und wandte uns den Rücken zu. Wir schlüpften durch die Pforte, die hinter uns sogleich wieder ins Schloss fiel, und wieder hörten wir den Schlüssel im Schloss rumoren. Das Geräusch kam mir in der leeren tristen Gasse schrecklich laut vor.

»So schnell?«, fragte ich.

»Was schnell?«, fragte Stella zurück.

»Sind wir jetzt raus aus dem Bezirk? Einfach so?«

»Das war das einfachste Stück Weg«, erklärte Stella.

Jenseits der Mauer sieht es genauso aus wie drinnen. Die Luft hat denselben Geruch, das Pflaster ist genauso uneben, die Hauswände haben dasselbe Grau. Und trotzdem fühlt es sich ganz anders an. Mir schießt der Gedanke durch den Kopf, dass man hier einfach der Nase nach gehen kann, ohne irgendwann auf eine Mauer zu stoßen. Sofort werde ich ganz klein und kauere mich zusammen wie eine Ameise, über die jemand ein großes durchsichtiges Glas gestülpt hat. Es ist seltsam, denn obwohl auf dieser Seite der Mauer viel mehr Platz ist und nichts mich bedrängen sollte, fühle ich mich genau so.

»Gehen wir«, sagt Stella und reicht mir die Hand. »Kopf hoch. Schau den Leuten in die Augen. Und lächeln. Wir gehen spazieren, also bist du fröhlich.«

Ich lächle brav.

»Warum?«, flüstere ich, ohne mit dem Lächeln aufzuhören.

»Weil ein fröhliches, munteres Kind nicht verdächtig ist. Benimm dich einfach normal.«

Normal? Was heißt das? Normalerweise würde ich um diese Zeit unser Bett machen und die Wohnung putzen. Was Großvater wohl gerade tut? Er ist bestimmt schon wieder zu Hause und bereitet sich auf seinen Gang durch die Höfe vor. Ich ziehe mein Lächeln noch etwas breiter. Eine Frau kommt uns entgegen, ein Einkaufsnetz in der Hand. Als sie mich sieht, stutzt sie für einen Moment, dann schaut sie zu Stella. Ich lächle so natürlich wie möglich.

»Nein«, grummelt Stella. »Lauf ein bisschen schneller. Und hör auf, die Zähne so furchtbar zu fletschen, lächle einfach ganz normal.«

Ich weiß nicht, wie das aussehen soll. Ich habe nie versucht zu lächeln, das ging immer irgendwie automatisch, ganz von selbst.

»Wir müssen möglichst weit weg von der Mauer«, sagt Stella. »Wir haben Glück.«

»Wieso?«

»Keine Schmalzowniks. Die warten oft hinter der Mauer.«

»Was für Schmalzowniks?«

»Die lauern den Schmugglern aus dem Bezirk auf und knöpfen ihnen alles ab.«

»Morlocken?«, frage ich.

»Etwas in der Art.«

»Soldaten?«, hake ich nach. »Deutsche?«

»Nein. Aber nicht alle Morlocken sprechen Deutsch und tragen Uniformen. Merk dir das. Du musst sehr vorsichtig sein.«

Wir kommen an eine große Kreuzung, und Stella zögert einen Moment.

»Ich weiß nicht. Richtung Żoliborz oder Ochota?«, sagt sie halblaut. Sie entscheidet sich für die linke Seite. »Komm.«

Hier ist es jetzt anders als im Bezirk, viel ruhiger. Die Menschen sind farbiger gekleidet, zumindest die Frauen. Und es geht nicht so hektisch zu. Es ist hell, viel heller, dabei scheint die Sonne doch genauso. Die Menschen hier sind heller. Es gibt keine Bettler, niemand verkauft Brot aus Drahtkäfigen. Ich höre Kinder lachen, die in den Höfen oder auf kleinen Plätzen spielen. Erst jetzt fällt mir auf, dass die Kinder jenseits der Mauer viel weniger gelacht haben.

Manche Leute drehen sich nach uns um, deshalb lache ich sie an und hüpfe, als ob ich mich unbändig über unseren Spaziergang freue.

»Gut so«, lobt mich Stella leise.

Ich weiß auch, dass es gut ist, mir ist da nämlich etwas Schlaues eingefallen. Ich stelle mir vor, ich wäre auf Reisen durch das Land der Zeit. Gerade bin ich mit meiner Maschine in einer geheimnisvollen, außergewöhnlichen Zukunft gelandet. Niemand kann erkennen, dass ich nicht aus dem Hier und Jetzt bin, ich muss mich als einer der Hiesigen ausgeben. Ich erforsche ein gefährliches Land, und Stella führt mich. Nicht Weena, als Eloi wusste sie ja von nichts. Jemand anders, vielleicht eine Wissenschaftlerin aus einer anderen Zeit. Ja, das ist eine gute Idee. Stella kommt aus einer noch ferneren Zukunft, ich komme aus der Vergangenheit, und wir haben uns auf halbem Wege getroffen, um dieses besondere Stück Geschichte kennenzulernen. Es ist zwar nur wie ein Spiel, aber seit ich es mir ausgedacht habe, ist meine Angst viel kleiner und alles andere deutlich spannender geworden.

Wir gehen und gehen. Manchmal tauchen in einiger Entfernung vor uns die Uniformen der Morlocken auf. Dann biegt Stella einfach in eine Seitenstraße oder ein Hoftor ab, wo wir warten, bis die Gefahr vorüber ist.

Wir kommen in die Innenstadt. Hier gibt es mehr Morlocken. Und es gibt mehr Geschäfte – auf den Schildern steht weniger geschrieben, die Schaufensterauslagen sind sauber und elegant. Ich betrachte sie aufmerksam wie rätselhafte Hieroglyphen. Die Füße tun mir langsam weh, und ich habe Hunger. In der Ferne sind schon wieder Uniformen zu sehen. Stella möchte auf die andere Straßenseite wechseln, aber eine Straßenbahn kommt uns in die Quere. Nein, keine Straßenbahn, korrigiere ich mich, ein geheimnisvolles, hyperaerodynamischelektrokosmisches Gefährt der zukünftigen Menschen. Konzentriert studiere ich es mit dem Auge des Wissenschaftlers.

Räder, Stoßstangen, Fenster, Trittbretter. Wir stehen unter einer Laterne.

»Fahr!«, sagt Stella von oben herab, wie eine Königin, die ihren Bediensteten einen Befehl erteilt.

Und schon fährt die Bahn los, das ist lustig.

»Alles eine Frage der Ansprache«, sagt Stella und zwinkert mir zu.

Ich muss grinsen, dieses Mal von ganz alleine.

Ich versuche, die Straßennamen zu entziffern, aber die Schilder sind alle auf Deutsch.

»Welche Straße ist das?«, frage ich.

»Die Nowogrodzka«.

Wir kommen am Bahnhof vorbei.

»Und die hier?« Ich zeige auf die Querstraße vor uns.

In einiger Entfernung sehe ich ein weiteres, noch größeres Bahnhofsgebäude.

»Emilia Plater«, antwortet Stella.

»Und warum ist da auch ein Bahnhof?«

»Das dort ist der Hauptbahnhof, und der, an dem wir vorbeigekommen sind, ist für die Vorortzüge.«

Ich angle den Brotrest aus der Jackentasche und kaue darauf herum, immer noch hüpfend. Sicher tun mir von dem Gehüpfe die Füße so weh.

Wieder überqueren wir eine Straße, diesmal eine besonders breite.

»Die Marszałkowska«, sagt Stella, noch bevor ich fragen kann. »Hast du Durst?«

»Ja.«

Wir halten bei einem Wägelchen an, auf dem eine geheimnisvolle Eloi-Frau mit schadhaften Zähnen einen ausgefallenen, supermodernen Wasserdruckbehälter befestigt hat. Eigentlich ist es bloß ein Siphon, ich habe so etwas schon ein paarmal gesehen, aber ich stelle mir vor, dass es anders ist. Stella gibt der Frau eine Münze, sie gießt ein wenig roten Saft in ein Glas und gibt Wasser aus dem Siphon dazu. Während ich trinke, mustert sie mich mit zusammengezogenen Brauen – das Getränk ist sehr süß und bitzelt auf der Zunge.

»Was hat er denn?«, fragt die Frau.

»Was soll er denn haben?«, entgegnet Stella.

»Na, was er auf dem Kopf hat.«

»Haare.«

»Aber warum sind die so?«, wundert sich die Frau.

»Weil er vom Zirkus ist«, erklärt Stella, ohne mit der Wimper zu zucken. »Haben Sie nicht gehört, dass der Zirkus nach Wola gekommen ist?«

»Aaa!«, erwidert die neugierige Verkäuferin. »Und was macht er?«

»Was soll er denn machen?«

»Na, im Zirkus!«

»Gute Frau«, sagt Stella kühl, »das Kind hat orangene Haare. Da muss es doch nichts weiter tun, oder?«

»Das stimmt.« Die Frau nickt. »Und Sie sind wohl auch von diesem Zirkus?«

»Nein«, sagt Stella. »Ich bin vom Rummelplatz.«

Sie gibt das Glas zurück, und wir gehen weiter. Plötzlich biegen wenige Meter vor uns zwei Morlocken um die Ecke. Stella dreht ab und führt mich auf die andere Straßenseite, aber dort sind schon die nächsten Soldaten zu sehen. Wir bleiben vor einem Schaufenster stehen und betrachten Schmortöpfe, Nudelhölzer und Messer. O nein, das sind keine Küchengeräte! Das sind Geheimwaffen und wissenschaftliche Instrumente der Eloi. Mit einem Dauerlächeln begutachte ich die gesamte Auslage. Da entdecke ich in der Scheibe mein Spiegelbild - mit diesen Stehhaaren und dem breiten Grinsen sehe ich wirklich aus wie ein Zirkusclown. Ich war zwar noch nie im Zirkus, aber ich habe bunte Bilder von Clowns in einem Buch gesehen. Die Morlocken laufen an uns vorbei, ich höre ihre Stiefel auf dem Gehweg, direkt in meinem Rücken. Unwillkürlich ziehe ich den Kopf ein.

»Grade stehen«, zischt Stella mir zu.

Wir gehen weiter, biegen ab, überqueren eine weitere Kreuzung.

»Welche Straße ist das?«, frage ich.

»Du willst es wirklich wissen, was?«, seufzt Stella. »Die Bracka. Weshalb fragst du?«

»Damit ich weiß, wie ich zu Großvater zurückkomme«, erkläre ich.

Stella antwortet nicht, sie greift meine Hand noch fester. Aus dem Gebäude vor uns kommen die nächsten beiden Morlocken, auf der anderen Straßenseite sehe ich schon wieder eine Patrouille, diesmal sind es vier Mann.

»Was ist da los?«, murmelt Stella.

Ich laufe schnell, ich muss fast rennen, um ihr hinterherzukommen. Hinter uns höre ich die Absätze der Soldatenstiefel poltern. Plötzlich biegt Stella ab, und wir verstecken uns in einer Einfahrt.

»Warum sind heute bloß so viele auf der Straße?«, grübelt Stella laut.

»Mir tun die Füße weh«, sage ich.

»Ich weiß.«

Vorsichtig wirft sie einen Blick auf die Straße. An der Mauer der Toreinfahrt hängt ein kleiner flacher Schaukasten. Er enthält Fotografien, darüber steht »Photograph«. Auf den Bildern sind Kinder zu sehen. Sie haben helles Haar, lächeln und halten Spielsachen in den Händen. Ein Mädchen mit großer Schleife wiegt eine Puppe im Arm, ein Junge mit Hosenträgern hält eine Lokomotive. So eine hätte ich auch gerne.

»Ach!« Stella springt zurück in die Einfahrt und lehnt sich mit dem Rücken an die Mauer neben dem Schaukasten. »Die kenne ich.«

»Wen?«, frage ich.

Stella antwortet nicht. Schritte sind zu hören, aber keine Soldatenschritte. Sie kommen immer näher - ich verkrieche mich weiter. Dann taucht eine Dame im Licht der Toreinfahrt auf. Wir stehen im Schatten, sie geht mitten im Sonnenlicht. Ich fand Sonia ja schon sehr schön, aber diese hier ist noch viel schöner. Sie trägt ein elegantes Kleid mit dunkelblauen Tupfen und einen Hut, unter dem blonde, sorgfältig eingedrehte Locken hervorschauen. Die Hände, die in hauchdünnen dunkelblauen Handschuhen stecken, halten einen riesigen Strauß blauer Blumen. Solche Blumen habe ich noch nie gesehen, sie sind märchenhaft schön.

»Ina«, sagt Stella.

Die Frau mit dem Hut stockt ein wenig und schaut aus dem Augenwinkel in die Einfahrt.

»Ina, warte.« Mit zwei Schritten ist Stella aus dem Schatten getreten.

Ina bleibt stehen. Wie erstarrt blickt sie Stella an und sieht sich dann hektisch um.

»Sie müssen mich verwechseln«, sagt sie kühl.

»Bitte, du musst uns helfen«, fleht Stella sie an. »Die wuseln überall herum wie die Ameisen. Wir müssen nach Praga hinüber.«

Als Ina mich entdeckt, verschluckt sie sich beinahe bei meinem Anblick. Ich versuche, sie anzulächeln, aber meine Wangen sind von der ständigen Lächelei schon so verkrampft, dass es mir nicht richtig gelingt.

»Großer Gott!«, entfährt es der Frau mit dem Hut.

»Ich habe seinem Großvater mein Wort gegeben, dass ich ihn hinbringe. Wir müssen über die Weichsel kommen«, erklärt Stella sachlich. »Hilf uns.«

»Ich bin nicht ...«, setzt Ina nervös an, unterbricht sich dann, holt tief Luft und sagt kühl: »Lassen Sie mich in Frieden.«

»Ina ...«

Die Frau macht einen Schritt nach vorn, hält wieder inne, sieht sich um. Endlich schüttelt sie kaum merklich den Kopf und streckt dann mit einer heftigen Bewegung den Blumenstrauß von sich.

»Hier! Nimm ihn. Und lass mich in Frieden.«

Stella steht bewegungslos da.

»Jetzt nimm ihn, du dummes Ding!«, schreit Ina fast und schleudert Stella die Blumen hin, die sie instinktiv auffängt.

Der Strauß ist riesig – Stellas Arme und ihr Gesicht verschwinden dahinter. Sie lässt die Hände sinken und betrachtet den Strauß von oben. Die Frau mit dem Hut entfernt sich hastig. Schon nach kurzer Zeit verstummt das Klappern ihrer Absätze in der Ferne.

Stella wendet sich mir mit ernster Miene zu und blickt dann wieder etwas verächtlich auf die Blumen. Doch plötzlich hellt sich ihr Gesicht auf. Sie zwinkert mir mit einem schelmischen Grinsen zu. »Am dunkelsten ist es unter der Laterne«, sagt sie. »Gehen wir.«

Gemächlich spazieren wir im schönsten Sonnenschein die Straße hinunter. Jetzt achtet niemand mehr auf Stella oder auf mich und meine orangenen Haare. Alle schauen nur auf den großen, märchenhaften blauen Strauß.

»Was sind das für Blumen?«, flüstere ich.

»Hortensien«, erklärt Stella. »Ist das die Möglichkeit? Solche Hortensien, zu dieser Jahreszeit! Wo sie die nur her hat ...«

»Sind die echt?«

»Aber sicher!«

»Ich habe solche Blumen noch nie gesehen.«

»Du hast wohl überhaupt noch nicht besonders viele Blumen gesehen, was?« Stella schaut mich an, bricht einen Stängel ab und gibt ihn mir. »Hier.«

Er ist dick und hart, die Blätter sind fleischig mit feinen Härchen. Die Blüten sehen aus wie dichte Regenschirme aus runden himmelblauen Blättern. Ich betrachte sie mit dem kühlen Blick des Wissenschaftlers. Dann stecke ich die Nase hinein. Sie duften überhaupt nicht, sie riechen nur ein bisschen nach Feuchtigkeit und Moder, wie Erde. Komisch. Ich hatte gedacht, alle Blumen duften.

Die nächste Morlocken-Patrouille kommt auf uns zu, fünf Mann. Sie tragen hohe glänzende Schaftstiefel und Mützen mit schwarzem Schild. Ihre Uniformen sind nicht grün, sondern grautürkis. Ich hebe das Kinn ein wenig höher und greife mit meiner verschwitzten Hand fester nach Stellas.

»Schöne Blumen«, sagt einer der Morlocken.

Er ist direkt neben mir. Noch nie habe ich einen Morlock so aus der Nähe gesehen. Er hat dunkle Augen, nicht so dunkel wie meine, aber jedenfalls nicht blau. Als er Stella zulächelt, lächelt sie ungerührt zurück. Für eine Sekunde bleibt mir das Herz stehen, dann hämmert es wie verrückt. Die Patrouille geht an uns vorbei.

»Siehst du?«, sagt Stella fröhlich und zwinkert mir wieder zu, obwohl ich spüre, dass ihre Finger in meiner Hand zittern. »Sie hat uns tatsächlich geholfen. Wer hätte das gedacht!«

»Diese Frau? Ina?«, frage ich nach.

»Ja, genau die.«

»Kennst du sie denn?«

»Ja. Das heißt, fast jeder kennt sie, aber ich habe sie einmal persönlich kennengelernt, im Theater. Sie war ein Star. Es gibt Filme mit ihr.«

»Und jetzt spielt sie nicht mehr?«

»Nein.«

»Warum nicht?«

»Weil jetzt keine Filme mehr gedreht werden«, antwortet Stella und ergänzt nach einer kurzen Pause, »jedenfalls in Polen.«

Wir nähern uns der Altstadt, ich erkenne die Sigismundsäule – die habe ich schon oft auf Bildern in Alben und auf Ansichtskarten gesehen. Wir überqueren den Platz vor dem ausgebrannten Königsschloss und gehen eine Straße hinab. Die Kierbedź-Brücke ist schon zu sehen. Sie sieht aus wie ein länglicher Käfig, den man über den Fluss gelegt hat, sie ist nämlich rundum aus Metallgittern gemacht. Vielleicht, damit niemand ins Wasser fällt. Aber nein, dann wäre es ja unsinnig, dass die Gehwege für die Fußgänger außen neben dem Gitterkäfig verlaufen – innen fahren nur Straßenbahnen und Fuhrwerke. Falsch, nicht Straßenbahnen und Fuhrwerke, sondern Fahrzeuge aus der Zukunft. Und die Brücke ist auch keine Brücke, sondern eine sonderbare schwebende Freiluftkonstruktion, die von einer geheimnisvollen Kraft über Wasser gehalten wird. Na bitte, schon ist meine Angst wieder ein bisschen kleiner geworden.

Auf der seltsamen vergitterten Stahlvorrichtung sind viele Morlocken unterwegs. Gleich am Eingang stehen zwei mit Gewehren. Sie lachen uns an und sagen etwas auf Deutsch. Stella wedelt mit den Blumen und gibt ihnen eine fröhliche Antwort. Unter uns fließt der Fluss. Die Weichsel. Ich würde gerne stehen bleiben und sie mir eine Weile ansehen, aber Stella lässt mich nicht. Ich habe wohl noch nie einen Fluss gesehen, jedenfalls kann ich mich nicht daran erinnern. So viel Wasser, und wie schnell es fließt! Ich hatte immer gedacht, alle Flüsse wären so blau wie die Emailkasserolle, in der Aniela immer Kartoffeln zubereitet hat, aber der hier ist nicht blau, sondern grau. Wie flüssiger Stahl. Fische und Krebse leben in Flüssen, das weiß ich. Aber wie können sie dort leben, wenn das Wasser die ganze Zeit in Bewegung ist? Bestimmt schwimmen sie einfach mit. Der Fluss und so viel Himmel über mir – das ist zu viel auf einmal. Gut, dass wir das hohe Gitter neben uns haben, so fühle ich mich sicherer.

»Wir hätten es über die Poniatowski-Brücke probieren sollen«, überlegt Stella und seufzt, als wir am anderen Ufer ankommen. »Wir haben noch eine Riesenstrecke vor uns.«

Unten am Flussufer sehe ich das langgestreckte Bahnhofsgebäude und eine Spielzeugeisenbahn mit winzigen Waggons. Sie fährt direkt auf der betonierten Uferbefestigung, nur durch einen klapprigen Zaun vom strömenden Wasser getrennt. Das muss ein interstellarer Zug sein, schießt es mir durch den Kopf. Ein Hyperdynamooszillatorvierhundertröhrenzug! Jetzt fährt er zwar auf Schienen, aber wenn er erst in Fahrt kommt, schießt er wie ein Blitz in den Himmel, umrundet in Sekundenschnelle den Mond und nimmt dann Kurs auf den Mars. Wie bei Jules Verne. Oder ist es ein Amphibienfahrzeug? Jetzt fährt es auf Schienen, es könnte aber jeden Augenblick auf den Grund der Weichsel tauchen und dort bis zum Meer fahren. Vielleicht lenkt sogar Kapitän Nemo höchstpersönlich den Zug.

In einem Lädchen kaufen wir Brötchen und etwas Quark und setzen uns damit in einem großen Park auf eine Bank. Exotische Nahrung aus der Eloi-Welt. Es schmeckt zwar ganz ähnlich wie das, was ich innerhalb der Mauern gegessen habe, aber jeder Bissen hier entspricht zehn Bissen aus meiner alten Zeit. Über diesen Einfall grinse ich still in mich hinein und fühle mich gleich satter, obwohl ich wahrlich nicht viel gegessen habe. Wir machen kurz Rast und gehen dann weiter. Die Mittagszeit ist längst vorbei, die Sonne steht immer tiefer über der Stadt. Hier gibt es weniger Morlocken, wir können ihnen ganz gut ausweichen.

»Ist es noch weit?«, frage ich.

Die Häuser, an denen wir jetzt vorbeikommen, werden kleiner, sie halten Abstand von der Straße und sind durch Gärten von ihr getrennt.

»Nicht mehr so sehr.«

Es gibt immer mehr Gärten und immer weniger Häuser. Wir überqueren Bahngleise und laufen auf Straßen, die nicht einmal mehr gepflastert sind – nur nackte Erde, festgestampft, und ab und zu ein wenig Kies.

»Noch ein Stückchen«, sagt Stella. »Siehst du das Wäldchen dort? Der Hof ist gleich dahinter.«

Die Sonne färbt sich orange wie meine Haare, als wir bei den Bäumen ankommen. Es ist gar kein großer Wald, zwischen den Bäumen liegen Glasscherben, Ziegelsteine und abgebrochene Latten herum, aber ich mache trotzdem große Augen. Noch nie habe ich so viele Bäume auf einem Fleck gesehen, ich muss mir also nicht einmal vorspielen, dass wir im Eloi-Urwald gelandet sind, ich staune tatsächlich. Im Bezirk gab es nur sehr wenige Bäume, wenn man mal einen sah, war der klein und verkümmert. Hier rauschen Tausende Blätter hoch über uns. Wie still sie sind. Ich lege den Kopf in den Nacken und sehe zu, wie sie sich im Wind bewegen. Vor dem Himmel sehen sie fast schwarz aus.

»Halt!«, sagt Stella plötzlich und bleibt wie angewurzelt stehen.

»Was ist ...«, will ich fragen, halte aber selbst inne.

In einiger Entfernung vor uns sind Schreie zu hören. Hunde bellen. Dann fällt ein Schuss. Und noch einer. Stella stürzt zu einem Baum und zieht mich ins Gebüsch.

»Was ist da los?«, flüstere ich.

»Ich weiß nicht«, flüstert sie zurück und legt den Strauß auf die Erde. »Warte hier.«

Ich soll alleine hierbleiben?! Sie löst ihre Hand aus meiner, aber ich kralle mich in ihren Rock.

»Geh nicht weg!«

»Ich bin gleich zurück«, beruhigt sie mich. »Ich sehe nur kurz nach. Bevor du bis hundert gezählt hast, bin ich wieder da.«

Und weg ist sie. Dieser Wald ist alles andere als still. Es knackt und raschelt in den Zweigen, im Laub. Was ist das? Mit einem Mal kommt mir mein Zeitreisespiel kindisch und dumm vor. Ich kauere mich an den Baumstamm, lehne mich mit dem Rücken dagegen und beginne im Flüsterton zu zählen. Als ich bei hundert angekommen bin, ist Stella noch immer nicht zurück. Ich zähle weiter. Die Dunkelheit nimmt zu, sie kommt aus der Erde gekrochen, oben, zwischen den Baumkronen, ist es noch heller.

Was mache ich, wenn Stella nicht zurückkommt? Finde ich alleine den Weg zurück in den Bezirk? Könnte ich auf einen Baum klettern und mir dort in den Wipfeln ein Lager bauen wie in Jules Vernes *Das Dorf in den Lüften*? Zweifelnd begutachte ich die glatten Stämme. Ohne eine Leiter kriege ich das nicht hin. Die Blumen hat sie dagelassen, vielleicht komme ich ja irgendwie zu Großvater zurück ... Mir wird schwindlig.

»Rafał?«, höre ich Stella wispern.

»Hier!«, rufe ich und springe hinter dem Stamm hervor.

»Leise«, ermahnt sie mich, als ich bei ihr bin und nach ihrer Hand greife.

»Was ist da los?«

»Nichts.«

»Gehen wir weiter?«

»Warte, ich muss nachdenken.«

Ich warte. Über uns rauschen die Blätter.

»Wir gehen zurück«, beschließt Stella.

»In den Bezirk?«

»Nein. Wir müssen einen Unterschlupf für die Nacht finden. Morgen gehen wir woandershin.«

»Wohin?«, frage ich, bekomme aber keine Antwort.

Sie nimmt die Blumen, und wir verlassen den Wald wieder. Die Sonne ist jetzt ganz rot, gleich verschwindet sie hinter den Dächern auf der anderen Flussseite. Wir schlagen ein flottes Tempo an. Die Häuser werden wieder größer, die Gärten kleiner. Pflastersteine tauchen auf, dann die ersten Bürgerhäuser.

»Hier lang«, sagt Stella und biegt in den großen Park ein, wo wir vorhin Brötchen mit Quark gegessen haben.

Wir gehen eine kleine Allee entlang, weit und breit ist kein Mensch zu sehen. Es wird immer dunkler, und mir wird immer schwindliger. Dann komme ich aus dem Tritt, stolpere und falle hin. Nicht richtig, nur auf die Knie.

»Rafał?« Stella zieht mich hoch und stellt mich wieder auf die Füße. »Gleich können wir uns ausruhen. Dort, siehst du?«

Im Dunkel kann ich zwischen den Bäumen eine Holzbühne erkennen, davor stehen Bänke. Sollen wir auf der Bühne schlafen? Mir ist alles egal, ich bin schrecklich müde. Die Allee führt zu einer Betontreppe, die wir hinabsteigen. Stella schiebt die seitlich angebrachten Bretter beiseite – unter der Treppe kommt ein tiefer dunkler Spalt zum Vorschein.

»Warte«, sagt sie, bückt sich und verschwindet in der Dunkelheit.

Ich setze mich auf die unterste Betonstufe und schließe die Augen. Mein Kopf ist so schwer ...

»Alles klar.« Stella schaut aus dem Spalt heraus. »Komm.«

In der Höhle ist es so dunkel, dass man fast nichts erkennen kann. Ich weiß nicht, wie tief sie ist. Ich krabble auf allen vieren und spüre Stroh unter den Fingern, ein

110

Stück Pappe, Stoff. Es riecht nach Keller und Pipi. Stella zieht die Bretter wieder vor den Eingang, jetzt ist es vollkommen dunkel. Ich kauere mich an sie, sie legt einen Arm um mich.

»Schlaf«, sagt sie.

Und ich bin auch schon eingeschlafen.

7

Als ich die Augen aufschlage, ist es in der Höhle schon ein bisschen heller. Durch die Ritzen zwischen den Brettern sickert ein wenig Licht herein, Staubkörnchen schweben darin. Es ist stickig, die Kleider kleben mir am Rücken. Vorsichtig drehe ich den Kopf und sehe zu Stella. Sie sitzt da, den Kopf zur Seite geneigt, mit offenem Mund. Obwohl ich hören kann, wie sie atmet, bekomme ich es mit der Angst.

»Stella?«, flüstere ich. »Schläfst du?«

Augenblicklich ist sie wach. Nervös sieht sie zuerst nach den Brettern vor dem Eingang, dann, schon etwas ruhiger, zu mir.

»Hast du ein bisschen geschlafen?«, fragt sie.

Ich nicke. Sie nimmt mir die Kappe ab und schaut sich meine Verbrennungen an. Dann legt sie mir die Hand auf die Stirn.

»Ist alles in Ordnung?«

»Ich bin ein bisschen schwach«, sage ich.

»Das sehe ich auch gerade. Du hast Fieber«, seufzt sie sorgenvoll. »Warte.«

Sie kriecht zu den Brettern, rückt eines beiseite und

schaut hinaus. Ich muss die Augen zukneifen, weil die Sonne so grell ist.

»Alles klar«, sagt Stella. »Wir müssen weiter.«

»Wohnt hier jemand?«, frage ich und sehe mich in unserem Versteck um.

Weiter hinten, an der Wand, stehen ein paar leere Büchsen und ein zerbeulter Eimer. Auf der Erde liegen ein zerrupftes Bündel Stroh, Pappstücke und eine alte, abgerissene Decke.

»Manchmal«, sagt Stella.

»Wer denn?«

»Verschiedene Leute.«

»Die aus dem Bezirk geflohen sind?«

»Ja.«

Wir klettern aus unserem Versteck. Stella hilft mir, meine Kleider in Ordnung zu bringen. Wir nehmen den Hortensienstrauß wieder mit, der leider nicht mehr so schön aussieht wie gestern. Als wir den kleinen Platz mit der Bühne überqueren, entdecke ich hinter der Allee ein Bächlein. Eine Ente schaukelt in der Strömung, schwimmt aber gemächlich weiter, als sie uns gesehen hat. Wir waschen uns Hände und Gesicht. Das Wasser ist kalt. Ich würde es trinken, aber es riecht komisch und ist grün.

»Und was machen wir jetzt mit dir?«, überlegt Stella. »Ich dachte, ich verstecke dich für ein paar Tage in den Schrebergärten hinter dem Park, aber ich habe Angst, dass du mir richtig krank wirst.«

»Und die Frau in Gocław, zu der ich sollte?«

»Das wird wohl nichts. Ich muss erst los und das auskundschaften.«

»Ich komme mit.«

»Nein, das ist zu riskant. Was mache ich bloß mit dir?«

»Vielleicht kann ich zu Großvater zurück«, schlage ich hoffnungsvoll vor.

Stella antwortet nicht, und wir laufen langsam zwischen den Bäumen die kleine Allee hinunter. Es ist noch sehr früh, die Sonne ist gerade erst aufgegangen, und der Himmel ist rosa gefärbt. Plötzlich geht Stella schneller.

»Wir kaufen dir etwas zu essen, und dann gehen wir in den Zoo.«

»In den Zoo? Ich war noch nie im Zoo!«, sage ich erfreut.

Im Zoo gibt es alle möglichen Tiere – Löwen, Tiger, Giraffen – wie in Afrika. Und Elefanten! In unserem Zoo lebt Tuzinka, eine junge Elefantenkuh, die hier, in Warschau, geboren ist. Sie ist sehr berühmt, denn bisher gibt es nur zwölf Elefanten weltweit, die in einem Zoo zur Welt gekommen sind, in Gefangenschaft pflanzen sie sich nur sehr selten fort. Aniela hatte eine Ansichtskarte, auf der Tuzinka mit ihrer Mutter zu sehen war!

Wir lassen den Park hinter uns. In der Targowa-Straße kauft Stella Milch, ein bisschen in Papier abgepackte Marmelade, Brötchen und ein ganzes Brot. Es ist rund und hat eine goldene Kruste. Es sieht ganz anders aus als die

Brote im Bezirk. Die Brötchen auch – drinnen passten sie in eine Hand, hier sind sie so groß wie Untertassen.

Wir gehen eine große, breite Straße entlang, die mich an die Marszałkowska von gestern erinnert, nur dass es hier mehr Geschäfte gibt. Die Verkäufer öffnen gerade die Fensterläden und schieben die Gitter zurück. In der Straßenmitte fährt die Straßenbahn, ein paar Jungen, die auf den Trittbrettern der Plattform stehen, lehnen sich heraus und rufen etwas. Die mächtigen Häuser haben Gardinen in den Fenstern, auch Blumentöpfe kann ich erkennen. Jemand spielt Klavier. Ist das tatsächlich die Stadt, in der ich seit meiner Geburt lebe?

Der Weg ist weit. Wenn uns Morlocken begegnen, bleiben wir vor Schaufenstern stehen oder verstecken uns in Toreinfahrten. Stella wirft die Blumen weg – sie sind verwelkt, die blauen Blüten hängen traurig herab.

»Ich hätte sie gestern in den Bach legen sollen«, sagt Stella. »Zu spät.«

Die Blumen tun mir leid, ich knicke einen Stängel ab und verstecke ihn in meiner Tasche.

»Ist es noch weit bis zum Zoo?«, frage ich.

»Nein. Wir sind gleich da. Dort hinten, siehst du?« Stella deutet in Richtung einer dichtstehenden Baumgruppe jenseits der nächsten Kreuzung.

»Das ist der Zoo?«

»Fast.«

Wir gehen am Rande des Parks entlang. Menschen sitzen auf den Bänken, viele Frauen haben Kinderwagen dabei. Manche lesen Bücher, essen belegte Brote oder Kuchen. Einfach so, als gäbe es überhaupt keine Morlocken. Aber jetzt fällt es mir wieder ein – das ist ja das Zukunftsland der Eloi, die leben, als wäre nichts, und die so tun, als existierten die Morlocken gar nicht.

Wir überqueren eine Straße, hinter der ein Metallzaun beginnt. An mehreren Stellen ist der Zaun beschädigt, jemand hat die Lücken mit Brettern vernagelt. Brüllende Löwen oder trompetende Elefanten sind nicht zu hören.

»Ich war noch nie im Zoo«, sage ich noch einmal.

Stella bleibt am Zaun stehen, sieht sich verstohlen um, schiebt dann ein Brett zur Seite und bedeutet mir mit einer raschen Kopfbewegung, durch die Öffnung zwischen den fehlenden Gitterstäben zu schlüpfen. Anschließend zwängt auch sie sich hindurch.

Wir sind im Zoo! Aber nirgends sind Käfige oder Gehege mit wilden Tieren zu sehen. Dafür Unmengen von Sträuchern und Bäumen. Und hohes Gras.

»Komm!« Stella schlüpft durch das Dickicht, ich versuche, ihr möglichst lautlos zu folgen. »Warte!«

Hinter einem Gebüsch versteckt, bleiben wir stehen. Stimmen sind zu hören, zwei Frauen unterhalten sich.

»Die ganze Strecke hab ich den Eimer geschleppt, und buchstäblich drei Schritte vor dem Tor reißt mir der Henkel ab«, jammert die eine. »Zwei Becher voll hab ich vielleicht noch gerettet.«

»Wo haben Sie das Wasser denn geholt?«, fragt die zweite.

»Na dort, aus dem Graben.«

»Bei den Seehunden? Aber hier gibt es doch einen Wasserhahn ganz in der Nähe. Kommen Sie, ich zeige Ihnen, wo.«

Die Stimmen entfernen sich.

»Wer war das?«, flüstere ich.

»Kleingärtnerinnen.«

»Was denn für Kleingärtnerinnen?«, frage ich erstaunt.

»Hier sind jetzt Kleingärten«, erklärt Stella und schlägt sich weiter durchs Gebüsch.

Kleingärten? Aber warum denn im Zoo? Wo sind denn die vielen Tiere?

Im Schutz der Bäume kommen wir zu einer großen neumodischen Villa. Sie hat riesige rechteckige Fenster und helle Wände.

»Warte hier, ja?«, sagt Stella.

»Wo gehst du hin?«

»Sie helfen oft. Vielleicht kann ich dich hier unterbringen.«

»Sie? Wer sind ›sie‹?«, frage ich, aber Stella ist schon auf der kleinen Allee.

Seelenruhig geht sie auf die Villa zu und sieht sich nach allen Seiten um. Dann geht sie die niedrigen Stufen zum Eingang hinauf und klopft an die Tür. Eine ganze Weile tut sich nichts, aber endlich öffnet sich die Tür einen Spaltbreit. Von hier aus kann ich nicht sehen, mit wem Stella spricht. Ich habe ganz weiche Knie. Warum bin ich nur so müde? Ich habe doch etwas gegessen, und der Weg heute war gar nicht so furchtbar weit.

Die Tür geht wieder zu. Stella steht noch eine Weile zögernd auf der Treppe, sie denkt nach. Dann kommt sie zu mir zurück.

»Und?«, frage ich.

»Alles nicht so einfach«, seufzt sie.

»Warum nicht so einfach?«

»Sie ist krank.«

»Wer denn?« Ich werde langsam ein bisschen böse, weil ich nichts verstehe.

»Die Zoodirektorin. Sie ist krank, sie liegt mit entzündeten Gelenken im Bett. Das hat mir die Köchin gesagt, die wollte mich nicht reinlassen.«

»Was wolltest du denn von der Direktorin? Eine Eintrittskarte? Wir sind doch schon drin.« Ich zucke mit den Schultern. »Komm, wir sehen uns die Löwen an.«

Stella hört mir gar nicht zu. Sie lehnt sich gegen einen Baumstamm und überlegt.

»Mir ist kalt«, sage ich, weil das Zittern schon wiederkommt.

»Weil du Fieber hast«, sagt Stella. »Hoffentlich ist es bloß eine Erkältung. Du musst hierbleiben.«

»Wo?«, frage ich erschrocken. »Hier unter dem Baum?«

»Nein. Im Zoo.«

»Aber sie werfen mich doch raus, wenn der Zoo schließt.«
Ich weiß, dass ich gleich anfange zu weinen.

»Hier wird nichts mehr geschlossen. Der Zoo ist leer, es
gibt keine Tiere mehr.«

»Wo sind sie denn?«

»Sie haben sie weggebracht.«

»Auch Tuzinka?«

»Ja.«

»Und wohin? Nach Afrika?«

»Nein. Nach Deutschland. Gleich nach Beginn der Besatzung.«

»Und was ist dann jetzt hier?«

»Kleingärten. Und irgendein Zuchtbetrieb, Füchse oder
so etwas. Nichts Besonderes«, erklärt Stella achselzuckend. »Manchmal gehen hier Leute spazieren. Käfige
und Gehege sind noch da. Die meisten sind kaputt, man
kann sich da gut verstecken. Unsere Leute verstecken sich
oft hier.«

»Die, die aus dem Bezirk geflohen sind?«

»Wir müssen ins Versteck.« Stella legt den Kopf in den
Nacken und schaut zum Himmel. »Die Sonne steht sehr
hoch. Es ist bestimmt schon nach zwölf.«

Wir verlassen das Gebüsch und gehen auf der Allee
weiter. Manche Bäume sind verkohlt, überall sind Bom-
benschäden zu sehen. Bombardiert wurde am Anfang des
Krieges, als die Morlocken die Stadt eingenommen haben,
noch bevor sie Tuzinka und die anderen weggebracht

haben. Was ist damals wohl mit den Tieren passiert? Sie müssen furchtbare Ängste ausgestanden haben, sie konnten ja nicht verstehen, was da vor sich geht. Ich habe es auch nicht verstanden, aber ich hatte Großvater, der mich abgelenkt hat, damit ich keine Angst habe.

Eine etwas breitere Allee kreuzt unsere kleine. In einiger Entfernung sehe ich einen zerborstenen hohen Käfig, daneben ein paar kleine Gebäude. Als wir an dem Metallgehäuse vorbeikommen, erkenne ich Vogelzeichnungen auf den verbogenen Tafeln.

»Hier haben Vögel gewohnt«, stelle ich fest. »Das ist ja ein Riesenkäfig. Warum war der so groß?«

»Damit sie fliegen konnten«, sagt Stella.

»Fliegen? Im Käfig?«

»Damit es ihnen vorkommt, als wären sie frei. Sie haben ihnen so einen großen Käfig gebaut, damit die Vögel nicht kapieren, dass sie gefangen sind.«

»Glaubst du, sie haben es wirklich nicht kapiert? Da hätte ich so meine Zweifel.«

Hier sind mehr Menschen unterwegs. Sie tragen Körbe, Spaten und Gießkannen. Es sind vor allem Frauen, nur hin und wieder ein Mann. Stella passt einen günstigen Augenblick ab und schlägt sich in die Büsche, als gerade niemand in der Nähe ist.

»Wir gehen bis ans Ende. Da ist das Löwengehege, siehst du?« Sie zeigt auf eine Hochfläche mit Betonumrandung in einiger Entfernung.

»Ist da das Versteck?«

»Gleich daneben.«

»Warst du schon einmal hier? Als es noch Tiere gab?«

»Ja.«

»Und?«

»Nichts, und.« Stella zuckt mit den Schultern.

»Aber wie ist es denn gewesen?«

»Ganz normal. Viele Menschen waren da. Kinder mit Eltern und Großeltern, manchmal ganze Schulklassen mit ihren Lehrern. Wir haben Süßigkeiten, Eis und Zuckerwatte gekauft, gegessen und Tiere angeschaut.«

»Zuckerwatte? Was ist das?«

»So ein Zeug, das aussieht wie Watte, aber süß schmeckt. Ich weiß nicht, wie ich das erklären soll.«

»Watte, die man essen kann? Ist sie weiß?«

»Nicht nur. Es gibt sie auch in Rosa und Gelb. Sogar blaue gab es zu kaufen.«

»Blaue Watte, die man essen kann?« Ich staune nicht schlecht. »So blau wie unsere Blumen von Ina?«

»So ungefähr.«

Ich hatte nicht gewusst, dass es himmelblaue Lebensmittel gibt, von essbarer Watte ganz zu schweigen. Das gibt mir zu denken. Wir kommen an großen Käfigruinen vorbei. Gitterstäbe sind herausgebrochen, das Dach ist eingestürzt. Weiter hinten stehen ein paar Häuser, die aussehen wie kleine Hütten auf dem Land. Die Scheiben sind eingeschlagen, und die Türen aus den Angeln gerissen.

Noch weiter weg sehe ich ein breites Becken aus Beton, das aber nicht einfach rechteckig ist, sondern ganz unregelmäßig mit vielen Inseln darin. Seitlich gibt es einen tiefen Bombenkrater, sicher ist das Wasser dorthin abgeflossen. Was hier wohl für Tiere gelebt haben? Krokodile vielleicht oder Seehunde? Hinter dem Becken biegen wir ab. Stella schaut sich wieder aufmerksam um, und als sie sicher ist, dass uns niemand sieht, zieht sie mich in die Büsche. In der Ferne ist eine hügelige Erhebung mit niedrigen Mauern zu sehen, aber wir biegen schon wieder ab und bleiben dann vor einem rechteckigen Gehege mit Holzzaun stehen. Auf der Tafel am Zaun ist ein gestreiftes Pferd abgebildet – das Tier kenne ich.

»Hier haben die Zebras gelebt«, stelle ich fest.

»Ich weiß nicht, du hast sicher recht«, meint Stella achselzuckend.

»Dahinter ist der alte Stall, und daneben gibt es einen kleinen Keller. Dort kannst du dich verstecken.«

»Warst du schon einmal dort?«

»Ich habe eine Frau dort besucht.«

»Und wohnt die dort?«

»Nein, sie ist woandershin gefahren. Komm jetzt.«

Hinter dem Gehege gibt es viele Sträucher und hohes Gras. Offensichtlich war schon lange niemand mehr hier. Der Boden ist sehr uneben, es gibt jede Menge Kuhlen. Der Stall, von dem Stella sprach, besteht nur noch aus verkohlten Wänden und den traurigen Überresten eines

Daches. Hinter einem Haufen zertrümmerter Dachziegel befindet sich unter einem üppigen Fliederbusch, direkt an der rußgeschwärzten Bretterwand, eine mit einem breiten Metallband beschlagene Klappe. Das ist der Eingang zum Keller.

»Siehst du?«, sagt Stella, als wir die schiefen Ziegelstufen hinabsteigen. »Ist doch gar nicht so übel.« Der Raum ist nicht besonders groß, die halbrunde Gewölbedecke hängt tief. Statt eines Fußbodens gibt es festgetrampelte Erde, die Wände sind aus roten Backsteinen gemauert. Ein verstaubtes Fensterchen in der Ecke, gleich unter der Decke, lässt ein wenig fahles, grünliches Licht herein – die Scheiben sind erstaunlicherweise noch heil. An einer Wand steht eine flache, zusammengezimmerte Kiste mit Stroh.

»Bleiben wir lange hier?«, frage ich, während ich mich umsehe und darauf warte, dass sich meine Augen an das Halbdunkel gewöhnen.

»Ich lasse dich für einen oder zwei Tage hier«, erklärt Stella. »Ich muss ein besseres Versteck für dich finden. Aber hier bist du sicher.«

»Alleine?«, frage ich erschrocken. »Dann möchte ich lieber, dass du mich zu Großvater zurückbringst, in den Bezirk ...«

»Rafał.« Stella legt mir die Hand auf den Arm und sieht mich mit ernster Miene an. »Dein Großvater hat viel Geld dafür bezahlt, damit du außerhalb der Mauer versteckt wirst. Du kannst nicht zurück.«

»Warum nicht?«

»Weil niemand weiß, was weiter mit dem Bezirk passiert.«

»Was soll denn passieren?«

Stella antwortet nicht.

»Und Großvater?«, frage ich nach. »Was wird mit ihm?«

»Er kommt schon zurecht. Aber du kannst ihm helfen.«

»Wie?«

»Du hilfst ihm, wenn du tapfer bist. Wenn er weiß, dass du in Sicherheit bist, wird es leichter für ihn. Dein Großvater ist schon alt, und du bist noch klein. Er kann sich nicht um dich und um sich selbst kümmern. Aber alleine kann er es schaffen. Wenn alles gutgeht, flieht er auch über die Mauer. Sonia sucht schon nach einem sicheren Platz für ihn. Ich bin in zwei oder drei Tagen zurück, sobald ich eine neue Familie gefunden habe, die dich bei sich aufnimmt. Hast du das verstanden?«

Ich denke schon, dass ich das verstanden habe, aber mein Gefühl sagt etwas ganz anderes. Großvater hätte es doch leichter, wenn ich ihm helfen könnte. Nur bin ich eben ähnlich, wie Sonia gesagt hat. Ich sehe aus wie ein jüdisches Kind – dass ich mich selbst für einen Polen halte, dass ich eine Perlenkette habe und mich bekreuzigen kann, spielt da keine Rolle. Wenn Großvater alleine aus dem Bezirk flieht, merkt es vielleicht niemand, und er wird nicht weiter beachtet. Wenn ich bei ihm wäre, würden alle es sofort bemerken.

»Ich lasse dir Brötchen, Milch und Quark hier.« Stella legt ein Einkaufsnetz ins Stroh, überlegt es sich dann aber anders und hängt es an einen Nagel gleich unter der Decke. »Und hier hast du Geld für alle Fälle.«

Sie holt mehrere Münzen und Scheine aus der Tasche, rollt sie zusammen und verstaut sie in meiner Jackentasche.

»Pass gut darauf auf, ich lasse dir hundert Złoty hier.«

Hundert Złoty! So viel Geld! Ich habe in meinem ganzen Leben noch nie so viel Geld besessen! Dafür kann man ja monatelang die Bibliothek benutzen! Ich kann mir Brot kaufen, vielleicht sogar Butter! Aber wenn Großvater so viel Geld hätte, müsste er nicht durch die Höfe ziehen …

Ich fasse in meine Tasche, nehme das Geld heraus und gebe es Stella zurück.

»Bring es Großvater«, sage ich, »damit er sich vor seiner Flucht satt essen kann.«

Stella lächelt mich an und streicht mir über den Kopf.

»Er hat jetzt selber viel Geld. Das hier ist für dich. Leg dich hin und ruh dich aus. Ich hoffe, das Fieber geht bald wieder zurück, vielleicht ist es morgen schon besser. Und versuch, so leise zu sein, wie du nur kannst, geh am besten überhaupt nicht raus. Ich verdecke die Klappe mit Zweigen, dass man sie nicht sieht. Einverstanden?«

Ich nicke und spüre dabei, wie mich etwas würgt. Stella drückt mir einen Kuss auf die Stirn, kurz darauf ist sie verschwunden. Die Klappe fällt mit einem dumpfen Schlag zu, ich höre Zweige über Bretter kratzen. Dann ist alles still. Ich setze mich auf die Kiste. Das Stroh ist trocken wie Zunder, es zerbröselt einfach und pustet eine goldene Staubwolke in die Luft, die mich in der Nase kitzelt. Ich niese laut, einmal, zweimal ... Dann halte ich mir mit aller Macht die Nase zu und schicke den dritten Nieser zurück nach innen. Ich sollte doch leise sein! Unter meinem Pullover ziehe ich *Die Zeitmaschine* hervor und verstecke sie seitlich unter dem Stroh. Dann lege ich mich mit dem Kopf auf die Kappe und suche nach einer Haltung, in der die Verbrennungen nicht so weh tun. Ich ziehe die Knie an und decke mich mit meiner Jacke zu. Es ist so still, dass es mir in den Ohren gellt. Ich höre mein Herz pochen. Goldene Staubkörner schweben durch die Luft, durch das Fensterchen fällt ein Strahl grünlichen Lichtes ein. Ich schließe die Augen.

8

Als ich aufwache, ist es fast vollkommen dunkel. Meine Zähne klappern, ich bin nassgeschwitzt. Ich taste nach meiner Jacke, hole Brötchen und Milchflasche aus dem Netz und kehre auf meine Kiste zurück.

Im Keller ist es bitterkalt. Ich muss pinkeln, darf aber nicht rausgehen. Was soll ich tun? Ich öffne die Flasche und trinke begierig die Milch, meine Zunge ist stocksteif. Als ich versuche, von dem Brötchen zu essen, wird es in meinem Mund immer größer, es ist trocken, und ich kann es nicht schlucken. Also stecke ich es in meine Jackentasche. Ich mache die Flasche zu, stelle sie an die Wand und lege mich wieder hin. Mir ist furchtbar schlecht, alles tut mir weh.

Schlafen und Wachen wechseln einander ab. Irgendwann weiß ich nicht mehr, ob ich eigentlich schlafe oder nicht. Ich habe Kopfschmerzen. Ist es schon Morgen? Wann kommt Stella?

Trübes Licht sickert durch die schmutzige Scheibe, verlischt, blitzt auf. Rote Sternchen schwimmen durch die Luft – was ist das? Ich schlafe wieder ein und bin im Bezirk, in unserem alten Zimmer in der Sienna. Ich stehe in der

Zimmermitte auf dem Fußboden, alles um mich herum ist riesengroß. Der Tisch ist so hoch wie eine Scheune, ich sehe ihn von unten. Warum bin ich so klein? Als ich nach Großvater rufe, klingt meine Stimme wie das Fiepen eines Mäuschens. Obwohl ich aus Leibeskräften brülle, kann ich mich selbst kaum hören.

Dann bin ich plötzlich wieder im Keller unter Zebraställen. Es ist taghell, als hätte jemand eine Glühbirne angeknipst. Eine Weile liege ich reglos da, schließlich stehe ich auf. Draußen vor dem Fenster rennt jemand, ich kann ganz deutlich eilige, dumpfe Schritte hören. Stille. Mein Herz schlägt wie verrückt. Ich darf nicht rausgehen. Ich darf nicht rausgehen ... Trotzdem gehe ich zur Klappe und drücke mit einer Hand dagegen. Widerstrebend gibt sie nach, dann rutschen die Zweige raschelnd beiseite. Ich krabble die letzten Stufen hinauf und werfe blinzelnd einen vorsichtigen Blick nach draußen. Niemand zu sehen.

Die Sonne scheint ungewöhnlich grell. Vögel zwitschern, die heiße Luft steht förmlich. Das Gras wächst so dicht, und die vielen Blumen ... Gänseblümchen sind darunter, die habe ich schon auf Bildern gesehen. Ich hätte gedacht, dass sie größer sind. Am besten gehe ich wieder zurück in meinen Keller. Aber es ist so schön und so friedlich. Ich setze mich in die Sonne, nur ein kleines bisschen.

Das Gras gibt wie ein weiches Polster unter meinen Schuhen nach. Ich knie mich hin, stütze mich mit den

Händen auf und bohre die Finger ist Gras – es ist dicht wie ein Pelz. Plötzlich ist ganz in der Nähe im Gebüsch ein metallisches Knirschen, gefolgt von einem hellen Klingelton, zu hören. Starr vor Schreck halte ich den Atem an. Was ist das? Ein kurzer Blick über die Schulter verrät mir, dass der Kellereingang nur wenige Schritte entfernt ist. Verstecken oder nachsehen? Ich sehe nach.

Auf Zehenspitzen schleiche ich bis zu den Büschen und schiebe sie, so leise ich kann, auseinander. Hinter den Büschen gehe ich bei dem niedrigen Holzzaun des Zebrageheges in die Knie. Mitten auf der Lichtung steht etwas, dabei war dort vorhin ganz sicher nichts, als Stella und ich hier vorbeigekommen sind. Niemand ist zu sehen. Kurzerhand klettere ich über den Zaun und laufe gebückt auf das seltsame Gebilde zu, das golden im Sonnenlicht funkelt. Die Maschine ist vielleicht zwei Meter hoch und erinnert an einen goldenen Käfig. Innen drin sind Teile eines Fahrrads verbaut, jedenfalls sieht es so aus – ich kann einen Sattel erkennen, darunter ein Pult mit mehreren Stäben, die mit kristallenen Knäufen enden. Hinter dem Sattel befindet sich ein bauchiges, mit dunklem Holz verkleidetes Gehäuse. Daraus ragt ein goldener Stab hervor, an dessen Spitze Drähte nach allen Seiten abstehen. Es erinnert entfernt an das Gestänge eines Regenschirms ohne Bezug. »Ein Gestell aus Metall, Ebenholz, Elfenbein und durchscheinendem Quarz«, fällt mir plötzlich die Beschreibung aus dem Buch ein. Ist es denn die Möglichkeit!? Noch einmal sehe ich mich nach allen Seiten um. Ich bin allein. Also laufe ich nun bis ganz zur Maschine und sehe sie mir genauer an.

Auf dem blankpolierten Messingpult erkenne ich zwischen den Schalthebeln zwei Regler aus Elfenbein und daneben eine weiße Walze mit Daten. Kein Zweifel – es ist die Zeitmaschine! Die richtig echte Zeitmaschine, genau wie sie im Buch beschrieben ist! Von dem goldenen Gestänge rund um den Sitz war da zwar nicht die Rede, aber vielleicht ist es ein anderes Modell? Eine Weiterentwicklung? Das Buch ist ja schon vor Jahren erschienen, seither könnte der Zeitreisende seine Erfindung noch verbessert haben. Aber wenn die Maschine hier ist, dann muss auch der Zeitreisende in der Nähe sein! Ich muss ihn finden und um Hilfe bitten! Wo kann er nur hingegangen sein?

»Hallo!«, rufe ich gedämpft. »Herr Zeitreisender! Sind Sie hier?«

Stille.

»Hallo!«, rufe ich etwas lauter. »Sind Sie ...«

Da fällt ganz in der Nähe ein Schuss. Jemand schreit laut, dann das Gebell der Morlocken. Was soll ich tun? Jetzt höre ich Soldatenstiefel im Gleichschritt – es müssen Hunderte sein! Sie kommen näher!

Panisch fahre ich mir mit der Zunge über die Lippen. Zurück in den Keller? Und wenn sie mich dort finden? Und was ist mit der Zeitmaschine? Wenn sie den Morlocken in die Hände fällt, ist das das Ende!

»Hallo!«, rufe ich, so laut ich kann. »Sie müssen fliehen!«

Das Stiefelgedröhn wird immer lauter, die Morlocken schreien und lachen. Ich muss etwas tun!

Ich zwänge mich durch das goldene Gestänge und springe auf den Sattel. Er ist erstaunlich breit und bequem. Was nun? Erschrocken starre ich auf die Hebel, Zeiger und Regler. Wie bedient man denn die Maschine? Moment, wie war das gleich? Ein Hebel setzt die Maschine in Bewegung, der zweite bremst sie wieder. Aber hier sind drei Hebel! Ringsum krachen zertretene Zweige, dann bricht der erste Morlock aus dem Unterholz. Mantel und Helm sind grün. Als er mich sieht, stutzt er, schreit etwas und reißt das Gewehr hoch. Ich drücke aufs Geratewohl einen Hebel und kneife die Augen zu. Der Sattel unter mir vibriert, und ein leises Brummen ertönt. Ich öffne die Augen wieder und sehe die nächsten Morlocken beim Zaun auftauchen. Ein Schuss fällt, und die Kugel saust dich an meinem Ohr vorbei. Nun beginnt das goldene Gestänge sich zu drehen. Erst langsam, aber mit jeder Umdrehung nimmt die Geschwindigkeit zu. Die ganze Maschine erzittert, das rotierende Gestänge blinkt und verwandelt sich schließlich in eine einzige goldene Wolke. Ich hebe ab! Schon schwebt die Maschine einen halben Meter über der Erde. Den Morlocken bleibt der Mund offen stehen. Immer schneller wirbelt das Gestänge im Kreis, schraubt sich pfeifend und zischend in die Luft, und plötzlich leuchten die Kristallknäufe auf den Schalthebeln auf. Für einen Moment habe ich das Gefühl, ins Bodenlose zu stürzen – mein Magen kugelt sich zusammen und rutscht mir in die Kehle. Als ich den Mund öffne, um zu schreien, ist das unangenehme Gefühl schon wieder verschwunden. Mit weit aufgerissenen Augen starre ich die Morlocken an. Wie aufgescheuchte Ameisen wuseln sie um die Maschine herum, ihr Gebell ist nur noch ein Piepsen. Schneller und schneller bewegen sie sich, neue rücken nach, springen über den Zaun. Einer zeigt auf die Stelle, an der ich bin, er scheint mich nicht mehr sehen zu können! Er erzählt etwas und rudert mit den Armen wie eine Windmühle. Furchtbar komisch sieht das aus, ich breche in lautes Gelächter aus. Immer schneller wandert die Sonne über den Himmel und verschwindet dann hinter den Bäumen. Die Morlocken laufen auseinander. Der Mond geht auf, jagt über den Himmel, geht wieder unter. Am Horizont steigt die Sonne auf.

Offenbar bewege ich mich vorwärts. Ich schaue auf die Zeiger. Über dem ersten steht »Years«, über dem zweiten »Months«, über dem dritten »Days« und über dem vierten »Hours«. »Year« heißt Jahr, das weiß ich noch aus dem Unterricht bei Aniela. »Day« heißt Tag. »Hour« ist die Stunde. Bei »Months« bin ich mir nicht sicher, aber wenn es Jahre, Tage und Stunden gibt, werden das sicher die Monate sein. Das erste Zifferblatt geht bis hundert, das zweite bis zwölf. Das dritte geht bis dreihundertfünfundsechzig, und das vierte sieht aus wie eine gewöhnliche Uhr. Wenn ich auf diese Uhr schaue, kann ich sehen, wie schnell sich der kurze Zeiger dreht, der lange rast geradezu – es vergeht also Stunde um Stunde, aber die anderen Zeiger rühren sich nicht. Auf der Elfenbeinwalze zwischen den Uhren sehe ich eine Zahl: 1942. Sie zeigt also das aktuelle Jahr an. Als ich mir die Walze näher betrachte, stelle ich fest, dass sie gar nicht aus einem Stück gefertigt ist, sondern aus vielen kleinen – wie aufgefädelte Korallen. Jede Ziffer hat ihre eigene kleine Koralle. Ich reise durch die Zeit! Aber wohl doch ein bisschen langsam. Welcher Hebel war das doch gleich? Der rechte, glaube ich. Vorsichtig schiebe ich ihn nach vorn. Wieder erzittert die Maschine leicht, die Zeiger auf der Stundenuhr nehmen Fahrt auf. Es wird dunkel, der Mond rast über den Himmel, die Sonne geht auf. Tag. Eine goldene Kugel schießt über mir dahin, wird rot und verschwindet hinter dem Horizont. Nacht. Noch einmal betätige ich den Hebel. Hell, dunkel, hell, dunkel. Die Sonne zieht ihre Bahn als goldene Spur auf blauem Grund, dann folgt eine silberne Linie im Dunkeln – der Mond. Plötzlich färben sich die Büsche und Bäume um mich herum gelb, braun und rot. Dann verschwinden die Farben, und alles wird weiß. Es schneit! Die letzte Jahresziffer schnappt mit einem kleinen Klicken um: 1943. Ich bin schon ein ganzes Jahr weitergereist! Ich schiebe den Hebel noch ein wenig weiter vor, die Zeiger wirbeln im Kreis, und die kleinen Walzen mit den Ziffern klackern nur so. 1944, 1945, 1946 ... Tag und Nacht folgen so dicht aufeinander, als schalte jemand eine Lampe dauernd an und aus. Mir wird schon ganz schwindlig, deshalb beuge ich mich über das Steuerpult und konzentriere mich ganz auf die Jahreszahlen. 1990, 1991, 1992 ... Wann soll ich anhalten? Oder soll ich bis in Weenas Zeit reisen und mir selbst das Land mit den Palastruinen und Gärten ansehen, mit den Brunnen, in denen die Morlocken hausten? Nein, ich habe fürs Erste genug von den Morlocken. Ich ziehe den Hebel wieder zu mir heran, und die Zeiger drehen sich langsamer.

Im Buch hieß es, einer der Hebel wäre die Bremse. Vielleicht der mittlere? Kaum habe ich ihn betätigt, bewegt sich die Maschine nach vorn. Aha, das ist also die Weiterentwicklung! Eine feine Idee! Die Maschine im Buch konnte sich nicht bewegen. Sie stand immer am selben Ort, und die Zeit rauschte an ihr vorbei. Deswegen haben auch die Morlocken, als der Zeitreisende bei den Eloi gelandet ist, die Maschine versteckt, er selbst konnte sie nicht von der Stelle bewegen. Aber ich wollte eigentlich etwas anderes. Ich betätige den letzten Hebel. Gleich gehen die Uhren langsamer, auch das goldene Gestänge um mich herum rotiert nicht mehr so schnell. Plötzlich steht die Sonne am Himmel wieder still, die Maschine setzt sanft auf der Erde auf, und die Umgebung kommt zur Ruhe. Ich bin in der Zukunft gelandet! Ein Blick auf die

Elfenbeinwalze verrät mir das Jahr: 2013. Und die Uhren zeigen den 14. August, 13.10 Uhr. Ich schaue auf und blicke direkt in die kleinen gelben Augen eines riesigen Krokodils.

9

Eine ganze Weile geschieht überhaupt nichts. Ich starre das Krokodil an, das Krokodil starrt mich an, und es lässt sich kaum sagen, wer von uns beiden verblüffter dreinschaut. Doch plötzlich reißt das Krokodil den Rachen auf, fegt mit dem Schwanz über die Erde, dass es nur so staubt, stemmt sich mit seinen kurzen Beinen ab und ... Panisch greife ich nach einem Hebel, und das Goldgestänge kommt in Fahrt. Das Krokodil stürzt auf mich zu – erst jetzt sehe ich, dass es etwas erhöht gelegen hat und meine Maschine etwas tiefer gelandet ist. Alles geht ganz schnell, aber gleichzeitig auch wieder erstaunlich langsam: Der aufgesperrte Rachen ist direkt vor mir, ungewohnt scharf sehe ich Dutzende dreieckiger, spitzer Zähne und die hellrote Zunge. Entsetzt werfe ich mich auf dem Sattel zurück und reiße die Arme hoch, da trifft eine der goldenen Stangen das Krokodil, das herumgewirbelt wird und neben der Maschine auf dem Rücken landet. Blitzartig ist es wieder auf den Beinen, aber da steigt die Maschine schon auf. Das Gestänge dreht sich immer schneller, ich atme tief durch. Was soll ich tun? Weiterreisen? Oder zurück? Meine Hände zittern. Das Krokodil reißt den Kopf hoch und glotzt mich von unten an. Als ich mich umsehe, stelle ich fest, dass ich in einer Art Tropenwald gelandet bin, es sieht aus wie dieses Bild aus einer alten Zeitung mit der Werbung für den Tarzan-Film. Sieht so die Zukunft aus? Krokodile, Schlangen und Dschungel in Polen? Nein, am Rand führt eine kleine Brücke über die Sumpflandschaft, dahinter ist ein Teil einer Glaswand und ein Zaun zu erkennen. Ich bewege den mittleren Hebel, und die Zeitmaschine schwebt vorwärts. Langsam gleite ich über das Krokodil hinweg, das mich keine Sekunde aus den Augen lässt. Wenn es mich noch sehen kann, reise ich nicht durch die Zeit, mache ich mir klar. Ich schwebe über die Brücke auf der Suche nach einem sicheren Landeplatz. Hier vielleicht? Die Brücke geht in eine kleine Allee über, seitlich erstreckt sich stattliches Dickicht – riesige, fleischige Blätter an langen Stängeln. Das könnte gehen. Ich fliege unter das Blätterdach, ziehe den Steuerknüppel heran, und die Maschine senkt sich behutsam. Zweige knacken, das goldene Gestänge kommt zum Stillstand. Das Herz schlägt mir bis zum Hals, vorsichtig spähe ich nach allen Seiten, kann aber keine gefährlichen Tiere entdecken. Aber wenn sich hier Menschen aufhalten, dürften eigentlich weder Krokodile noch Schlangen oder sonst etwas hierhergelangen.

Ich rutsche vom Sattel, klettere durch das Gestänge und beobachte, im Gebüsch versteckt, aufmerksam den Weg. Freie Bahn. Also weiter. Ich trete aus meinem Versteck. Mitten auf der Allee rücke ich meine Kleider zurecht. Ich fahre mir mit den Fingern durchs Haar und stelle fest, dass ich die Kappe nicht mitgenommen habe – meine Orangenmähne steht nach allen Richtungen ab. Nichts zu machen. Ich laufe einfach ein paar Schritte und schaue mich um, wie es hier so ist. Rechts oder links? Über die Brücke? Nein, ich gehe lieber in die andere Richtung, das Krokodil will ich mir nicht noch einmal ansehen.

Die Allee beschreibt eine Kurve und führt mich zu einer Glastür. Dahinter beginnt ein dunkler Gang mit großen Fensterscheiben an den Wänden. Ein Terrarium! Gleich entdecke ich eine eingerollte Schlange und daneben noch eine. Das ist also immer noch ein Zoo. Am Ende des Ganges wartet eine Tür, dahinter wieder ein Weg, der zu einer größeren Allee führt. Dort sehe ich auch die ersten Menschen! Vor einer grünen Bank stehen ein Mann und eine Frau, daneben ein komischer bunter Wagen mit einem kleinen Jungen drin. Staunend betrachte ich die Menschen. Sie tragen beide Unterhosen aus einem blauen Stoff und Unterhemden mit Bildern drauf. Auch der Junge ist so ähnlich angezogen. Herrscht in dieser Zukunft eine solche Armut, dass die Menschen sich nicht einmal mehr Kleider leisten können und fast nackt herumlaufen müssen? Aber sie sehen gar nicht arm aus – die Frau hat rote Backen und der Mann eine richtige Wampe. Der Junge im Wagen lacht und klatscht in die Hände, die Frau gibt ihm etwas zu essen – es sieht aus wie ein Stückchen Wurst.

Nein! Das ist Schokolade! Hinter einem Baumstamm versteckt, beobachte ich sie verstohlen. Ich habe auch schon einmal Schokolade gegessen, Aniela hat sie mir geschenkt. Himmlisch! Ich muss schlucken.

»Krasse Haare«, sagt jemand direkt hinter mir. Ich mache einen kleinen Hüpfer vor Schreck und fahre herum. Da steht ein Mädchen. Es ist ein bisschen älter als ich. Fast sieht es aus wie Lidka aus der Sienna! Genau dieselben rabenschwarzen Haare und dunklen Augen. Nur ist es ganz anders angezogen. Es hat auch Unterhosen an – ihre sind rosa und reichen bis zu den Knien – und ein gelbes Unterhemd mit Bildchen auf der Brust. Darauf schwingt ein grinsender Junge die Faust, darüber steht etwas in einer fremden Sprache. An den Füßen hat es scheußliche weiße Holzschuhe, die furchtbar schwer sein müssen, und aus ihren Ohren ... Aus ihren Ohren hängen weiße Drähte! Sie führen zu einem Kästchen, das an einer Halskette hängt. Bestimmt ist sie taub und hört mit diesem Apparat, schließe ich messerscharf. Eine großartige Erfindung, dieser Apparat, mit dem Taubstumme wieder hören können! Schade, dass ich nicht selbst darauf gekommen bin.

»Hat deine Mutter dir das erlaubt?«, fragt das Mädchen.

»Was erlaubt?«, antworte ich laut und beuge mich ein wenig vor zu dem Kästchen, das ihr um den Hals hängt.

»Na, dein Styling«, erklärt sie.

»Styling?«

»Vergiss es.« Sie winkt ab. »Ist dir nicht heiß?«

»Wieso soll mir heiß sein?«

»Es hat fast dreißig Grad heute. Ich wär schon längst umgekippt, wenn ich in solchen Hosen und mit Hemd und Pullover rumrennen müsste.«

»Es geht schon!«, antworte ich möglichst laut in Richtung des Kästchens.

»Was brüllst du denn so?«, fragt das Mädchen. Dann greift es sich ans Ohr und ... Es zieht sich die Drähte heraus! Auf beiden Enden steckt ein abgeplattetes Kügelchen. Das Mädchen wickelt die Drähte auf und klemmt sie an das Kästchen, das an der Halskette baumelt.

»Was glotzt du denn so?«, fragt es.

»Kannst du mich jetzt hören?«, versichere ich mich.

»Warum soll ich denn nicht hören können?«

»Ich dachte, du bist taub.«

»Taub? Bist du gaga?«

»Ist das denn kein Hörapparat?«

»Na, hör mal.« Das Mädchen runzelt die Stirn und sieht mich ungläubig an. »Das ist ein iPod.«

»Ein Eipott?«

»Na, ein MP3-Player. Sag bloß, du weißt das nicht. Wo kommst du denn her?«

»Aus der Chłod...«, fange ich an, beiße mir aber schnell auf die Zunge und sage flüssig mein Sprüchlein: »Ich komme aus Grójec. Ich heiße Rafał Mortyś. Meine Mutter

140

ist nach Łódź gefahren, und mein Vater ist an der Front gefallen. Ich fahre zu Tante Hania nach Gocław.«

»O je!« Das Mädchen zieht ein mitleidiges Gesicht. »Im Irak?«

»Was ist im Irak?«

»Ob dein Vater im Irak gefallen ist?«

In was für einem Irak? Was redet sie denn? Für alle Fälle sage ich nichts, sondern nicke bloß.

»Der Papa von einem Mädchen aus meiner Klasse war auch im Irak. Aber er ist nicht gefallen. Und du weißt echt nicht, was ein MP3-Player ist? Da hab ich meine Mucke drauf.«

»Mucke?«

Sie sieht mich ein paar Sekunden lang an, dann zuckt sie die Schultern. Sie nestelt an den Drähten herum und hält mir die Enden hin.

»Hör mal.«

Vorsichtig nehme ich die Drähte in die Finger und betrachte die Kügelchen. Beide haben seitlich so ein winziges Sieb, sie sehen ein bisschen aus wie verkleinerte Telefonhörer. Soll ich mir das jetzt ins Ohr stecken? Und wenn ich es dann nicht mehr herausbekomme? Frau Brylant hat mir erzählt, dass ihr Sohn sich einmal eine Erbse ins Ohr gestopft hat und sie mit ihm ins Krankenhaus fahren mussten. Sicherheitshalber halte ich die Kügelchen ganz fest und lege nur mein Ohr daran.

Das Mädchen drückt auf einen runden Knopf auf ihrem

Kästchen, und plötzlich ... Plötzlich bricht mitten in meinem Kopf ein heilloser Lärm los. Als ob hundert Morlocken gleichzeitig ihre Gewehre abfeuern. Und eine Frau schreit etwas mit einer schrecklichen hohen Stimme. Ich schreie auch und schleudere die Drähte von mir. Das Mädchen sieht mich einen Moment lang mit großen Augen an, dann platzt es laut heraus. Es biegt sich richtig vor Lachen.

»Hör auf zu lachen!«, sage ich wütend.

»Ich kann nicht«, japst sie. »Du hättest dein Gesicht sehen müssen! Alter! Ich lach mir 'nen Ast!«

Ich kehre ihr den Rücken. Sie ist mir zu dumm, das ist nur vertane Zeit.

»He, warte doch!«, ruft das Mädchen mir nach. »Sorry, aber das war so krass komisch. Warte.«

»Das war überhaupt keine Musik«, sage ich. »Musik ist ganz anders, ich weiß das, weil Großvater ... Ich weiß es, und fertig!«

»Okay, du magst keinen Rap, schon verstanden«, sagt sie achselzuckend. »Mach dich locker. Ich bin Aśka. Bist du alleine hier?«

»Ja.«

»Ich auch.« Sie lächelt mich an. »Papa ist arbeiten, Mama sitzt mit meinem Bruder zu Hause, weil der krank ist. Angina. Aber nächste Woche fahren wir mit Opa und Oma für zwei Wochen nach Afrika. Wir wollten uns um 13 Uhr hier treffen, also Opa, Oma und ich, aber ihnen ist noch was dazwischengekommen, sie haben mir vorhin gesimst. Und du?«

»Was ist mit mir?«

»Fährst du auch wohin in Urlaub?«

»Nein«, ich überlege kurz, »ich bin gerade im Urlaub.«

»Hast du die Flamingos schon gesehen?«, fragt sie. »Ich gehe nämlich grade zu den Flamingos. Die Flamingos sind echt supersüß. Komm doch einfach mit.«

Warum nicht? Es kann ja nicht schaden.

Auf der Allee sehe ich die nächsten Zukunftsmenschen. Alle sind halbnackt! Und fast alle essen etwas. Irgendwelche goldenen Stäbchen, die sie aus Papiertüten ziehen, Eis aus sandfarbenen Becherchen, Lutscher ... Ich merke, dass ich schon wieder einen Bärenhunger habe.

»Komm, wir kaufen uns was zu essen, Hotdogs oder so«, sagt Aśka, als hätte sie meine Gedanken gelesen.

Stella hat mir doch so viel Geld gegeben! Aber ... Aber es steckt in der Jacke, und die liegt im Keller. Und ich weiß ja auch gar nicht, ob mein Geld hier überhaupt etwas wert wäre.

»Nein, ich möchte nicht«, antworte ich.

»Wieso, hast du kein Geld?« fragt das Mädchen fix. »Kein Ding, ich lad dich ein. Opa und Oma haben mir am Sonntag fünf Zehner gegeben, und Mama hat heute noch mal zwei für die Karte draufgelegt. Ich hab's grad.«

Wir steuern auf einen Kiosk zu. Darin sitzt ein junges Fräulein mit einer roten Schürze und einer albernen Kappe mit langem Schirm. Ich schlucke. Aśka bestellt die geheimnisvollen Hotdogs – was das wohl sein mag? Und dazu noch etwas, das sie »Cola« nennt.

»Welche Soße?«, fragt die Verkäuferin.

»Ketchup und Knoblauch«, antwortet Aśka. »Und du?«

»Ich auch«, sage ich schnell.

Das Fräulein nimmt zwei längliche Brötchen mit Loch und spritzt aus farbigen Flaschen eine zähe Flüssigkeit in die Öffnung. Dann fischt sie mit einer Zange zwei schlanke Würstchen aus einem Kessel, stopft sie in die Brötchen und hält sie uns in zwei Papiertütchen hin. Aśka bezahlt, und ich kann erkennen, dass ihr Geld ganz anders aussieht als meins. Viel kleiner und bunter. Sie nimmt der Verkäuferin die Brötchen ab und reicht mir eines weiter. Die Verkäuferin gießt eine schwarze Flüssigkeit in Pappbecher – Kaffee wahrscheinlich –, verschließt sie mit weißen Deckeln und steckt dann in jeden noch ein gestreiftes Röhrchen.

»Hier.«

»Danke«, antworte ich und beiße sofort einen ordentlichen Happen von meinem Würstchenbrötchen ab.

So etwas Leckeres habe ich in meinem ganzen Leben noch nicht gegessen! Das Würstchen ist glatt und knackig, keine Knorpel, keine Klümpchen. Und das Brötchen ist so weich wie ein Federbett!

»Du hast wohl ordentlich Kohldampf, was?«, fragt Aśka, die mich aus dem Augenwinkel betrachtet, dann nimmt sie die Pappbecher und stellt sie auf ein Tischchen neben dem Kiosk, setzt sich auf einen Stuhl und beißt in ihr Brötchen. Ich nicke und stopfe mir das restliche Brötchen in den Mund. Zu schade, dass es bloß so klein ist ... Aśka nimmt immer nur winzige Bissen von ihrem Hotdog, ich kann es gar nicht mit ansehen! Also wende ich mich ab und schaue mir die Menschen an, die vorbeikommen. Die Männer haben sehr seltsame Frisuren, ich entdecke sogar einen, der fast dieselbe Haarfarbe hat wie ich! Plötzlich sehe ich hinter dem Kiosk zwei ältere Herrschaften hervorlugen – der Mann sieht genau wie Großvater aus! Ich reiße die Augen auf, aber als die beiden bemerken, dass ich sie anschaue, ziehen sie schnell ihre Köpfe zurück. Ich muss mich getäuscht haben, so ähnlich kann er ihm gar nicht gewesen sein ...

»Trinkst du gar nichts?«, fragt Aśka, greift nach einem Becher und schiebt sich das Ende des Röhrchens zwischen die Lippen.

Ich nehme den anderen Becher und mache es ihr nach. Ich sauge die Flüssigkeit durch das Röhrchen und muss losprusten. Das ist Sodawasser mit Saft, aber weshalb ist es so schwarz? Es schmeckt köstlich, viel besser als das, was Stella mir auf der Marszałkowska gekauft hat. Mit tränenden Augen trinke ich fast den ganzen Becher auf einen Zug leer – ich kann mich nicht beherrschen.

»Ich mag nicht mehr«, sagt Aśka und rümpft die Nase. »Ist nicht so besonders.«

Fast ihr halbes Brötchen steckt noch in der Tüte! Was hat sie denn?

»Isst du nicht auf?«, frage ich.

»Nein.«

»Kann ich?«

»Was? Den Rest von meinem Hotdog essen?« Aśka sieht mich erstaunt an. »Ist doch eklig!«

»Wenn du nicht mehr essen willst ...«

Sie denkt kurz nach, dann gibt sie mir mit spitzen Fingern ihre Tüte.

»Wie ist es hier?«, frage ich, während ich ihr Brötchen herunterschlinge.

»Wo?«

»In Warschau.«

»Normal. Wie soll es sein«, fragt sie achselzuckend. »Viele Leute halt.«

»Und ... Und der Bezirk?«

»Was für ein Bezirk? Welcher?«

»Na, der Bezirk.« Ich streiche mit der Hand über den Tisch, ohne sie anzusehen. »Das Ghetto.«

»Ghetto?«, fragt sie erstaunt. »Das gibt es nicht als Bezirk. Es gibt Żoliborz, Śródmieście, Praga. Aber von Ghetto habe ich noch nie etwas gehört.

Sie hat nichts davon gehört.

»Und die Morlocken ... Ich meine die Deutschen?«

»Was ist mit den Deutschen?«

»Gibt es keine Deutschen mehr?«

»Bestimmt gibt es noch ein paar.« Aśka zuckt mit den Schultern. »Du bist irgendwie komisch. Komm, wir gehen zu den Flamingos.«

Die Flamingos sind rosa und wirklich sehr schön. Es gibt richtig viele, und sie stehen auf ihren langen, dürren Beinen im Wasser, ganz nah am Zaun, und haben überhaupt keine Angst vor den Menschen.

»Toll, oder?«, fragt Aśka. »Ich muss jetzt los, weil es bald Mittagessen gibt. Wir wohnen gleich hinter dem Park in der Jagiellońska. Wenn du willst, geb ich dir meine E-Mail, dann findest du mich auch auf Facebook. Willst du?«

»Ich weiß nicht«, antworte ich vorsichtig.

Aśka runzelt irritiert die Stirn.

»Aber du weißt schon, was Facebook ist?«

»Ja«, antworte ich, was soll ich auch sonst sagen.

»Na gut. Schreib einfach Joanna Polisiuk. Du erkennst mich am Userpic. Okay?«

Ich nicke. Aśka steht da, als warte sie auf etwas.

»Ich geh dann jetzt.«

»Auf Wiedersehen«, sage ich.

Sie steht immer noch da.

»Hör mal ...«, sagt sie nach einer Weile. »Vielleicht willst du ja mitkommen zum Mittagessen? Mama hat bestimmt nichts dagegen.«

Mir grummelt schon wieder der Magen. Essen! Dann könnte ich auch sehen, wie sie sich jetzt ihre Zimmer einrichten. Aber wie komme ich dann zurück in den Zoo? Ich brauche ja die Zeitmaschine wieder. Wir sind schon in der Nähe des Eingangs. Ein hoher Zaun mit Gitterstäben. An dem schmalen Durchlass steht ein Mann in Uniform und kontrolliert die Eintrittskarten. Vielleicht kann ich ja doch irgendwie durchschlüpfen ...

»Und deine Mutter hat bestimmt nichts dagegen?«

»Ach Quatsch. Die freut sich! Mama ist total koch-wütig, die macht immer von allem zu viel. Aber sie hat auch ein Kochblog. Sie glaubt, dass sie groß rauskommt und ein Star wird. Sie kocht ja auch sehr gut, aber ich weiß nicht, ob sie wirklich die Beste ist.«

Ich verstehe kein Wort, aber ich nicke und lächle fleißig. Wir gehen durch die Pforte und drängeln uns durch die vielen Leute. An der Bordsteinkante steht ein Mann mit einem Stock, an den er Dutzende großer, bunter Ballons angebunden hat. Sie sind wunderschön! Sie sehen aus, als wären sie aus Metall, aber sie tänzeln leicht im Wind und wiegen sich ...

»Halt!«, schreit Aśka und packt mich beim Kragen. »Bist du verrückt?«

Vor meiner Nase schießt ein glänzendes rotes Gefährt vorbei. Der Luftzug fährt mir durch die Haare. Was war das? Ein Automobil? So klein? Ich habe schon Auto-mobile gesehen. Von der Brücke über die Chłodna konnte man manchmal beobachten, wie sie unten vorüberzogen. Militärfahrzeuge natürlich, aber manchmal gab es auch gewöhnliche. Meistens waren sie schwarz und riesengroß.

Als ich mich umsehe, fällt mir auf, dass hier überall Autos unterwegs sind, noch dazu in allen Farben!

»Sind das Automobile?«, frage ich.

»Hallo? Hast du den nicht kommen sehen? Der hätte dich fast erwischt!«

»Aber da sind so viele! Wer fährt denn damit?«

»Wer soll damit fahren?«, fragt Aśka verständnislos. »Menschen.«

»Normale Menschen?«

»Nein, abnormale«, antwortet Aśka und verdreht die Augen. »Logisch normale. Jeder hat ein Auto. Na ja, fast jeder. Wir haben einen Toyota, aber Papa will ihn verkaufen und einen Geländewagen holen. Mama will noch nicht so richtig, aber wir holen uns sowieso einen, weil Papa sich immer durchsetzt. Ich hätte nichts dagegen, wird bestimmt cool. Komm.«

Wir überqueren die Straße und kommen in einen Park.

»Habt ihr etwa kein Auto?«, fragt Aśka.

»Wer?«

»Na, deine Mama und dein Papa.«

»Nein.«

»Komisch«, findet sie.

Komisch? Diese Zukunft ist komisch. Jeder hat ein Auto! Es gibt keinen Bezirk mehr und offenbar auch keine Morlocken! Was ist geschehen?

»Und wann ...«, ich fahre mir mit der Zungenspitze über die Lippen. »Wann hat der Krieg aufgehört?«

»Welcher Krieg?«, fragt Aśka zurück.

»Der Krieg mit den Deutschen.«

»Der Krieg mit den Deutschen?« Wieder runzelt sie die Stirn und sieht mich verständnislos an. »Welcher ... Du meinst den Zweiten Weltkrieg? Alter Falter, das ist doch hundert Jahre her! Nein, warte mal, hundert noch nicht ganz, vielleicht ...«

Auf einer Wegkreuzung vor uns sehe ich drei Jungen. Sie sind älter als wir. Sie tragen auch diese kurzen Hosen, aber ihre reichen bis übers Knie und sind sehr breit. Auf dem Kopf haben sie Kappen mit langen Schirmen. Sie rufen sich etwas zu, lachen und spielen Fußball. Einer schießt ihn zu dem anderen und der Dritte versucht, ihn auch zu bekommen. Es scheint ihnen großen Spaß zu machen. Plötzlich bleibe ich stehen und starre wie gebannt auf den Ball. Nein, das kann nicht sein. Sie treten überhaupt nicht gegen einen Ball. Sie treten gegen ein Brot. Einen halben Brotlaib. Er ist ganz mit Dreck beschmiert, aber ich kann doch erkennen, dass es ein halbes Brot ist.

»Was macht ihr da?!«, rufe ich laut und renne auf sie zu.

Ich stürme zwischen die verblüfften Jungen, falle auf die Knie und hebe das Brot auf. Während ich versuche, den Schmutz abzureiben, schießen mir die Tränen in die Augen.«

»Ey«, sagt einer der Jungen. »Bist du behindert?«

»Wie könnt ihr nur ...«, murmle ich.

Das Brot ist nicht einmal besonders hart, es ist auch nicht verschimmelt.

»Pfoten weg«, sagt der zweite Junge. »Willst du Schläge?«

Ich stehe auf und drücke das Brot an meine Brust. Der dritte Junge gibt mir einen Stoß in den Rücken.

»Hast du gehört? Pfoten weg, Spacko!«

Aśka steht einige Schritte entfernt. Sie beobachtet die Szene mit gerümpfter Nase.

»Aufs Maul oder was?« Der erste Junge macht einen Satz auf mich zu und boxt mir gegen den Arm.

Ich ducke mich unter dem nächsten Schlag weg und renne los. Der dritte Junge versucht, mir ein Bein zu stellen, aber ich schlage einen Haken.

»Halt!«, brüllt der zweite Junge.

Das Brot an die Brust gedrückt, rase ich zurück in Richtung Zoo. Aśka bleibt stehen, die Jungen rennen mir hinterher. Ich höre das Trampeln ihrer schweren weißen Schuhe und renne, so schnell ich nur kann – schneller, als ich zur Bibliothek gerannt bin. Als ob mir Flügel gewachsen wären. Aber sie sind schon dicht hinter mir, ich höre sie heftig schnaufen. Ich renne aus dem Park heraus, der Zooeingang ist nicht mehr weit, da sehe ich schon den Mann mit den bunten Ballons. Ich flitze über den Gehweg. Mit ein bisschen Glück kann ich zwischen den fahrenden ...

Plötzlich quietschen Bremsen direkt neben mir, und aus dem Augenwinkel sehe ich einen grellen Lichtreflex auf der blauen Karosserie eines Automobils. Ich versuche, noch schneller zu laufen, stoße mich kräftig von der Fahrbahn ab, aber zu spät. Das Auto rammt mich, ich sehe noch das kreideweiße Gesicht der Frau hinter dem Lenkrad, als ich über die Motorhaube fliege und gegen die Frontscheibe knalle. Mit einem Schlag ist es dunkel.

Teil 2

DIE ARCHE

1

»Wie geht es ihm?«, fragt eine leise Stimme aus der Dunkelheit.

»Ich weiß nicht. Das Fieber ist wohl zurückgegangen«, antwortet eine zweite.

Ich versuche, die Augen aufzuschlagen, aber das ist furchtbar mühsam, als hätte mir sie jemand zugeklebt. Ich drehe den Kopf.

»Er wacht auf!«, sagt die erste Stimme.

»Hol Wasser«, bittet die zweite. »Kannst du mich hören, Kleiner?«

»Kleiner« – damit meinen sie mich. Ich räuspere mich schwerfällig, versuche, etwas zu sagen, aber aus meinem Mund kommt nur ein heiseres Flüstern.

»Ich glaube, er hört uns. Hier hast du Wasser, Kleiner!«

Jemand hebt meinen Kopf an, ich spüre einen Becherrand an den Lippen. Das Wasser ist kalt und süß. Ich trinke einen Schluck, dann noch einen. Es läuft mir über das Kinn.

»Es geht ihm jetzt besser, nicht?«, fragt die erste Stimme. Wahrscheinlich ein Mädchen. Die Stimme kommt mir bekannt vor. Aśka?

»Wo …«, setze ich an, breche aber gleich wieder ab, um nach Luft zu schnappen. »Aśka?«

»Wieso denn Aśka? Ich bin es, Lidka«, sagt die erste Stimme.

»Lidka?«

»Nicht so viel quatschen«, mahnt die zweite Stimme. »Ruh dich aus. Du warst krank.«

»Ein Auto hat mich angefahren«, flüstere ich.

»Ein Auto? Na, wenn es mal ein Auto gewesen wäre«, sagt die Stimme mitleidig. »Wir hatten schon Angst, dass es Typhus ist. Sah nicht gut aus für dich. Ein Wunder, dass wir dich überhaupt gefunden haben. Ich wollte ein paar Möhren aus den Gärten holen, als ich dich winseln hörte.«

»Er hat gedacht, das wäre ein Geist«, schiebt Lidka ein.

»Quatsch!«

»Doch, doch, gib es ruhig zu.«

»Wie lang?«, frage ich leise.

»Wie lang, was? Wie lang du krank warst? Wir haben dich vor fünf Tagen gefunden, aber ich weiß nicht, wie lange du vorher schon da gelegen hast.«

»Und Stella?«

»Welche Stella?«

»Sie wollte mich holen kommen.«

»Na, bis jetzt ist niemand gekommen«, sagt die Stimme freundlich, »sie kommt aber sicher noch.«

Plötzlich wischt mir etwas Weiches, Pelziges über die

Wange. Eine Ratte?! Ich versuche, den Kopf einzuziehen, aber er ist so schwer, als wäre er mit Blei ausgegossen.

»Miksio!«, sagt Lidka tadelnd. »Pfui!«

»Was ...«, will ich fragen, aber mir bleibt die Stimme weg. Alles beginnt zu schwanken. Es wird wieder dunkel.

Als ich aufwache, fühle ich mich schon besser. Ich bin immer noch in dem Keller unter der Stallruine. Jemand hat mich zugedeckt. Auf der Kiste neben meinem »Bett« steht ein Becher Wasser, daneben liegt eine Scheibe Brot. Obwohl ich furchtbar schwach bin, schaffe ich es, nach dem Becher zu greifen. Einen Teil verschütte ich zwar, bekomme aber auch etwas in den Mund. Als ich den Becher zurückstellen will, fällt er mir zu Boden. Das Brot ... Nein, ich bin zu schwach. Plötzlich wird es hell im Keller, und ich kneife die Augen zu.

»Oh, du bist aufgewacht!«, sagt jemand.

Ich drehe meinen Kopf. Auf den Stufen, die zur offenen Klappe führen, steht ein Junge. Er mag vierzehn sein, vielleicht fünfzehn. Seine weite, sackartige Hose hat er in Soldatenstiefel gesteckt, außerdem trägt er ein viel zu großes schwarzes Jackett, das einmal sehr elegant gewesen sein muss, jetzt aber abgewetzt und zerknittert ist. Der Junge schließt die Klappe hinter sich, im Keller herrscht wieder Halbdunkel.

»Ich habe dir ein bisschen Gemüse mitgebracht«, sagt er und kommt zu mir herunter. »Möhren, Petersilie und zwei Gurken.«

Er legt alles neben die Brotscheibe und setzt sich auf die Kante meiner Kiste.

»Wer bist du?«, frage ich.

»Ach so, richtig! Ich habe mich noch gar nicht vorgestellt. Emek, stets zu Diensten.« Er grinst, seine Zähne schimmern im Dunkeln.

»Emek?«

»Emanuel. Aber wenn du mich so nennst, gibt es Dresche, krank oder nicht. Und du heißt Rafał, oder?«

»Ja. Rafał. Rafał Mortyś.«

»Mortyś?« Er grinst schon wieder. »Na, wenn du meinst. Aber ich bin auch aus dem Bezirk, mir musst du nichts vormachen.«

»Aus dem Bezirk?« Ich versuche, mich aufzurichten. »Warst du in letzter Zeit dort? Weißt du vielleicht etwas von meinem Großvater? Er heißt Grzywiński und wohnt ...«

»Hinlegen«, unterbricht mich Emek. »Ich weiß gar nichts. Anfang März bin ich aus dem Bezirk abgehauen, und seither bin ich im Zoo.«

»Uch!« Ich sinke zurück ins Stroh. »Seit März ...«

»Genau.« Der Junge nickt. »Versuch, was zu essen, du musst zu Kräften kommen.«

»So lange lebst du schon im Zoo ...«

»Drei Monate. Es ist ziemlich gut hier. Viel zu essen, man muss sich nicht groß verrenken, um etwas zu organisieren. Deutsche kommen kaum einmal hierher, und wenn doch, dann nicht so weit rein. Wozu auch? Höchstens mal einer, der sein Mädchen ausführt, das schon. Aber der sieht ja dann nichts außer ihr.«

»Und du bist die ganze Zeit nur hier im Zoo gewesen?«

»Nein.« Emek schüttelt den Kopf. »Man kann ja nicht ewig Möhren kauen. Meine Kumpels verkaufen Zigaretten am Platz der drei Kreuze. Wir haben uns ein paarmal gesehen. Einmal habe ich sogar ein bisschen mitgehandelt. Da kann man ordentlich was verdienen, braucht aber Nerven wie Drahtseile. Du bist den ganzen Tag zu sehen, das ist irre riskant.«

»Sind sie auch aus dem Bezirk?«

»Na sicher, was dachtest du denn?«

»Und Lidka?«

»Was, Lidka?«

»Ist sie schon lange hier?«

»Über einen Monat.«

»Ganz alleine? Und ihre Eltern? Die Kinderfrau? Ihr Bruder?«

»Du fragst zu viel«, seufzt Emek. »Sie wird es dir schon selbst erzählen, aber frag sie nicht aus deswegen. Soviel ich weiß, wollten sie sich auf der arischen Seite verstecken, und es ist irgendwie schiefgegangen. Dann musste sich jeder auf eigene Faust durchschlagen. Die Mutter und der Bruder sind bei irgendwem, der Vater ist in Wola. Lidka ist über eine Polin, die ihnen geholfen hat, in den Zoo gekommen.«

»Und weiter?«

»Nichts weiter. Was soll weiter sein?«

»Wollt ihr jetzt für immer hierbleiben?«

»Nein, was denkst denn du? Jetzt ist es gut, weil Frühling ist. Dann kommt der Sommer. Da wird gelebt, nicht gestorben. Im Herbst geht es noch bis zum ersten Frost, aber danach ist nichts mehr zu wollen.«

»Und was macht ihr dann?«

»Wir werden schon was machen«, sagt Emek geheimnisvoll. »Aber sei du mal nicht so neugierig. Iss dein Brot und die Möhre und schlaf dich dann ein bisschen aus. Am Abend, wenn die Kleingärtner nach Hause gehen, führ ich dich kurz rum, damit du an die frische Luft kommst. Also dann.«

Er huscht die Stufen hinauf und ist verschwunden. Die Klappe fällt mit einem dumpfen Schlag zu.

Dann habe ich die ganze Reise mit der Zeitmaschine nur geträumt ... Das Krokodil, Aśka mit den komischen Drähten im Ohr. Die Hotdogs und die bunten Autos. Und die Jungen, die das Brot getreten haben wie einen Stoffball. Das kann ja auch gar nicht wahr sein, dass jemand ein Brot mit den Füßen tritt.

Ich esse alles auf, was Emek mir mitgebracht hat, bis zum letzten Krümel. In einer Ecke hinter meinem Lager entdecke ich eine Milchkanne mit sauberem Wasser. Vorsichtig mache ich ein paar Schritte. Meine Beine schlackern, als wären sie aus Pudding, aber mit zusammengebissenen Zähnen und Schweiß auf der Stirn versuche ich, sie wieder einzulaufen. Schließlich kehre ich durchgeschwitzt und außer Atem zu meinem Lager zurück. Meine Finger sind blass und dünn. In dieser einen Woche bin ich noch mehr abgemagert. Ich muss schnell wieder zu Kräften kommen, Stella kann ja jeden Moment hier sein und mich holen. Dann muss ich mit ihr gehen können.

Am Abend, oder eigentlich schon am späten Nachmittag, nimmt Emek mich mit hinaus ins Zebragehege. Die Sonne steht tief, sie färbt sich schon rot. Wie spät es jetzt wohl ist? Egal. Ich setze mich, den Rücken an die Mauerreste gelehnt, und halte mein Gesicht in die warmen Sonnenstrahlen. Die Luft riecht nach Gras und Blumen. Erst jetzt fällt mir auf, wie furchtbar stickig es im Keller ist.

»Oh, du bist rausgekommen!«, ruft Lidka leise. »Es geht doch!«

Ich blinzle sie an und lächle.

Lidka trägt ein dunkelblaues Spitzenkleid, zerschlissene weiße Strümpfe und schwarze Lackschuhe mit Riemchen. Ihre Haare hat sie zu zwei kurzen Zöpfen geflochten und mit den Resten ihrer Schleife zusammengebunden. Vorsichtig setzt sie sich neben mich, nachdem sie den Boden mit einem abgebrochenen Zweig gründlich gefegt hat. Ich muss fast anfangen zu lachen, bleibe aber ernst. Wir verstecken uns im Zoo, und sie macht sich Gedanken um ihren Rock!

»Deine Haare sind orange«, sagt sie.

»Ich weiß«, antworte ich.

»Warum?«

»Sie wollten sie mir aufhellen, damit ich nicht so ähnlich bin. Aber es hat nicht geklappt.«

»Na, jedenfalls bist du es nicht mehr«, meint Lidka.

»Was bin ich nicht mehr?«

»Na, ähnlich. Niemandem mehr. Ich habe im Leben noch keinen Menschen mit orangenen Haaren gesehen, keinen Juden und keinen Polen, noch nicht mal einen Deutschen.«

»Das stimmt.« Ich nicke und muss lachen, aber gleich komme ich außer Atem, und aus dem Lachen wird ein Husten.

»Du kommst schon wieder auf die Beine, du wirst sehen.« Lidka tätschelt mir den Arm. »Oh, du musst ja noch jemanden kennenlernen!«

»Wen denn?«, krächze ich, als ich den Husten wieder in den Griff bekommen habe.

Lidka lächelt geheimnisvoll, dann schürzt sie die Lippen und stößt einen kurzen Pfiff aus. Erst einmal geschieht überhaupt nichts, aber dann schießt aus den Büschen hinter dem Holzzaun etwas auf uns zu.

»Das ist Miksio«, sagt Lidka stolz und streckt eine Hand nach dem kleinen Geschöpf aus.

Ich staune nicht schlecht. Der Zoo ist also doch nicht leer, jedenfalls nicht ganz. Die Morlocken haben doch nicht alle Tiere geklaut!

»Was ist das?«, frage ich flüsternd.

»Ein Waschbär«, erklärt Lidka. »Er kommt aus Amerika. Niedlich, nicht?«

Ich habe noch nie so ein Tier gesehen. Es hat eine lustige kleine Schnauze und schwarze Flecken um die Augen, die wie eine Maske oder eine Brille aussehen. Es ist rund und flauschig, aber seine Pfoten kommen mir erstaunlich dünn und zart vor im Vergleich zu seinem Körper. Gleich hinter dem Zaun bleibt es sitzen, hebt eine Vorderpfote und schaut unsicher von Lidka zu mir.

»Er fürchtet sich wohl ein wenig vor dir«, sagt Lidka. »Aber ohne ihn hätten wir dich nicht gefunden. Er hat mich zum Keller geführt. Das war schon verrückt. Als hätte er gewusst, dass du Hilfe brauchst. Ohne ihn hätten wir uns im Leben nicht hineingetraut, Emek dachte ja, da heult ein Geist, das weißt du ja schon. Ganz am Anfang hatte ich mich auch dort versteckt, weißt du? Mir hat es dort nicht so gefallen, außerdem sagt Emek, dass zu viele Menschen den Bunker kennen. Auf alle Fälle hast du es Miksio zu verdanken.«

Mit ernster Miene betrachte ich das Fellbündel, das mich aus seinen kohlschwarzen Augen anstarrt.

»Danke, Miksio!«, sage ich feierlich, obwohl ich auch schon wieder lachen könnte.

Der Waschbär faucht zur Antwort, aber ich könnte schwören, er hat mich verstanden. Es hat ausgesehen, als hätte er mit seinem kleinen Kopf genickt. Jetzt sucht er das Gras nach Leckerbissen ab und hat kein Interesse mehr an uns.

»Und vor dir hat er keine Angst?«, frage ich.

»Fast gar nicht mehr. Aber er ist vorsichtig und lässt sich fast nie anfassen.«

»Stella hat gesagt, es gibt keine Tiere mehr im Zoo«, sage ich und beobachte den Waschbären, der uns aus sicherer Entfernung beschnuppert.

»Ein paar sind noch da.«

»Ein paar?«

»Ja. Ich habe so einen komischen sandfarbigen Hund gesehen, ein bisschen wie ein Fuchs. Emek hat im Gras die Tafel mit seinem Bild gefunden. Er heißt Schakal. Einen Fischotter habe ich auch gesehen«, zählt Lidka weiter auf. »Und eine Schlage. Die war richtig zum Fürchten.«

»Aber sie sind nicht mehr in Käfigen?«

»Aber nein. Sie sind geflohen. Sicher bei den Bombardierungen am Anfang des Krieges. Ach so, und es gibt natürlich noch ein paar Katzen, aber die gibt es ja schließlich überall.«

Die Sonne geht unter. Die Luft ist warm und riecht nach Gras. Wie still es ist. Ich hätte nie geglaubt, dass es überhaupt so still sein kann. Im Bezirk war nachts natürlich fast niemand draußen unterwegs. Es fuhren keine Autos, und die Menschen mussten ab sieben Uhr zu Hause sitzen. Aber um diese Zeit wollte ja noch niemand schlafen gehen, deshalb waren meist die Haustüren verschlossen, und die Hausbewohner versammelten sich im Hof. Manchmal wurde gesungen oder musiziert, wenn gerade ein Instrument zur Hand war. Diese Treffen konnten sich bis weit in die Nacht hinziehen. Alle versuchten, leise zu sein, zu hören waren sie trotzdem.

Aber hier ist es so leer. Und hier gibt es so viele Pflanzen, dass mir ganz schwindlig wird. Die Bäume haben mächtige Stämme, viel dicker als Straßenlaternen. Sie rauschen, rascheln. Grillen zirpen, ein Vogel singt. Es ist gar nicht still. Nur Menschen hört man nicht – fast, als gäbe es überhaupt keine mehr. Ich merke, dass ich eine Gänsehaut bekomme, und schlinge die Arme fest um meine Knie.

»Ich gehe wohl besser wieder rein.«

»In den Keller?«, fragt Lidka. »Das hatte ich am Anfang auch.«

»Was hattest du?«

»Na, ich kam mir hier komisch vor, so ganz ohne Straßen, Mauern und Menschen. Ich hatte Angst, aus meinem Versteck zu kommen. Aber inzwischen gefällt es mir hier.«

»Und du hast kein Heimweh?«

»Natürlich habe ich Heimweh! Was denkst du denn? Aber sie kommen schon bald zu mir, und dann sind wir wieder zusammen. Das weiß ich ganz sicher.«

»Hat dir das jemand gesagt?«

»Nein. Ich spüre es einfach.«

»Stella hat gesagt, sie ist in zwei Tagen zurück.« Auf einmal schießen mir die Tränen in die Augen.

»Sie ist bestimmt aufgehalten worden.« Lidka legt einen Arm um mich. »Aber sie kommt ganz bestimmt, wenn sie es versprochen hat.«

Einen Moment lang sitze ich reglos da, in mir drin wird es sonderbar weich und warm. Jetzt fange ich garantiert an zu heulen!

»Lass das«, sage ich und schüttle sie ab.

»Was? Ich soll dich nicht in den Arm nehmen? Warum denn nicht?«

»Darum!«

Ich stehe auf und flüchte in meinen sicheren, dunklen Keller.

*

»Du bist wieder ganz gesund«, sagt Emek, als er mich am nächsten Tag besuchen kommt.

Wir müssen ein geheimes Zeichen verabreden, damit ich weiß, dass auch wirklich er kommt. Als er vorhin unvermittelt an die Klappe geklopft hat, bin ich so erschrocken, dass ich rote Flecken vor mir gesehen habe. Ich hatte gerade das Stroh, auf dem ich schlafe, neu ausgebreitet, weil in der Mitte schon der blanke Boden durchkam.

»Ja, das bin ich.« Ich nicke, obwohl mir immer noch ein bisschen schummerig ist. Ich weiß, dass ich schnell wieder auf die Beine kommen muss.

Wenn nun Stella heute oder morgen kommt? Dann muss ich doch stark genug sein, mitgehen zu können. Den ganzen Vormittag bin ich im Keller schon auf und ab gelaufen. Emek zieht drei Möhren, eine grünliche Tomate und ein Stück Brot aus seinem Hemd und legt alles auf meine Kiste. Die Tomate ist zwar noch nicht ganz reif, aber ich kann mich nicht beherrschen – ich greife zu und beiße gierig hinein.

»Das ist gut«, sagt Emek. »Ich zeige dir, wie du zu den Beeten kommst, damit du dir selbst dein Essen besorgen kannst.«

»Und das Brot?«, frage ich, während ich die Tomate hinunterschlinge.

»Mit dem Brot ist es schwieriger«, sagt Emek. »Das wächst nämlich nicht im Garten, wie du vielleicht weißt.«

»Natürlich weiß ich das! Wo hast du es dann her?«

»Woher wohl? Aus dem Laden«, erklärt Emek achsel-zuckend.

»Du warst in der Stadt?«

»Da bin ich oft. Was dagegen?«

Ich sehe ihn mir genauer an. Emek hat blaue Augen und braunes Haar. Eine kleine Stupsnase und Sommer-sprossen. Er ist nicht ähnlich, er wird sicher nie auf der Straße angehalten.

»Und da holst du dir Brot?«, frage ich nach.

»Zum Beispiel. Aber auch andere Sachen. Manchmal auch Geld.«

»Und ... und gehst du auch in den Bezirk?«

Emek wirft mir einen kurzen Blick zu und wendet sich dann ab.

»Nein.«

»Aber du hast doch dort gewohnt.«

»Eine Weile schon. Du stellst viel zu viele Fragen.«

»Und in welcher Straße?«

Emek seufzt und grinst dann verschlagen.

»Der größten.«

»Der Leszno?«

»Nein.« Er lacht. »Ich komme aus der Weichsel.«

»Weichselstraße? Die kenne ich gar nicht«, sage ich verwundert.

»Das ist ja auch keine normale Straße. Eher eine Wasserstraße. Ich komme aus der Weichsel. Mein Vater war Schiffer, wir hatten einen Kaffenkahn. Und Großvater war Rottmann. In unserer Familie waren alle Flößer, seit ewigen Zeiten«, erklärt Emek stolz. »Ein Vetter meines Vaters war sogar Bootsmann und hat auf der ›Ostsee‹ die gesamte Mannschaft befehligt.«

Ich starre ihn an und verstehe kein Wort. Die Ostsee ist doch ein Meer. Wie kann es sein, dass ein Mensch über ein ganzes Meer bestimmt?

»Was ist ein Flößer?«, frage ich vorsichtig.

Emek betrachtet mich mit einer Mischung aus Vorwurf und Unverständnis.

»Nicht was, sondern wer! Du musst doch wissen, wer

die Flößer sind!? Du kennst doch bestimmt den Spruch: Das gibt es nur auf Flößen – futtern, fahren, dösen.«

Ich schüttle den Kopf.

»Du bist ja eine hoffnungslose Landratte«, befindet Emek kopfschüttelnd.

»Bin ich gar nicht!«, protestiere ich sofort. »Ich bin überhaupt keine Ratte!«

Emek will sich ausschütten vor Lachen.

»Eine Landratte ist jemand, der nichts mit Wasser zu tun hat«, erklärt er. »Das hat mit echten Ratten nichts zu tun. Und du hast wirklich noch nie etwas von Flößern gehört? Du hast doch sicher schon Boote, Bargen und Galler auf der Weichsel gesehen, oder?«

»Nein«, antworte ich achselzuckend. »Ich habe die Weichsel zum ersten Mal gesehen, als Stella mich aus dem Bezirk gebracht hat. Das heißt, ich habe sie sicher schon gesehen, als ich noch ganz klein war, aber daran kann ich mich nicht erinnern.«

Emeks Gesicht nimmt einen ernsten Ausdruck an. Er überlegt einen Moment und tätschelt mir dann den Arm.

»Komm, iss was«, sagt er und deutet auf Brot und Möhren, dann setzt er sich auf den Kistenrand und kratzt sich am Kopf. »Wie soll ich dir das erklären? Ich weiß überhaupt nicht, womit ich anfangen soll. Also gut. Die Weichsel ist ein Fluss.«

»Das weiß ich doch!«

»Genau. Sie fließt von den Bergen bis ins Meer.«

»Ich bin doch nicht doof!« Langsam werde ich wütend. »Das weiß doch jedes Kind! Jedes Baby sogar.«

»Na gut. Die Weichsel ist also ein günstiger Weg, um alle möglichen Waren zu befördern. Und nichts anderes tun die Weichselschiffer. Früher waren sie vor allem auf Flößen unterwegs, mit denen sie Holz bis nach Danzig geschifft haben, manchmal auch Korn oder sogar Steine für den Bau von Kirchen und Palästen. Von Krakau bis nach Danzig. Dann kamen Galler und kleinere Fracht-schiffe auf. Bargen, Schlepper, Boote und Raddampfer, also Dampfschiffe. Mein Großvater, der Rottmann, also etwas wie ein Kapitän, erinnert sich noch an die ersten Gallermodelle – die waren oval. Erst später wurden sie rechteckig gebaut, so wie heute noch. Auf Gallern wurde zum Beispiel Kohle verschifft.«

»Und was ist das mit der Ostsee?«

»Die ›Ostsee‹ ist ein Dampfschiff. Einen Salondampfer hat man das damals genannt. Er verkehrte auf der Strecke Warschau-Dirschau. Es gab Kabinen für die Passagiere und ein Sonnendeck. Die reichen Leute kauften sich Aus-flugsreisen und fuhren mit ihm auf der Weichsel. Mein Opa war dort Bootsmann.«

»Aber du hast erzählt, ihr hättet einen Kaffenkahn.«

»Hatten wir ja auch! Vater hatte einen.«

»Und was ist das?«

»Ein Kaffenkahn ist ein Schiff«, erklärt Emek geduldig. »Galler sind ja nur Bargen, die auf dem Fluss geschleppt oder gerudert werden, damit sie vorwärtskommen. Ein Kaffenkahn hat Segel und Ruder. Wir haben auf unserem gewohnt. Mama, Papa, meine beiden Brüder und ich.«

»Auf einem Schiff?«, frage ich staunend.

»Ja. Natürlich nicht das ganze Jahr über. Wenn die Weichsel zugefroren war, sind wir manchmal auch an Land gegangen. Aber die meiste Zeit des Jahres haben wir auf dem Fluss gelebt. Das haben alle Flößer so gemacht. Wenn es einmal keine Arbeit gab, wurden alle Schiffe miteinander vertäut, manchmal ein gutes Dutzend an der Zahl, und so entstand ein richtiges Flößerdorf auf dem Wasser. Man konnte dann von einem Deck zum nächsten gehen.«

Ich versuche, mir das vorzustellen, habe aber große Schwierigkeiten. Schiffe kenne ich bisher nur von Bildern in Büchern und die »Batory«, das größte polnische Passagierschiff, von einer Ansichtskarte.

»Das muss ja ein schönes Leben gewesen sein«, sage ich und kaue auf meiner Möhre herum.

»Schön? Das war herrlich!«, seufzt Emek.

»Und warum wohnst du jetzt nicht mehr auf dem Kaffenkahn?«

»Und warum wohnst du nicht in einer warmen Stube mit Balkon, Bett und Nachttopf?«, fragt Emek spöttisch zurück. »Als der Krieg kam, haben sie uns den Kahn abgenommen und uns ins Ghetto geschickt. Ich hatte mir vorher nie Gedanken darüber gemacht, dass wir Juden sind, weil nie jemand darüber gesprochen hatte. Wir waren

Flößer, nur das zählte. Flößer ist Flößer, ganz egal, ob er nun Pole, Holländer, Jude oder Deutscher ist. Sie haben übrigens allen die Schiffe abgenommen. Nur können die polnischen Flößer weiter als Besatzung mitfahren. Wenn wir es nicht gesagt hätten ... Keiner hätte uns verraten. So anständige Menschen wie die Flößer gibt es nirgendwo sonst! Flößer stehen immer füreinander ein.«

»Warum habt ihr es dann gesagt? Man sieht es dir überhaupt nicht an.«

»Weil wir es nicht wussten«, seufzt Emek. »Aber ich gehe zurück auf die Weichsel! Sogar schneller als ...«

Er bricht mitten im Satz ab, wirft mir einen forschenden Blick zu und wechselt das Thema.

»Hast du aufgegessen? Dann gehen wir zu den Gärten.«

»Schneller als was?«, bohre ich nach.

»Als nichts. Ich quatsche zu viel, das war schon immer so. Und ich habe nichts als Ärger deswegen gehabt«, sagt Emek und geht die Stufen zum Kellerausgang hinauf.

Wir schleichen uns durch das Zebragehege und bleiben im Gebüsch an der kleinen Allee stehen.

»Merk dir das«, flüstert Emek, »du musst immer erst sichergehen, dass niemand hier ist. Egal wer, niemand darf dich hier sehen, verstanden?«

»Ja, verstanden.«

Auf der Allee ist niemand zu sehen. Wir rasen hinüber und verstecken uns hinter einem kleinen, abgebrannten Gebäude.

»Was ist das?«, frage ich.

»Hier haben wahrscheinlich die Tierpfleger gewohnt«, erklärt er flüsternd. »Jetzt steht das Haus leer, weil es abgebrannt ist. Da, auf der anderen Seite, ist noch mal so eins. Es steht auch leer, aber da gehst du besser nicht hin, weil da manchmal die Kleingärtner vorbeischauen.«

Wir laufen ein Stück zwischen niedrigen Büschen und kreuzen dann die nächste Allee, die schon ganz zugewachsen ist.

»Da waren die Wildschweine, die Tafeln hängen noch.« Emek deutet auf einen umgestürzten Palisadenzaun.

»Die meisten Beete gibt es in Richtung Weichsel, aber da kann es gefährlich werden, weil manchmal irgendwelche Halunken durch den Zaun steigen, vor allem am Abend. Dort hinter den Löwen gibt es auch Beete. Wenn du gehst, dann besser dorthin.«

»Gut.«

»Die meisten Gärtner sind morgens unterwegs. Dann leert es sich bis etwa zwei, drei Uhr, danach muss man wieder aufpassen. Die, die morgens kommen, sind nicht so gefährlich, weil sie vor allem arbeiten wollen und es meistens eilig haben, dass sie das Mittagessen noch hinbekommen. Die erst nachmittags kommen, streifen manchmal durch den ganzen Zoo, weil sie gerne quatschen. Nachmittags gehst du also besser nicht raus.«

»Was war hier bei diesen Steinen?«, frage ich bei einem Felsen links in den Büschen.

»Die Eisbären«, erklärt Emek. »Da gibt es ein gutes Versteck, so eine kleine Grotte. Im Notfall kann man sich dort verstecken. Aber es stinkt ganz erbärmlich.«

Wir schlüpfen durch ein Spalier wildwuchernder Büsche. Dahinter beginnen die Kleingärten. Ich hatte sie mir ein bisschen anders vorgestellt. Die einzelnen Gartengrundstücke sind notdürftig mit Brettern und Holzresten markiert, nur hier und da sind stabilere Zäune zu sehen.

»Warte.« Emek zieht mich am Ärmel zurück.

Ich kauere mich neben ihn und entdecke erst jetzt die magere alte Dame im grünen Kleid, die sich vielleicht dreißig Meter von uns entfernt über ein Beet beugt.

»Du musst besser aufpassen«, ermahnt mich Emek.

»Das werde ich.« Ich nicke, und weil ich so froh bin, dass er sich um mich kümmert, füge ich noch etwas unbeholfen hinzu: »Und, also ... danke, dass du mir hilfst.«

»Keine Ursache«, antwortet Emek achselzuckend.

»Aber es geht hier nicht nur um dich. Wenn sie dich schnappen, könntest du uns verpfeifen.«

»Ich würde nie ...«, protestiere ich, aber Emek fällt mir sogleich ins Wort:

»Ich weiß, dass du es nicht willst. Aber sie könnten dich zwingen. Also merk dir, dass es hier nicht nur um deine Sicherheit geht, sondern auch um unsere, verstanden?«

Die alte Frau trägt einen Haufen Unkraut zu dem niedrigen Zaun und verteilt ihn dort. Es ist nicht einmal ein Zaun – einfach ein paar eingerammte Pflöcke, zwischen denen eine Schnur gespannt ist. Dann legt sie das geerntete Gemüse in ihren Korb, verknotet ihr Kopftuch unter dem Kinn und macht sich langsam auf in Richtung Ausgang. Offenbar ist sie sehr erschöpft, sie hinkt ein wenig auf dem einen Bein. Wir warten noch eine Weile und kommen dann aus unserem Gebüsch.

»Denk daran: Nie zu viel auf einmal ernten«, belehrt mich Emek. »Und immer aus verschiedenen Beeten, damit es niemand mitbekommt. Hier holen wir nur Petersilie.«

Wir hüpfen über die behelfsmäßige Umzäunung, die jemand aus Möbelresten zusammengezimmert hat. Emek zieht vorsichtig eine weiße Wurzel mit üppigem Grün aus der Erde. Wie gut, dass es im Bezirk auch Gärten gab! So kann ich wenigstens ein paar Gemüse am Grünzeug erkennen. Bei der Petersilie ist es eher dicht mit wenigen, kleinen Blättern, bei den Mohrrüben sieht es aus wie eine Daunenfeder. Emek füllt sorgsam das Petersilienloch wieder auf und zupft dann das benachbarte Grünzeug so zurecht, dass es die kahle Stelle verdeckt.

Dann gehen wir weiter zum nächsten Beet, wo wir uns eine Gurke und einen kleinen Kopf Salat holen.

»Eigentlich ist das Diebstahl«, sage ich, weil ich Gewissensbisse habe und an die alte Frau denken muss, die wir eben hier gesehen haben.

»Wir stehlen nicht, wir leihen«, erklärt Emek. »Und das nicht einmal umsonst.«

»Wie meinst du das, nicht umsonst?«

»Das wirst du schon sehen.«

Wir verstecken unsere Beute im Gebüsch, dann zeigt Emek mir einen verbeulten Eimer, den er in der Nähe versteckt hat. Er ist zur Hälfte mit Wasser gefüllt.

»Ich hole jeden Morgen Wasser, manchmal auch abends«, erklärt er. »Von hier ist es sehr weit bis zum nächsten Wasserhahn, der ist hinter den Eisbären. Immer wenn ich etwas nehme, zupfe ich anschließend Unkraut und gieße. Und ich habe fast sämtliche Schnecken hier weggesammelt. Die haben Salat gefressen wie verrückt.«

»Und was hast du mit ihnen gemacht?«

»Ich habe sie bis zum Zaun an der Weichsel getragen«, sagt er nicht ohne Stolz. »Das war vielleicht eklig. In meinem Hemd.«

»Auf der Haut?«, frage ich fasziniert.

»Nein, Quatsch. Ich habe die Ärmel verknotet und mir eine Art Sack daraus gemacht. Es war sowieso nicht mehr zu gebrauchen.«

Mit Konservenbüchsen schöpfen wir Wasser. Ich gieße das Beet der alten Frau mit dem grünen Kleid so gründlich ich kann. Leider geht uns das Wasser schnell aus. Vielleicht finde ich ja auch irgendwo einen Eimer oder einen Bottich. Dann könnten wir beide Wasser holen und hätten mehr davon.

»Wir sind so etwas wie die Zooheinzelmännchen für die

Gärtner«, überlege ich laut, als wir unsere Arbeit beendet haben.

Emek sieht mich belustigt an, bekommt einen Lachanfall und kann gar nicht mehr aufhören. Er wälzt sich im Gras, hält sich mit der einen Hand den Bauch und presst sich die andere vor den Mund und lacht, dass ihm die Tränen kommen.

»Was denn?«, frage ich leicht gekränkt, muss dann aber selbst lachen.

So liegen wir beide im Gras und lachen uns kaputt. Ich habe lange nicht mehr so gelacht. Wir halten uns beide den Mund zu, dass uns niemand hört. Wir lachen lautlos.

*

Wir teilen das Gemüse unter uns auf, Emek bringt mich zurück in meinen Keller und ist verschwunden. Ich habe ihn gefragt, wo er sein Versteck hat, aber er wollte es nicht sagen. Er meinte, es wäre besser, wenn ich das nicht weiß. Das ist sicher richtig, aber trotzdem wäre mir wohler, wenn ich es wüsste.

Ich versuche, ein bisschen in der *Zeitmaschine* zu lesen. Zu schade, dass ich keine anderen Bücher habe, die Zeit vergeht hier furchtbar langsam. Aber im Keller ist es ohnehin zu dunkel zum Lesen – die Buchstaben sind kaum zu erkennen, und mir tun schon nach kurzer Zeit die Augen weh.

Am Abend fängt es an zu regnen, und über Warschau braut sich ein Gewitter zusammen.

Von einer Sekunde auf die nächste wird es dunkel, dann zuckt der erste Blitz.

Ich schaue durch die Klappe, weil durch das Fensterchen einfach überhaupt nichts zu sehen ist. Gerade als ich den Kopf herausstrecke, fängt es an zu regnen wie aus Kübeln. Da hätten wir uns das Gießen auch sparen können.

Ich ziehe die Klappe zu und taste mich zurück zu meiner Kiste. Wenn ich wenigstens eine Lampe hätte oder Streichhölzer. Aber das wäre auch gefährlich – jemand könnte das Licht sehen. Der Regen trommelt auf die Erde, es blitzt ein ums andere Mal. Ich habe keine Angst, ich weiß ja genau, was Blitze sind. Ich habe darüber gelesen. Die Wolken reiben sich am Himmel aneinander (wie Katzen), sie laden sich elektrisch auf, und wenn sie zu viel Strom in sich haben, fällt er auf die Erde. Thomas Edison hat entdeckt, wie man den Strom in Kupferkabeln einfangen und was man damit machen kann. Blitze sind Strom ohne Kabel. Ob man wohl auch mit Katzen Strom erzeugen kann? Wenn man zum Beispiel viele Katzen in einen Raum sperrt, so dass sie sich beim Herumlaufen berühren, und wenn man ihnen Kabel an die Schwänze hängt, dann müsste doch Strom darin fließen ... Dann bräuchte man keine Kraftwerke mehr! Man müsste den Strom nur in irgendwelchen Behältern sammeln. Das muss ich mir einmal in Ruhe überlegen.

Etwas stößt leicht gegen meine Kiste, und sofort stehen mir die Haare zu Berge. Was ist das? Ich reiße in der Dunkelheit die Augen weit auf und strecke nach einer Weile tastend meine zitternde Hand aus. Es ist mein Gemüsekistchen! Angst hat große Augen, sagte Großvater immer. Besonders, wenn man nichts sieht. Aber warum bewegt sich das Kistchen? Plötzlich wird mir alles klar. Ich beuge mich hinunter, und meine Hand verschwindet bis zum Gelenk im Wasser, ehe ich den Boden erreiche. Mein Keller läuft voll! Es fällt so viel Regen, dass die Erde nicht alles Wasser aufnehmen kann. Und wenn es nun ... Ich ziehe die Beine an und lehne mich gegen die Wand. Bei diesem Regen kann ich doch unmöglich rausgehen. Ich war doch gerade noch krank. Da fällt mir die *Zeitmaschine* ein, ich stopfe mir das Buch unter den Pullover. Vielleicht hört es ja gleich auf ... Nein, hört es nicht. Das Wasser steigt, es reicht schon bis an mein Lager. Ich springe auf und stelle mich, an die Wand gelehnt, auf den Rand meiner Kiste. Wenn das Wasser noch weiter steigt, sagen wir, bis zu meinen Knien, dann haue ich ab. Das schaffe ich; wenn ich von meiner Kiste steige, reicht es mir bis zum Bauch. Aber vielleicht hört es ja gleich auf.

2

Der Regen lässt zwar nach, hört aber nicht auf. Das Wasser steigt immer noch, wenn auch zum Glück nur langsam. Ich spüre, dass ich schon nasse Füße bekomme. Kurz entschlossen ziehe ich die Schuhe aus, verknote die Schnürsenkel und werfe sie mir über die Schulter. Was würde ich tun ohne Schuhe?! Sie dürfen mir nicht kaputtgehen. Das Wasser ist kalt, die Füße werden schon taub. Mal stehe ich auf dem rechten Bein, dann wieder auf dem linken. Ich bin furchtbar müde. Das Gemüsekistchen! Ich beuge mich herunter und taste wieder im Dunkeln, endlich finde ich es. Es ist noch heil. Ich stelle es mit dem Boden nach oben mitten auf meinem Lager an die Wand und steige hinauf. Nun stoße ich mit dem Kopf an die Decke und muss mich bücken. Ich gehe in die Hocke. Das Wasser reicht noch nicht über das Kistchen, und es steigt jetzt nicht mehr. Ein Glück. Vorsichtig setze ich mich hin, die Beine eng an den Körper gedrückt. Das Kistchen ist zwar klein, ich kann mich aber mit den Fersen am Rand abstützen. Ich schlinge die Arme fest um die Knie, lasse den Kopf sinken und bin nach kurzer Zeit eingeschlafen.

Großvater steht im Hof und spielt auf seiner Geige. Die

Häuser ringsum sind riesengroß, die Fenster wollen gar nicht mehr aufhören. Erst weit, ganz weit oben ist ein kleiner, viereckiger Himmel zu sehen. Die Musik hallt als Echo von den Wänden wider. Aus den Fenstern kommen Geld und Brot geflogen. Laut lachend drehe ich Runden im Hof und sammle die Gaben in meine Mütze. Aber es sind zu viele, ein ganzer Gabenregen. So viel Geld, so viel Brot! Großvater spielt mit geschlossenen Augen, immer lauter, immer schneller. Sein grauer Schopf ist ganz zerzaust. Der Bogen saust durch die Luft wie eine Wespe. Meine Mütze läuft schon über. Schnell ziehe ich das Hemd aus und verknote die Ärmel. Ich schütte das Geld hinein, aber das hilft auch nichts. Es regnet immer mehr Geld und Brot. Es steht mir schon bis zu den Knien.

»Großvater, aufhören!«, rufe ich. »Nicht weiterspielen!«

Er hört mich nicht. Ich steige auf einen wackligen Haufen. Da bricht er unter mir zusammen. Ich falle, will schreien und ...

Ich öffne die Augen. Ich bin von der Kiste gefallen! Das Wasser ist zurückgegangen, durch das Fensterchen sickert fahles Morgenlicht herein. Das Gewitter ist vorbei. Nur ist aus der festgestampften Erde am Kellerboden jetzt ein Sumpf geworden! Zäher, schwarzer, klebriger Morast, bedeckt mit dem nassen, überall verteilten Stroh, auf dem ich geschlafen hatte. Und was mache ich jetzt? Es wird Tage dauern, bis das alles wieder trocken ist. Ein Glück, dass ich nicht in diese Pampe gefallen bin, sondern nur in mein Lager.

Es klopft – zweimal kurz, dann Pause, dann noch zweimal. Emek!

»Na, Heinzelmännchen?« Er schaut durch die Klappe herein. »Lebst du noch?«

»Ja!«, rufe ich erleichtert. »Aber hier ist alles hinüber.«

»Was ist hinüber?«

»Der Regen hat mir das Stroh weggespült, und der ganze Boden hat sich aufgelöst«, jammere ich, obwohl ich mich wirklich bemühe, nicht loszuheulen. »Was mache ich denn jetzt?«

»Mach dir keine Sorgen«, sagt Emek. »Das bekommen wir schon hin. Beeil dich, gleich kommen die ersten Gärtner.«

Ich rücke das Schuhbündel zurecht und steige von meiner Kiste. Der Matsch ist eiskalt und glitscht zwischen den Zehen. Als ich den Fuß wieder aus der Pampe ziehen will, gibt er ihn nur mit einem widerwilligen Schmatzen frei. Nach ein paar Schritten halte ich inne und sehe mich um. Die Milchkanne liegt auf der Seite an der Wand. Ich nehme sie mit und steige die Stufen hinauf.

»Zum Wasserholen«, erkläre ich und gebe sie Emek. »Dann haben wir mehr für die Beete.«

*

»Und nun?«, frage ich, als ich den schlimmsten Matsch von den Füßen gekratzt habe.

Ich laufe im Kreis auf dem nassen Gras, das mir die Fußsohlen kitzelt.

»Wir müssen eine neue Bleibe für dich finden, mit der hier ist erst einmal nichts mehr anzufangen.«

»Aber wo?«

»Das weiß ich noch nicht«, sagt Emek achselzuckend. »Es gibt mehrere Möglichkeiten. Wir sehen uns später um, erst einmal schläfst du dich bei mir aus. Du siehst mir aus, als hättest du nicht besonders viel Schlaf abbekommen.«

»Bei dir?«, frage ich erfreut. »Aber ... aber du hast doch gesagt, es wäre besser, wenn ...«

»Ja, habe ich. Aber was sein muss, muss sein. Du kannst ja nicht in dieser Sumpflandschaft bleiben. Das war das schlimmste Unwetter, das ich in meinem Leben gesehen habe. Ein richtiger Weltuntergang.«

Tatsächlich. Als wir uns zu Emeks Versteck schleichen, sehen wir abgebrochene Äste und Zweige. Überall haben sich Wasserlachen gebildet.

»Und wo wohnst du?«, frage ich.

»Bei den Giraffen«, seufzt Emek.

»Ist das weit von hier?«

»Es geht, näher in Richtung Weichsel. Aber wir müssen uns beeilen, ich habe so ein Gefühl, dass heute hier so viel los sein wird wie noch nie.«

Emek hat recht – fast alle Gartenbesitzer kommen in den Zoo. Sie begutachten die Verluste und retten, was zu retten ist. Manche kommen mit der ganzen Familie, und ein Stimmengewirr erfüllt den Zoo, wie es früher geherrscht haben muss, als die Menschen in Scharen zu Tuzinka und den anderen Tieren geströmt sind.

Aber mich kümmert das nicht weiter, ich sitze nämlich mit Emek in seinem Versteck, dem »Storchennest«. Sein Unterschlupf befindet sich in einem Hohlraum zwischen einem steilen Dach und einem Überbleibsel des Giraffenpavillons. Das Gebäude ist fast vollständig zerstört. Nur diese Ecke und ein Teil des Daches stehen noch, und das auch nur noch »mit viel gutem Willen«, wie Emek sagt. Es ist gar nicht so leicht, hinaufzusteigen. Ein Erwachsener würde das nie schaffen. Erst muss man auf einen schiefen, nach einem Bombentreffer umgestürzten Baum klettern, weiter geht es über Metallklammern, die Emek eigens in die erhaltene Wand gerammt hat. Ein großartiges Versteck, nicht zu vergleichen mit dem Keller unter dem Zebragehege und außerdem bestens ausgestattet. Emek hat Wasser und Essensvorräte, einen Stuhl, jede Menge Kisten und zwei Decken. Und eine Petroleumlampe! Und eine Hängematte! Ich wusste überhaupt nicht, was das ist, als ich sie gesehen habe. Hängematten kannte ich zwar aus Büchern – zum Beispiel von Jules Verne –, aber da hatte es keine Bilder gegeben. Ich finde, es ist furchtbar gemütlich, in einer Hängematte zu liegen – Emek hat es mich mal probieren lassen. Leider gibt es nur eine Hängematte, ich werde auf zusammengeschobenen Kisten schlafen, aber das ist mir völlig gleich. Endlich fühle ich mich sicher. Vielleicht nicht so wie mit Großvater im Bezirk, aber jedenfalls deutlich sicherer als im Keller unter dem Zebragehege.

*

»Emek hat erzählt, dass du jetzt in seinem Bunker wohnst«, sagt Lidka, als wir am Abend unweit unseres Stalls hinter dem ehemaligen Straußengehege im Gras sitzen.

Sie trägt immer noch dasselbe Kleid und die Lackschuhe. Lidka flicht sich die Zöpfe auf und kämmt sich eifrig das Haar mit einem abgebrochenen Kamm aus.

»Er hat mich eingeladen«, sage ich. »Der Keller stand unter Wasser.«

»Ich weiß. Er mag dich wohl.«

»Wieso?«

»Weil er mir nie sagen wollte, wo er sich versteckt. Aber ich weiß es auch so. Ich bin ihm einmal heimlich gefolgt. Er wohnt im Turm.«

»Das war der Giraffenpavillon.«

»Meinetwegen. Ist doch egal.« Lidka zuckt mit den Schultern und kämmt sich weiter.

»Warum machst du das?«, frage ich.

»Was denn? Warum ich mir die Haare kämme?«

»Na ja. Und das Kleid und die Schuhe. Und die Schleifen. Was willst du hier mit diesem Firlefanz? Du solltest
Hosen tragen, das wäre viel praktischer.«

»Ein Mädchen trägt keine Hosen.«

»Wer sieht dich denn hier schon?«

»Ich sehe mich«, antwortet Lidka würdevoll und macht
sich daran, ihre Zöpfe zu flechten.

»Lange macht es das nicht mehr mit.«

»Mein Kleid? Ich bleibe auch nicht mehr lange hier.
Papa kommt mich holen, und wenn nicht, dann fliehe ich
mit ... Ich muss nett aussehen. Das ist auch sicherer, falls
etwas ist.«

»Was soll denn sein?«

Lidka verdreht seufzend die Augen und bindet sich
den Rest eines Schleifchens um das Ende des ersten Zop-
fes.

»Wenn etwas passiert, wenn mich jemand bemerkt.
Jemand Böses ... Ein deutscher Soldat zum Beispiel. Was
wird er sich denken, wenn er mich sieht? Er wird sich
denken: Sieh an, was für ein nettes, fröhliches Mädchen
mit Samtkleid, Lackschuhen und Schleifchen im Haar.
Die geht hier sicher nur spazieren. Die kann unmöglich
aus dem Ghetto geflohen sein, da gehen alle Kinder in
Lumpen und sind schmutzig. Man nennt das Tarnung.«

»Ich komme auch aus dem Bezirk«, erwidere ich belei-
digt. »Und ich bin nicht schmutzig und gehe auch nicht
in Lumpen.«

186

Lidka hört auf zu flechten, schaut mich unverwandt an und fragt dann:

»Wann hast du dich das letzte Mal gesehen?«

»Wie, wann ich mich gesehen habe?«

»Du siehst nicht aus wie von Gott erschaffen.« Lidka bindet das zweite Schleifchen und lässt den Kamm in einer Tasche ihres Kleides verschwinden.

»Das ist nicht wahr!«

»Nein? Dann sieh dich mal an.«

»Ich habe keinen Spiegel.«

»Warte.« Lidka steht auf, verschwindet um die Ecke und ist wenige Sekunden später mit einem kleinen Fensterflügel zurück.

Sie lehnt ihn gegen die Mauer. Die Fensterscheibe ist noch da, auch wenn sie einen Sprung hat. Mit einem Büschel Gras wischt Lidka das Glas sauber, tritt zwei Schritte zurück und betrachtet zufrieden ihr Spiegelbild.

»Siehst du?«, fragt sie und schürzt ihr Kleid mit spitzen Fingern, wie eine elegante Dame. »Und jetzt schau dich an.«

Ich werfe ihr einen finsteren Blick zu, stehe aber doch auf und stelle mich vor das Fenster. Mein Spiegelbild ist dunkel und nicht besonders scharf. Das soll ich sein?

Ich beuge mich zur Scheibe herunter und weiche dann einen Schritt zurück. Ich sehe aus wie eine kleine dürre Vogelscheuche! Das dreckige Hemd hängt an mir wie an einem Kleiderständer. Die schlammverschmierte, ausgebeulte Hose sieht aus wie ein alter Sack. Mein zerrupftes Haar erinnert an ein orangefarbenes Krähennest. Eingefallene, dreckverkrustete Wangen, schwarze Ringe unter den Augen ... Ich bin doch erst ein paar Tage hier, höchstens ein gutes Dutzend! Wie kann ich mich da so verändert haben?

Rasch wende ich mich ab und versuche, das Gesicht mit dem Hemd sauberzuwischen. Großvater würde es das Herz zerreißen, wenn er mich so sähe! Lidka betrachtet mich aus dem Augenwinkel.

»Nimm es nicht so tragisch«, sagt sie schließlich. »Wenn du willst, dann helfe ich dir.«

»Wie denn?«, entgegne ich verärgert und versuche, mir die Haare glattzustreichen.

»Das wird so nichts. Wir müssen sie auskämmen. Aber erst wird gebadet. Und wir müssen deine Kleider waschen.«

Lidka schaut nach der Sonne, die schon langsam hinter den Baumwipfeln verschwindet.

»Hast du noch etwas anderes?«, fragt sie.

»Zum Anziehen? Ich habe noch ein Hemd, einen Pullover und eine Jacke. Und eine Mütze.«

»Gut.« Lidka nickt. »Dann hol dein Hemd und komm schnell wieder zurück.«

Ich klettere über die Klammern in unsere Dachkammer. Das zweite Hemd ist genauso schmutzig wie das, das ich anhabe. Warum ist mir das noch nicht aufgefallen?

188

»Zeig mal«, sagt Lidka, als ich zurückkomme. »Das muss auch in die Wäsche. Damit fangen wir an. Komm. Du musst nur sehr leise sein.«

Wir schleichen uns durchs Gebüsch und durch die Gärten. Schließlich kommen wir an den Zaun, der den Zoo von der Straße und den Bahngleisen trennt.

»Emek hat gesagt, hier soll man nicht hingehen«, flüstere ich Lidka ins Ohr. »Hier ist es gefährlich.«

»Ist es nicht.« Sie schüttelt den Kopf. »Wenn man aufpasst. Ich bin schon tausendmal hier gewesen.«

»Tausendmal?«

»Na, zwanzigmal bestimmt.«

Wir zwängen uns durch die aufgebogenen Gitterstäbe, laufen gebückt über die Straße und kauern uns dann in die Büsche am Bahndamm. Lidka sieht sich aufmerksam nach allen Seiten um, geht zu den Gleisen und legt ein Ohr auf die Schiene.

»Was machst du da?«, flüstere ich.

»Ich horche, ob ein Zug kommt. Auch wenn er noch nicht zu sehen ist, zittern die Schienen schon. Hier fährt die Kleinbahn, deswegen sind die Schienen so nah beieinander, fast wie bei einer Straßenbahn«, erklärt sie. »Sie fährt von Jabłonna bis Karczew und zurück. Der Bahnhof ist dort bei der Brücke.«

Ach, den habe ich gesehen, als ich mit Stella über die Weichsel gegangen bin!

»Woher weißt du das?«

»Emek hat es mir erzählt. Gut, wir können rüber.«

Nach den Bahngleisen kommt dichtes Gebüsch. Überall liegt Müll – zerbrochene Flaschen, Metall, Holzreste. Wir versuchen, nirgends hineinzutreten. Plötzlich lichtet sich das Grün und weicht einer Sandbank, dahinter liegt der Fluss. Das graugrüne Wasser gluckst zwischen den dicken Stängeln komischer Pflanzen, die am Ufer emporragen.

»Das ist der Strand«, erklärt Lidka. »Aber hier können wir nicht rausgehen, hier sieht man uns gleich. Dort an der Seite ist so eine kleine Bucht, ein bisschen versteckt. Da habe ich schon gebadet.«

Wir schlüpfen durch die Zweige eines umgestürzten, verdorrten Baumes. Lidka schiebt die Büsche auseinander und lugt vorsichtig hinaus.

»Alles klar. Niemand zu sehen.«

Die Bucht ist wirklich klein. Am Rand der reglosen, trüben Wasserfläche, gleich hinter dem grasbewachsenen Ufer, liegt ein dichter, grünlicher Teppich. Wir laufen in einem Bogen um die Bucht herum bis zu einer seichten, sandigen Stelle.

»Zieh dich aus«, sagt Lidka.

»Nicht vor dir!«

»Ich schaue doch weg, du Dummerjan«, sagt Lidka kopfschüttelnd. »Ich sitze hier an der Seite und passe auf, ob jemand kommt.«

Sie kehrt mir den Rücken zu und setzt sich auf eine

kleine Erhebung unter einem Baum. Mir ist nicht wohl dabei. Ich betrachte sie aus dem Augenwinkel, dann schaue ich mir das Wasser an. Da könnte etwas drin schwimmen. Krebse, vielleicht auch Blutegel? Im Amazonas gibt es Piranhas, die gefährlichsten Fische der Welt. Die fressen in Sekundenbruchteilen eine ganze Kuh auf, das habe ich gelesen. Das geht so schnell, dass die Kuh sich nicht einmal darüber wundern kann. Die Sonne hängt tief über den Hausdächern am anderen Ufer. Seufzend streife ich mir das Hemd über den Kopf. Ich lege es ins Gras. Dann lasse ich Stiefel und Hose fallen und steige langsam in die Weichsel. Das Wasser ist eisig! Am Grund wird Sand aufgewirbelt, das Wasser trübt sich ein. Meine Füße sacken im weichen Untergrund ein. Mit klappernden Zähnen tauche ich die Hände ins Wasser, berühre vorsichtig meine Arme. Ist das kalt!

»Wenn du nicht untertauchst, wirst du nicht sauber«, ruft Lidka plötzlich, und ich gehe auf der Stelle in die Knie, ich bin ja splitternackt.

Das eisige Wasser raubt mir den Atem, die Augen wollen mir aus den Höhlen springen. So muss es sich anfühlen, wenn man einen Stromschlag bekommt!

»Du solltest doch wegschauen!«, schimpfe ich leise.

»Ich schaue ja gar nicht hin«, antwortet Lidka. »Jetzt rubbel dich mit Sand ab.«

Ich schöpfe eine Handvoll Sand vom Grund und reibe damit Arme und Beine ein. Langsam wird mir wärmer, und die Sache fängt an, Spaß zu machen. Leise kichernd hole ich Luft und tauche unter. Ich habe noch nie in einem Fluss gebadet! Das Wasser schießt mir in die Nase und kratzt mich im Hals. Prustend tauche ich wieder auf.

»Nicht so laut!«, mahnt Lidka. »Fertig?«

»Fast«, schnaufe ich. »Soll ich die Haare auch mit Sand waschen?«

»Nein! Bist du verrückt? Die kämmen wir. Komm raus und zieh dir das Hemd an. Die Hosen nicht, die wasche ich dir aus.«

Folgsam steige ich aus dem Wasser. Jetzt ist mir richtig warm, die Luft kommt mir sogar heiß vor. Ich werfe mein Hemd über, setze mich ins Gras und ziehe es bis zu den Knien.

»Fertig.«

Lidka hockt am Ufer und taucht Hose und Hemd ein.

»Schau mal, so viel Dreck«, sagt sie.

Tatsächlich, braune Schlieren bilden sich auf der Wasseroberfläche. Lidka rubbelt den Stoff, wringt die Kleider aus und wirft sie mir zu.

»Du trägst. Sonst wird mein Kleid nass.«

»Soll ich etwa nur im Hemd zurückgehen?«

»Und in Schuhen. Es ist doch lang, was stellst du dich so an? Nichts zu sehen.«

Wir schlagen uns wieder in die Büsche, die Brennnesseln versengen mir die nackten Waden, aber ich beiße die Zähne zusammen und mache keinen Mucks. Als wir zum

Bahndamm kommen und Lidka das Ohr auf die Schiene legt, ertönt direkt hinter uns eine Stimme:

»Halt!«

Ich fahre herum, das Herz schlägt mir bis zum Hals. Aus den Zweigen sieht Emek mich an.

»Man hört euch bis ans andere Ufer«, sagt er säuerlich und ergänzt dann an mich gewandt: »Du hast keine Hose an.«

»Ich weiß. Wir haben sie gewaschen.«

»Am Weg stehen zwei Jungs. Ich habe sie schon gesehen, sie klauen Essen aus den Gärten.«

Lautlos zieht sich Lidka in die Büsche zurück. Ich streiche mein Hemd glatt, kauere mich neben sie und lege die nassen Kleider ins Gras.

»Und wann gehen sie wieder?«, flüstere ich.

»Gleich«, beruhigt mich Emek. »Ihr hättet mir sagen müssen, dass ihr zur Weichsel geht.«

»Das war nicht geplant«, erklärt Lidka. »Ich habe nur festgestellt, dass er baden muss.«

»Ach, Weiberideen«, schimpft Emek verächtlich, aber ich bemerke, wie er kurz auf seine Hände schaut und sie später verstohlen an seinen Hosenbeinen abwischt.

»Was hast du gemacht?«, frage ich.

»Nichts.«

»Und warum bist du dann hier?«

»Was willst du? Schreibst du ein Buch? Sei nicht so naseweis.«

»Ich glaube, sie sind weg.« Lidka streckt den Kopf heraus und lugt über den Bahndamm.

»Besser, wir warten noch einen Moment«, sagt Emek.

Erst jetzt fällt mir der längliche Werkzeugkasten auf, der auf dem Boden neben einem Baumstumpf steht.

»Was ist das?«

»Werkzeug, sieht man doch.«

»Aber wozu brauchst du das?«

»Ich brauche es eben. Gut, wir müssen zurück.« Emek schnappt sich den Kasten und flitzt über den Damm. »Kommt ihr?«

Ohne weitere Zwischenfälle kommen wir wieder beim Giraffenpavillon an. Lidka breitet meine nassen Kleider im Gras aus, setzt sich hinter mich, zückt den Kamm und versucht, mir die Haare auszukämmen. Es tut höllisch weh.

Emek versteckt das Werkzeug in einem Bretterstapel unter dem Turm, kommt zu uns zurück und legt sich ins Gras, die Hände im Nacken verschränkt. Er schaut in den violetten Himmel, schließt dann die Augen und kaut auf einem Grashalm herum.

»Du hast ja scheußlichen Schorf auf dem Kopf«, stellt Lidka fest.

»Das kam von der Farbe«, erkläre ich.

»Tut es weh?«

»Ein bisschen. Wenn du so ziehst.«

Jetzt kämmt sie behutsamer. Plötzlich raschelt etwas im Gras, und ich erstarre.

»Ach, das ist Miksio«, beruhigt mich Lidka. »Er kommt meistens nachts raus.«

Neugierig schaut mich das kleine Geschöpf an. Es steht auf den Hinterbeinen, die Vorderpfoten hat es vor der Brust gekreuzt. Das ist das drolligste Tierchen, das ich je gesehen habe, aber ich kenne ja auch noch nicht besonders viele. Den Hund von Frau Gelbart zum Beispiel, die in der Sienna wohnte. Jeden Tag ist sie mit ihm spazieren gegangen, und sie war immer sehr elegant. Ein paar Katzen habe ich auch schon gesehen, ganz normale graue Kellerbewohner, aber auch eine Rassekatze. Sie war weiß, dick und faul und hatte himmelblaue Augen. Die Schwester von Herrn Boc, der ein Zimmer in unserer Wohnung in der Sienna bewohnte, hatte sie mitgebracht. Sie konnte kein Polnisch, aber sie hat mir im Flur die Katze gezeigt, und ich durfte sie streicheln. Sie war weich und hat geschnurrt. Tauben habe ich auch gesehen, Krähen und Elstern. Und Spatzen! Und natürlich Ratten und Mäuse. Und Pferde! Wenn ich es mir recht überlege, habe ich eigentlich doch schon ziemlich viele verschiedene Tiere gesehen. Aber keines war so lustig wie dieser Waschbär. Jetzt hat er schon wieder das Interesse an uns verloren. Mit seinen geschickten Vorderpfoten durchkämmt er das Gras, findet etwas Essbares und steckt es sich ins Mäulchen, dann tapst er schwankend weiter.

»Wozu braucht er das Werkzeug?«, flüstere ich.

»Emek? Das wird er dir schon verraten, wenn er will«, antwortet Lidka.

»Ihr wisst schon, dass ich euch höre«, sagt Emek mit geschlossenen Augen.

Als die Sonne hinter dem Horizont verschwindet und es dunkel wird, geht Lidka in ihr Versteck. Mir wird klar, dass ich nicht weiß, wo sie schläft.

Emek macht es sich in seiner Hängematte bequem, ich rolle mich auf den Kisten in die Decke ein. Meine nassen Kleider hängen auf einer Schnur unter dem Dach. Durch die Ritzen zwischen den Brettern kann ich die Sterne über Warschau sehen. Jeder Stern ist eine Sonne, genauso eine wie unsere. Nur sind diese Sonnen unendlich weit weg, deshalb geben sie nicht so viel Licht. Später werden die Menschen einmal mit Raketen zu all diesen Sternen fliegen und sie erforschen. Ich wäre gern mit dabei.

»Emek«, frage ich leise, »schläfst du?«

»Eben habe ich noch geschlafen«, antwortet er müde.

»Wozu brauchst du das Werkzeug?«

»Wirst du schon sehen«, brummt er und dreht sich um. Die Hängematte knarzt.

Das Mondlicht fällt durch die Ritzen. In der Dunkelheit sieht es aus, als wären silberne Saiten in der Luft gespannt. Ich schließe die Augen.

3

Die folgenden Tage vergehen fast friedlich. Das Wetter ist herrlich, die Sonne scheint so warm, als wären wir im Hochsommer. Es ist auch schon Sommer, macht Emek mir klar, Mitte Juli. Jeden Tag holen wir uns Gemüse aus den Gärten. Ich bewässere fremde Beete und jäte Unkraut – besonders sorgfältig im Garten der alten Dame, die ich am ersten Tag hier gesehen hatte. Ich habe sie seither noch zweimal beobachtet. Sie geht sehr langsam, das Hinken ist stärker geworden. Sie tut mir leid, und obwohl ich sie nicht kenne, glaube ich, dass sie ein guter Mensch ist. Natürlich habe ich nie auch nur ein Wort zu ihr gesagt, ich verfolge sie nur aus der Ferne, verborgen im dichten Gebüsch. Etwas in ihren Bewegungen, in der Fürsorglichkeit, mit der sie sich über ihre Pflanzen beugt, lässt mich sie gernhaben. Irgendwann stecke ich neue Stützen für ihre Tomatenpflanzen in die Erde, weil diejenigen, die sie selbst aufgestellt hat, beim kleinsten Windstoß umknicken. Tags darauf finde ich unter einer der Pflanzen ein Weidenkörbchen mit Deckel, zugeschnürt mit einem Gürtel. Darin liegen ein Kanten Brot, ein Stück Braten, eingewickelt in ein Tuch, und ein Deckelglas Milch, darunter ein gefalteter Zettel mit dem Wort »Danke«. Ich freue mich sehr darüber, aber Emek ist gar nicht begeistert und sagt mir, ich soll den Korb da lassen, wo ich ihn gefunden habe. Er meint, ich sei sehr unvorsichtig und ich könnte uns alle in Schwierigkeiten bringen. Ich weiß ja, dass er recht hat, trotzdem kümmere ich mich weiter besonders liebevoll um das Beet der alten Dame, die uns immer mal wieder etwas zu essen versteckt, auch wenn wir es nie anrühren.

Nach der Gartenarbeit verschwindet Emek meist für den Rest des Tages, und mit ihm sein Werkzeug. Manchmal geht er aber auch nach Warschau. Dann bringt er Brot mit zurück, manchmal Käse, Speck oder Wurst. Nach seiner Rückkehr ist er immer bedrückt und schlecht gelaunt, aber er will uns nicht sagen, was geschehen ist.

Ich habe jetzt auch Lidkas Versteck entdeckt. Nein, nicht so sehr entdeckt, sie hat mich zu sich eingeladen. Es liegt hinter dem schlammigen Flusspferdbecken. Hinter dem Pavillon, in dem sie früher untergebracht waren, gibt es einen perfekt getarnten Einstieg in den Kanal. Unter der Erde geht von einem Tunnel ein kleiner, niedriger Raum ab mit einem Gewirr von Rohren und Ventilen an einer Wand. Wahrscheinlich wurde von hier aus das Becken befüllt. Jetzt sind die Rohre leider leer, deshalb muss Lidka sich ihr Wasser mit der Flasche holen. Das ausbetonierte unterirdische Zimmer ist kalt, aber trocken – nicht einmal während des Unwetters gab es hier eine Überschwemmung, weil das Wasser durch den Kanal abgelaufen ist. Lidka hat eine Pritsche, die Emek ihr gezimmert hat, und ein Regal. Sie hat auch Kerzen, ihr Versteck ist ja unter der Erde, und von oben kann niemand den Lichtschein sehen. Ein gesprungenes Einmachglas dient ihr als Blumentopf, ein großes Stück Fensterglas ersetzt ihr den Spiegel. Ein großartiges Versteck – nicht nur kaum aufzufinden, sondern auch noch mit einem unterirdischen Tunnel, durch den man bei Gefahr fliehen kann. Der Kanal verläuft unter der großen Allee, früher ging er einmal bis zum Ententeich unweit des Zooeingangs. Leider ist die Decke teilweise eingestürzt, aber durch den Ausstieg hinter dem Vogelhaus kommt man immer noch nach draußen. In der Tunnelwand, ein Stück hinter Lidkas Zimmer, gibt es einen Sprung, der wohl entstanden ist, als nach den Bombenabwürfen die Erde gebebt hat. Ein breiter Spalt gleich über dem Boden. Wir werfen ein paar Steinchen hinein – es dauert ewig lang, bis wir sie leise aufschlagen hören. Vielleicht ist das ein Weg ins Erdinnere, wie der, den Professor Urgestein und Doktor Fliegenbein genommen haben. Nachdem ich Lidka davon erzählt habe, lauschen wir lange, ob wir aus dem geheimnisvollen Spalt nicht vielleicht die Rufe von Dinosauriern hören können, aber leider gelingt uns das nicht.

Wir spielen mit dem Waschbär und werfen ihm Möhren- oder Selleriestückchen hin. Er sammelt sie aus dem Gras auf, nimmt sie in seine Pfoten und betrachtet sie sorgfältig. Manche isst er, andere schichtet er zu kleinen Häufchen auf. Lidka versucht, ihm Kunststücke beizubringen, das klappt aber nicht so gut.

Ein paarmal sehen wir den Schakal – lauernd beobachtet er uns aus dem Gebüsch. Wir probieren, ihn mit einer Möhre anzulocken, aber er interessiert sich überhaupt nicht für sie. Erst mit einem Zipfel Wurst, den Emek mitgebracht hat, sind wir erfolgreich. Wir legen ihn auf die Erde, ziehen uns zurück und setzen uns einige Meter entfernt ins Gras. Der Schakal nimmt Witterung auf, hebt die Nase und wagt sich dann langsam aus dem Gebüsch, ohne uns aus den Augen zu lassen. Vorsichtig packt er den Zipfel mit den Zähnen und läuft weg. Weil wir uns nicht rühren, lässt er die Wurst ins Gras fallen, kneift seine goldenen Augen zu und frisst sie auf. Zum Abschied wirft er uns noch einen Blick zu – als wollte er sich bedanken – und trollt sich mit wedelndem Schwanz. Seither sehen wir ihn häufiger, er beobachtet uns immer aus sicherer Distanz. Bestimmt hofft er auf weitere Leckerbissen, aber leider haben wir gerade keine Wurst mehr. Lidka schlägt vor, ihm einen Namen zu geben. Wir taufen ihn Bernstein, wegen seiner goldenen Augen und seines glänzenden Fells.

Manchmal spielen wir auch. Lidka und ich werfen Ringe, die wir aus langen Ruten geflochten haben, und versuchen so zu zielen, dass sie an einem Pflock in der Erde hängen bleiben.

Immer wenn Emek aus der Stadt zurückkommt, frage

200

ich ihn, ob er etwas über den Bezirk gehört hat, aber er wimmelt mich nur ab und antwortet nicht. Dabei muss er doch etwas wissen. Ich weiß, dass er sich mit seinen Freunden trifft, den Zigarettenverkäufern vom Platz der drei Kreuze. Er hat auch noch andere Bekannte, die auf dem Platz unter der Sigismundsäule oder in der Altstadt zu handeln versuchen. Sie wohnen in den Kellern des zerstörten Königsschlosses und kümmern sich dort angeblich um ein kleines Mädchen. Die vom Platz der drei Kreuze haben keine feste Bleibe – sie schlafen in den Ruinen von Saska Kępa, in Treppenhäusern oder auf Dachböden.

Das sind doch Kinder aus dem Bezirk, die erst vor ein paar Tagen geflohen sind! Die müssen doch wissen, was bei uns los ist. Warum will Emek nichts sagen?

Zweimal kommen Morlocken in den Zoo, wir können uns zum Glück rechtzeitig verstecken. Sie trinken Bier und lachen laut, ich kann sie durch die Ritzen im Dach des Giraffenpavillons sehen. Mit ihren Pistolen schießen sie auf leere Flaschen, dann auf Krähen. Ich kann nicht verstehen, warum sie das tun. Was stört sie denn an den Vögeln? Es liegt wohl im Wesen der Morlocken, sie müssen einfach töten. Ich mache mir Sorgen um den Waschbären und den Schakal, aber wenn die beiden schon so viele Monate hier überlebt haben, dann wissen sie bestimmt, dass sie sich in Acht nehmen müssen. Ich lege mich auf meine Kisten und warte, bis die Schüsse verstummen und die Morlocken verschwinden. Sie gehen erst, als es dämmert.

Ich habe mich an das Leben hier gewöhnt. Über die Zukunft mache ich mir kaum Gedanken, Hauptsache, im Moment ist alles gut. So geht es mehrere Wochen. Aber so kann es nicht ewig weitergehen.

Eines Tages, es ist schon fast Mitte August, kommt Emek furchtbar aufgeregt aus der Stadt zurück. In einem Leinensack hat er fünf Kastenbrote, zwei Ringe Wurst, ein Glas Marmelade und ein dickes Stück Speck mitgebracht. Ich helfe ihm, alles in unser »Storchennest« zu hieven. Anschließend legt er sich in die Hängematte und starrt finster an die Decke.

»Hat dich jemand gesehen?«, frage ich nach einer ganzen Weile.

»Nein.«

»Was ist denn passiert?«

»Nichts ist passiert.«

»Ich sehe es doch!«

»Du verstehst überhaupt nichts«, knurrt Emek.

»Dann erklär es mir, damit ich es verstehe. Du sagst mir nichts, dabei bin ich gar nicht mehr so klein und verstehe schon eine ganze Menge!« So langsam werde ich sauer.

Emek springt aus seiner Hängematte und tritt so heftig gegen eine Kiste, dass zwei Latten abfallen. Ich starre ihn mit großen Augen an und weiß, dass ich jetzt besser nichts mehr frage. Noch nie habe ich Emek so wütend gesehen.

Er hebt die Latten auf, hält sie an die Kiste und versucht, sie wieder zu befestigen. Dann wirft er sie zu Boden, schlägt die Hände vors Gesicht und kniet reglos mitten im »Storchennest«. Ich mache keinen Mucks, weil ich nicht weiß, wie ich ihm helfen kann. Da lässt er die Hände sinken und schenkt mir einen müden Blick, in dem keine Wut mehr zu sehen ist.

»Willst du wissen, wofür das Werkzeug ist?«, fragt er leise.

Ich nicke.

»Dann komm. Ich zeig es dir«, sagt er und schlüpft durch die Öffnung im Boden aus unserem Versteck.

Es ist noch früh am Nachmittag, er hat selbst immer gesagt, das ist die gefährlichste Zeit. Im Zoo sind jede Menge Gärtner unterwegs, und heute ist auch noch Samstag – Samstagnachmittag ist am schlimmsten, da kommen nicht nur die Gärtner, sondern auch noch alle möglichen anderen Leute. Männer führen ihre Freundinnen auf den Alleen aus, trinken Bier und schnüffeln in den leeren Käfigen herum. Samstagnachmittage und Sonntage sind am schlimmsten. Doch ich brauche nicht lange nachzudenken, ich schließe mich Emek an.

»Wo gehen wir hin?«, frage ich ihn flüsternd, während er, im Gebüsch verborgen, den Weg hinter dem hohen Metallzaun beobachtet.

»An die Weichsel«, antwortet er.

Ein Fahrradfahrer kommt vorbei. Ein Mann und eine

Frau gehen gemütlich spazieren. Drei Jungen spielen mit einem Stoffball. Wie sollen wir da auf die andere Seite kommen?

Emek zwängt sich durch die Gitterstäbe, ich folge ihm.

»Jetzt!«, flüstert er, als er sich sicher ist, dass niemand in unsere Richtung schaut, und rennt über den Weg.

Ich laufe ihm nach. Mir läuft es eiskalt den Rücken hinunter, aber ich schaue mich nicht um. Wir springen über den Bahndamm, die Schienen summen leise – ein Zug kommt! Schnell laufen wir ins Gebüsch und verstecken uns unter einem Baum. Keuchend stütze ich mich ab. Warum bin ich so erschöpft? Ich konnte doch früher ewig rennen, ohne Seitenstechen zu bekommen. Vielleicht, weil ich so lange nicht mehr gerannt bin?

Donnernd jagt der Zug über das Gleis und verschwindet in der Ferne. Leise ist noch das Quietschen der Bremsen zu hören, als er im Bahnhof einfährt. Emek lauscht noch eine Weile, nickt dann und schlägt sich in die Büsche. Zwischendurch denke ich, Emek führt mich zur Badebucht, aber er schlägt einen Bogen um sie und möchte noch weiter. Die Brennnesseln hier reichen mir bis zum Ellbogen – ich hebe die Hände über den Kopf, aber sie brennen mich sogar durch das Hemd. Es liegt auch immer mehr Müll herum – ein Haufen mit verrostetem Metallschrott versperrt uns den Weg.

»Und was jetzt?«, frage ich.

Die zugewucherte Müllhalde erscheint mir unüberwindlich. Bleche, irgendwelche Gitter, sogar Drahtmatratzen mit herausstehenden Sprungfedern – ein unvorsichtiger Schritt, und man holt sich eine Schnittwunde. Emek geht auf eine große, rostige Tonne zu, die ganz unten in der Schrottbarrikade steckt.

Er beugt sich hinunter, greift nach dem Deckel und öffnet ihn lautlos.

»Komm rein. Aber mach hinter dir zu«, sagt er und krabbelt in die Tonne.

Einen Moment stehe ich da wie vom Donner gerührt, aber dann krabble ich hinterher und ziehe den runden Metalldeckel wieder zu. Die Tonne liegt auf der Seite, sie ist hohl. Von dieser Tonne kommt man in eine zweite, es ist eine Art kleiner Tunnel. Als wir aus diesem herauskriechen, sind wir auf der anderen Seite der Barrikade! Hinter dem Schrottberg liegt eine zweite Bucht! Ein bisschen größer als die Badebucht, nicht so zugewachsen und von der Weichsel aus praktisch nicht zu sehen – die Zweige eines Baumes verdecken die Mündung.

»Hast du ihn endlich hergeführt«, höre ich eine fröhliche Stimme.

Lidka! In ihrem idiotischen Kleid, mit ihren Zöpfen und den traurigen Überresten der Schleifen sitzt sie auf einem umgestülpten Eimer. Sie streicht mit großen Handschuhen eine schwarze Schmiere auf ein … Ja, worauf eigentlich? Was ist das?

Am Ufer der Bucht liegt ein großer schwarzer Kasten,

zusammengeschustert aus Brettern und Blechen. Lang und breit, reicht er mir kaum bis zur Schulter. Die Decke bildet ein wildes Gestrüpp aus Zweigen und geschickt befestigten Rindenstreifen – es sieht aus wie ein umgestürzter Baumstamm.

»Was soll denn das sein?«, frage ich baff.

»Das ist mein Fluchtweg«, erklärt Emek stolz. »Meine Arche.«

»Arche?« Ich starre den großen Kasten an. »Was ist eine Arche?«

»Ein Schiff.« Emek schaut mich mitleidig an. »Eigentlich eine Art Galler. Ich habe dir doch von den Gallern erzählt.«

Ich gehe einmal um das Boot herum und sehe es mir genau an. Der Boden ist flach und an einem Ende leicht nach oben gebogen, aus dem anderen Ende ragt eine komplizierte Konstruktion aus einem waagerechten Eisenrohr mit strahlenförmig angesetzten Brettern hervor. Das Ganze hat so gar nichts mit den Schiffen gemein, die ich bis jetzt auf Bildern gesehen habe! Es hat eher die Form einer Rakete – vorne schmal und hinten breit.

»Ein richtiger Galler ist natürlich viel größer«, fährt Emek fort. »Außerdem hat er keine geschlossene Decke. Ich habe nur die Form mehr oder weniger beibehalten. Und ich habe einen Heckradantrieb eingebaut! Schau mal.«

Emek läuft zu der Konstruktion am Hinterteil der Kiste.

»Siehst du? Ich habe Fahrradketten dafür genommen. Wenn man drinnen sitzt und die Kurbeln betätigt, fangen die Bretter an, sich zu drehen, und schieben das Wasser weg. Hoffe ich jedenfalls ... Auf der Weichsel ist so ein Schiff gefahren, also eigentlich mehrere, aber dieses eine habe ich mir am häufigsten angeschaut. Es hieß ›Uranus‹ und fuhr bis Płock. Ich war zwar nie auf dem Boot, habe den Antrieb aber immer wieder genau studiert. Meine Arche ist eine Kreuzung aus Heckraddampfer und Galler. Und hier ist das Steuer.« Emek zeigt auf ein Blech, das an einer Stange befestigt ist.

»Und du hast das selber gebaut?«

»Ja«, antwortet er stolz.

»Ich habe geholfen«, wirft Lidka ein.

»Es ist riesig! Und wofür sind die Zweige oben drauf?«

»Nach meinen Berechnungen müsste es fast einen Meter Tiefgang haben, wenn wir es zu Wasser lassen. Ein echter Galler sinkt auch ziemlich tief ein, besonders, wenn er beladen ist – dann ragen nur ein paar dutzend Zentimeter über die Wasseroberfläche. Der größte Teil wird also unsichtbar sein. Und das hier«, Emek klopft auf den falschen Baumstamm auf dem Dach der Arche, »das wird aussehen wie ein umgestürzter Baum, der in der Strömung treibt. Niemand wird darauf kommen, dass ich da drin sitze. Er ist nämlich hohl, siehst du? Und durch diese Öffnungen in der Rinde kann man hinausschauen. Das sind die Bullaugen.«

Und ich hatte geglaubt, ich wäre Erfinder! Nie im Leben könnte ich so etwas bauen!

»Und du willst damit wegfahren?«, frage ich.

»Na sicher!«

»Und wohin?«

»Erst hatte ich überlegt, bis nach Danzig zu fahren und dann weiter über die Ostsee. Aber das geht natürlich nicht.«

»Wieso denn nicht?«

»Erstens weil sich irgendwann doch jemand für diesen schwimmenden Stamm interessieren würde. Schließlich sind Schiffe auf der Weichsel unterwegs, und die deutsche Wasserschutzpolizei ist zwar nicht richtig gefährlich, hat aber alles im Auge. Und zweitens ist ein Galler nur für ruhige Gewässer zu gebrauchen. Auf See würde er sofort kentern. Ich möchte bis Thorn kommen. In der Żeglarska-Straße gibt es eine Kneipe, das ›Dittmann‹, da sind meine Brüder immer auf ein Bier eingekehrt. Meine Tante hat dort am Ausschank gearbeitet, sie hat nicht erzählt, dass sie Jüdin ist, und es hat wohl auch sonst niemand verraten, sie sieht auch gut aus. Sie könnte wissen, was mit meiner Familie ist. Bestimmt hilft sie mir weiter.«

»Thorn ist sehr weit weg«, sage ich.

»Ich weiß. Deshalb habe ich auch noch einen Notfallplan. Falls etwas schiefgeht, lege ich vor Płock an. Da gibt es einen Flößerkai, wo immer viele Schiffe anlegen.«

»Einen Kai?«

»Na, eine Anlegestelle eben. Da kenne ich alle, die besorgen mir ein Versteck. Bei den Flößern bin ich in Sicherheit. Die Deutschen zählen auf uns, das habe ich ja schon gesagt. Sie stecken uns nicht in die Lager und machen keine Durchsuchungen. Alle Flößer sind im Untergrund!«

»Aber in den Bezirk haben die Deutschen euch doch geschickt«, wirft Lidka leise ein.

Emek wirft ihr einen unwilligen Blick zu und winkt verärgert ab.

»Das ist etwas anderes«, brummt er und beugt sich über die Schaufelräder.

»Und wo kann man einsteigen?«, frage ich.

»Hier.« Emek hebt einen Teil des ›Baumstamms‹ an der Seite der Arche hoch. »Willst du mal sehen?«

Ich nicke und klettere an Bord, dann steige ich hinab in den Innenraum. Die Arche ist innen niedrig und dunkel, sie riecht nach Holz und Teer. Jeden halben Meter kommt eine Querleiste.

»Das sind die Spanten«, erklärt Emek. »Die steifen die Bordwand aus.«

Vorne, im Bug der Arche, hat Emek eine Essenskiste vorgesehen. Mich interessiert aber eher der Mechanismus im Heck.

»Siehst du die beiden Kurbeln?«, fragt er und deutet auf zwei Metallhebel, die an einer Eisenstange befestigt sind. »Wenn man hier kurbelt, dreht sich das Schaufelrad.«

»Darf ich mal probieren?«

»Na sicher.«

Ich quetsche mich auf das Bänkchen, greife das Ende der Kurbeln und fange an zu drehen. Erst leisten sie noch Widerstand, aber mit jeder Umdrehung geht es besser.

»Das ist das Schwungrad«, erklärt Emek. »Eine Kurbelumdrehung entspricht zwei Schwungradumdrehungen, siehst du?«

Ich schaue mir das Zahnradsystem an. Die Kette hinter den Kurbeln läuft um eine Scheibe mit dreißig Zentimetern Durchmesser, dort beginnt eine weitere Kette, die hinter der rückwärtigen Bordwand verschwindet, gleich unter der Abdeckung.

»Da ist dann noch eine Kette. Sie läuft von der Antriebswelle abwärts und dreht das Schaufelrad.«

»Phantastisch! Und wo hast du die ganzen Zahnräder her?«

»Aus alten Fahrrädern«, erklärt Emek achselzuckend. »Hinter dem Bahnhof ist ein Schrottplatz. Und du glaubst gar nicht, was die Weichsel alles anspült. Das erste Zahnrad habe ich hier gefunden, in dieser Bucht. So kam ich überhaupt erst auf die Idee, eine Arche zu bauen, der Antrieb ist ja die Hauptsache. Segel oder Ruder kamen ja nicht in Frage, die hätte man sofort bemerkt, aber das Schaufelrad ist von außen nicht so leicht zu erkennen.«

Wir steigen wieder aus. Ich sehe zu, wie Lidka die zähe schwarze Schmiere in alle Ritzen kleistert. Das muss wohl zur Abdichtung sein.

Die Arche ruht auf langen runden Stämmen – wenn man die Keile herauszieht, wird man sie ohne größere Schwierigkeiten ins Wasser schieben können. Sie sieht eigentlich schon fertig aus ...

»Wann ... «, ich muss schlucken und setze noch einmal an: »Wann wolltest du denn aufbrechen?«

Emek weicht meinem Blick aus. Er beißt sich auf die Lippen, stemmt die Hände in die Hüften und sieht zur Mündung.

»Anfang August, dachte ich. Das ist eine gute Zeit, da sind viele Flößer auf der Weichsel. Außerdem schwimmen nach den Julistürmen oft abgebrochene Äste und umgestürzte Bäume im Wasser. Aber jetzt ...« Er zuckt die Schultern. »Jetzt denke ich, wozu noch länger warten? In ein oder zwei Tagen könnte ich ablegen. Spätestens Freitag.«

Freitag! Das sind nur noch ein paar Tage. Was mache ich alleine im Zoo, ohne Emek? Mir kommen die Tränen.

»Lidka kommt auch mit«, sagt Emek kühl. »Wenn du willst ...«

Mitkommen? Und wie ich das will! Natürlich! Aber ...

»Und Stella?«, frage ich schließlich leise. »Und Großvater?«

»Rafał, du hast hier nichts mehr zu erwarten«, seufzt Emek. »Und das weißt du auch.«

»Das stimmt nicht! Stella hat versprochen, dass ...«

»Wenn sie dich hätte holen wollen, hätte sie das längst getan. Und dein Großvater ... Na ja, wir können nur hoffen, dass er es geschafft hat, aus dem Ghetto zu kommen und sich irgendwo auf der anderen Seite der Mauer zu verstecken. Wenn das so ist, kann er keinen Kontakt zu dir aufnehmen. Das wäre zu gefährlich für dich und für ihn. Und für die Menschen, die ihm helfen.«

»Und wenn er im Bezirk geblieben ist?«, frage ich.

»Wenn er im Bezirk geblieben ist, dann ist es jetzt aus mit ihm«, sagt Emek grob. »Es wird von den Deutschen geräumt.«

»Was heißt denn das, geräumt?!«, rufe ich.

»Leise! Ich habe heute Byczek getroffen. Du weißt schon, einer der Jungen vom Platz der drei Kreuze, der Anführer dort. Die Deutschen schicken alle aus dem Ghetto mit Zügen in den Tod. Bald ist da niemand mehr.«

»Das ... das kann nicht sein!«, rufe ich.

»Nicht so laut!«, zischt er mich wieder an. »Es ist so. Byczek weiß genau, was er sagt.«

Deshalb war Emek also so aufgeregt, als er heute zurückkam. Aber das kann doch nicht sein! Warum sollten die Morlocken so etwas tun? Plötzlich muss ich an die Krähen denken, auf die sie im Zoo geschossen haben.

»Aber warum?«, frage ich fassungslos und spüre, wie mir eine Träne über die Wange rinnt.

Rasch wische ich sie mit dem Handrücken weg. Sie sollen nicht sehen, dass ich heule.

»Weil es so ist. Punktum. Sie sind so«, erklärt Emek achselzuckend.

»Komm mit uns mit«, sagt Lidka. »Was willst du im Winter hier tun?«

»Und dein Vater?«, frage ich sie.

»Ich hoffe, dass es ihm gutgeht und er sich irgendwo versteckt hat. In deinem Keller hinterlasse ich ihm eine Nachricht, weil er weiß, dass ich mich zuerst dort versteckt habe. Das kannst du doch auch machen.«

Das stimmt, Stella hat mich ja selbst zu dem Versteck geführt. Wenn sie zurückkommt, wird sie zuerst dort nachsehen. Aber ich kann doch Großvater nicht im Stich lassen! Wenn ich wenigstens wüsste, dass er in Sicherheit ist! Ob er wohl geflohen ist? Ich glaube kaum. Er hat mir doch selbst beim Abschied gesagt, er würde in unserem neuen Zimmer auf mich warten.

Ich denke lange nach und male mit einem Stock Kreise in den Sand.

»Gut«, sage ich schließlich. »Ich komme mit.«

Das ist nur die halbe Wahrheit. Mein Plan ist nämlich etwas komplizierter. Aber die andere Hälfte verrate ich ihnen nicht.

4

In der Nacht kann ich kaum schlafen. Ich nicke kurz ein, wache wieder auf und weiß manchmal gar nicht, ob ich nun schlafe oder nicht. Emek schnauft gleichmäßig in seiner Hängematte. Er kann von einer Sekunde auf die andere einschlafen und genauso schnell wieder aufwachen. Darum beneide ich ihn.

Ich warte, bis das fahle Mond- und Sternenlicht in den Dachritzen verblasst und in den ersten Strahlen der Morgensonne aufgeht. Es dauert furchtbar lange, dabei heißt es doch immer, Sommernächte wären kurz. Diese Nacht zieht sich endlos hin.

Doch endlich färbt sich der Himmel dunkelblau. So leise ich kann, rutsche ich von meinen Kisten. Ich nehme mir Mütze und Jacke, verknote die Schnürsenkel und hänge mir die Schuhe um den Hals, dann ziehe ich mit angehaltenem Atem ein Kastenbrot aus dem Sack – Emek wird mir deswegen bestimmt nicht böse sein. Er schläft. Er hat sich in seiner Hängematte eingeigelt, eine Faust unter der Wange. Weil ich kein Papier habe, nehme ich ein glattes Stück Holz, das von einer Kiste abgebrochen ist, und schreibe darauf mit einem verkohlten Span: »Sehe

nach Großvater. Bin bald zurück. Rafał.« Ich lege das Holz-
stück auf meine Schlafdecke. Daneben lege ich einen Teil
von Stellas Geld, für alle Fälle. Dann gleite ich durch das
Loch im Boden und klettere hinab. Das ist gar nicht so
einfach mit den Schuhen um den Hals, der Jacke unterm
Arm und dem Brot unterm Hemd, aber irgendwie schaffe
ich es doch.

Der Himmel im Osten färbt sich schon rosa. Die ersten
Vögel in den Bäumen fangen an zu singen. Ein Geruch
von feuchtem Gras liegt in der Luft. Ich setze mich auf
einen Baumstumpf, schlüpfe in meine Schuhe und ziehe
die Mütze tief ins Gesicht. Meine Haare sind gewachsen,
am Ansatz sind sie schwarz. Lidka findet, dass das sehr
lustig aussieht. Ich versuche, meine Mähne unter die Mütze
zu stopfen, und betrachte mich in der Fensterscheibe, die
gegen den Pavillon gelehnt ist. Nichts zu machen, besser
geht es nicht. Plötzlich nehme ich aus dem Augenwinkel
eine Bewegung im Gebüsch war. Das Herz schlägt mir bis
zum Hals, als ich mich langsam umdrehe. Es ist der Schakal. Aus seinem Versteck heraus mustert er mich aufmerksam.

»Ich komme wieder«, sage ich zu ihm und mache mich
dann auf in Richtung Ausgang.

Durch das große Tor gehe ich natürlich nicht, ich
nehme das Loch im Zaun. Aber ich muss in diese Richtung, weil dort die Brücke ist. Ich komme an der weißen
Villa der Zoodirektorin vorbei, alle schlafen noch.

Es ist seltsam, auf der Straße zu sein. Wieder befällt mich ein nervöses Zittern, das ich einfach nicht unterdrücken kann. Ich fühle mich hier so schutzlos, als wäre ich nackt aus dem Haus gegangen. Bloß nicht darüber nachdenken, sonst verlässt mich auch noch das letzte bisschen Mut! Wo geht es lang?

Ich laufe über die Straße und gehe in den Park auf der anderen Seite. Noch ist kein Mensch unterwegs. Ich muss zu dem runden Platz am anderen Ende kommen, den ich mit Stella überquert habe. Wie hieß er doch gleich? Ja, jetzt weiß ich es wieder, Veteranen-Platz! Da war die Straßenbahnhaltestelle. In der Targowa-Straße habe ich einmal gesehen, wie ein paar Jungen, an die Haltegriffe geklammert, auf den Stufen der hinteren Plattform der Straßenbahn standen – so wollte auch ich über den Fluss kommen. Das scheint mir weniger gefährlich als der Fußmarsch. Natürlich könnte ich mir auch ganz normal einen Fahrschein kaufen und mich hinsetzen, aber ich habe Angst, dass der Schaffner mitbekommen könnte, wer ich bin.

Ich verlasse den Park und sehe die Haltestelle vor mir. Die ersten Fußgänger sind jetzt unterwegs, sie sehen noch verschlafen aus, bestimmt fahren sie zur Arbeit. An der Haltestelle wartet ein Mann mit Zeitung unterm Arm, auf der Bank sitzt eine Frau mit blauem Kopftuch. Sie hält einen kleinen Korb auf dem Schoß. Ich hatte gehofft, der Einzige zu sein, aber hätte die Straßenbahn an einer leeren Haltestelle überhaupt angehalten? Ich weiß es nicht. Die Pferdebahn im Bezirk hielt ständig an - alle stiegen ein und aus, wie sie wollten. Aber hier ist das sicher anders.

Etwas abseits der Haltestelle warte ich unter einem Baum. Wenn die Bahn kommt, kann ich bestimmt noch hinrennen. Die Frau auf der Bank sitzt regungslos da und starrt vor sich hin. Der Mann mit der Zeitung geht auf und ab. Er trägt ein Leinenjackett, Hut und Knickerbocker, darunter lange, dunkle Strümpfe. Ich muss wieder an die Kleidung der Menschen aus der Zukunft denken, die mir im Fiebertraum erschienen sind - sie trugen Unterhosen auf der Straße! Wie konnte ich nur glauben, dass das tatsächlich möglich ist? Das kann doch gar nicht sein!

Die Straßenbahn ist schon zu hören, ihre Bremsen quietschen. Ich renne vor bis zum Bordstein - da ist sie! Klingelnd und rumpelnd kommt sie heran. Ich werde einfach hinten auf die Stufe hüpfen. Das sollte kein großes Problem sein. Jetzt ist sie schon direkt vor mir, ich bin bereit zum Sprung und ... Sie hält nicht an! Sie fährt einfach an der Haltestelle vorbei, als wäre die überhaupt nicht da. Verwirrt schaue ich zu der Frau auf der Bank - sie hat die Augen halb geschlossenen und ist nicht einmal aufgestanden. Offenbar hat das so seine Richtigkeit, sicher kommt in ein paar Minuten die nächste Bahn. Das Brot ist mir beim Laufen fast aus dem Hemd gerutscht, ich schiebe es wieder zurecht und senke den Blick.

»Was machst du hier?«, höre ich plötzlich eine Männer-
stimme neben mir.

Vor Schreck mache ich einen Satz und trete einen
Schritt zurück. Der Mann mit der Zeitung sieht mich
streng an. Als ich aufschaue, weiten sich seine Augen kurz
vor Verwunderung, dann streckt er blitzartig seinen Arm
aus und packt mich am Kragen.

»Was du hier machst, will ich wissen!«, knurrt er grim-
mig.

»Nichts«, antworte ich mit zitternder Stimme und versuche zu lächeln, damit er sieht, dass ich fröhlich bin.
Stella hat ja gesagt, wenn ein Kind fröhlich ist, kommt
niemand auf die Idee, es könnte aus dem Bezirk sein, im
Bezirk sind nämlich alle Kinder traurig. Wie konnte ich
das nur vergessen? Ich hätte schon die ganze Zeit lächeln
müssen, immer! Dann wäre ich ihm gar nicht aufgefallen, und er hätte mich in Ruhe gelassen. Wie dumm von
mir!

»Du kommst mit«, verkündet der Mann mit der Zeitung.

»Lassen Sie mich doch los«, rufe ich und versuche
krampfhaft zu lächeln. »Ich muss jetzt gehen!«

Ich versuche mich loszureißen, aber er hält mich fest
gepackt. Wieder rutscht das Brot aus dem Hemd.

»Lassen Sie es gut sein«, sagt plötzlich die Frau mit dem
Kopftuch.

Ich habe nicht einmal gemerkt, wie sie aufgestanden

218

ist. Jetzt steht sie neben uns, aber sie sieht mich nicht an, sondern schaut zur Kirche auf der anderen Seite des Platzes.

»Wie bitte?«, schreit der Mann mit der Zeitung. »Das ist doch ein Jud! Das sieht man doch! Haben Sie keine Augen im Kopf? Wir müssen die Polizei rufen!«

»Nun lassen Sie es gut sein«, sagt die Frau noch einmal mit ruhiger Stimme.

Als sie den Kopf dreht, streift mich ihr scheinbar teilnahmsloser Blick. Dann sieht sie dem Mann ins Gesicht.

»Und wenn nicht?«, fragt er böse.

»Was glauben Sie, wen sie sich vorknöpfen, wenn sie mit ihnen fertig sind?«, fragt die Frau mit dem Kopftuch kühl. »Ist es Ihnen so eilig damit?«

»Sie wissen wohl nicht, wen Sie vor sich haben!«, erwidert der Mann mit sich überschlagender Stimme.

»Ich sehe sehr wohl, wer Sie sind. Aber ich hoffe immer noch, dass ich mich täusche. Lassen Sie das Kind los.«

Der Mann mit der Zeitung schnauft zornig. Da kommt die nächste Straßenbahn und hält mit quietschenden Bremsen. Die Frau nimmt den Korb in die andere Hand und geht auf die Bahn zu. Ich merke, dass sich der Griff um meinen Kragen lockert. Der Mann lässt los, wischt sich die Hand an der Hose ab, steigt, ohne mich noch einmal anzusehen, ein und nimmt Platz. Meine Beine wollen mir nicht mehr gehorchen, aber ich habe keine Zeit zu verlieren ... Die Straßenbahn klingelt, gleich fährt sie weiter. Kurz entschlossen laufe ich ihr nach, springe auf und klammere mich an die Haltestange. Mit einem Ruck fährt die Bahn an und nimmt rasch Fahrt auf. Ich hätte zurück in den Zoo gehen sollen, denke ich verzweifelt und kralle mich regelrecht in die Stange. Aber jetzt ist es zu spät.

Wir nähern uns der Brücke, der nächsten Haltestelle. Hier hätte ich noch eine Chance, wenn ich jetzt abspringe ... Die Straßenbahn fährt wieder an. Nun sind wir auf der Brücke, die Schatten des Metallgitters wandern über mein Gesicht. Ich senke den Blick und schaue verstohlen nach rechts und links. Und jetzt?

Das Gitter verschwindet, ich bin am anderen Ufer der Weichsel. Eine Haltestelle, noch eine ... Vielleicht fährt die Bahn ja durch die Chłodna? Unter der Brücke hindurch, die die beiden Teile des Bezirks verbindet? Aber selbst dann würde ich dort nicht hineinkommen! Darüber habe ich mir überhaupt noch keine Gedanken gemacht, ich war ganz auf die Bahn und die Brücke fixiert. Schaffe ich es wohl bis zum Haus an der Ecke Leszno-Żelazna? Und wenn ja – komme ich von dort irgendwie in den Bezirk?

Am Schlossplatz biegt die Straßenbahn ab – die nächste Haltestelle. Klingeln, und Abfahrt. Da sehe ich das blaue Kopftuch der Frau mit dem Korb wieder und treffe blitzartig eine Entscheidung. Obwohl die Bahn schon wieder fährt, springe ich ab. Ich verliere das Gleichgewicht, stürze auf das Pflaster und schramme mir die Hand auf. Jemand lacht laut, aber ich schaue einfach nicht in diese Richtung. Wo ist die Frau? Da! Ich folge ihr. Bald habe ich sie eingeholt, sie läuft nicht besonders schnell. Soll ich sie ansprechen? Jetzt verlässt mich der Mut wieder. Sie hat mir geholfen, aber ...

Wir bewegen uns zwischen hellen Bürgerhäusern mit roten Dachziegeln. Manche Häuser stehen leer, die Fenster haben keine Scheiben. Aber in anderen hängen weiße Gardinen, bunte Blumen stehen in Töpfen auf den Fensterbänken. Die Frau biegt in eine Seitenstraße, ich renne auf sie zu und ...

»Geh weg!«, zischt sie mich an.

Hinter der Straßenecke bleibt sie stehen und wartet auf mich. Ich stehe da und schaue sie unsicher an. Sie hat ein schönes Gesicht, auch wenn sie verärgert die Brauen zusammenzieht.

»Du bringst mich in Teufels Küche«, sagt sie. »Geh weg! Los!«

»Entschuldigung«, murmle ich.

»Habe ich dir noch nicht genug geholfen?«, fragt sie und sieht sich um, ob uns auch niemand beobachtet. »Lass mich in Frieden! Sonst rufe ich selbst noch die Polizei!«

»Ich wollte nur fragen ...«

»Was?«

»Wie man in den Bezirk kommt.«

»In welchen Be...«?, fängt sie an und hebt dann erschrocken die Brauen. »Ins Ghetto?«

»Ja. Großvater ist noch da, und ich ...«

»Geh da nicht hin. Lauf weg, so weit du kannst«, sagt die Frau mit dem Kopftuch.

»Mein Großvater ist da! Ich muss nachsehen, ob es ihm gutgeht.«

Die Frau nimmt den Korb in die andere Hand und sieht sich noch einmal beunruhigt um. Sie ist furchtbar aufgeregt.

»Von welcher Seite?«, fragt sie leise.

»Was, von welcher Seite?«

»Von welcher Seite möchtest du rein?«

»Leszno-Żelazna«, sage ich schnell.

»Das ist ganz woanders. Das kann ich dir hier nicht erklären! Komm!« Sie wendet sich ab und geht zum nächsten Torbogen. Wieder schaut sie sich hastig um, bevor sie eintritt. Im Schatten des Tores ist es kühl. Im Hof entdecke ich eine mit Blumen geschmückte Kapelle. Die Frau stützt sich an einem Wandvorsprung neben der Tür ab und lockert den Knoten unter ihrem Kinn.

»Wie heißt du«, fragt sie.

»Rafał Grzywiński«, antworte ich höflich und gleich überläuft es mich heiß. »Rafał Mortyś!«

Sie schüttelt den Kopf, greift in ihren Korb und zieht unter der Serviette eine große gelbe Birne hervor.

»Hier.«

»Danke«, sage ich und betrachte die Birne.

Sie ist riesengroß und bestimmt herrlich süß. In den Gärten im Zoo gibt es keine Obstbäume, das heißt, es gibt schon ein paar, aber die sind noch klein.

»Ich habe keinen Hunger«, sage ich, obwohl einen ungeheuren Appetit auf diese Birne verspüre. »Sagen Sie mir bitte nur, wie ich in den Bezirk komme.«

»Nimm sie und rede keinen Unsinn.« Sie drückt mir die Birne in die Hand. »Auf der Straße ist es gerade sehr gefährlich für deinesgleichen. Überall Patrouillen. Sie machen Jagd auf Flüchtlinge.«

»Ich komme schon zurecht. Ich muss nachsehen, was mit meinem Großvater ist.«

Die Frau seufzt tief und schüttelt erneut den Kopf. Kühl, glatt und schwer ist die Birne. Ich werde sie nicht aufessen, sondern sie Großvater mitbringen. Er freut sich bestimmt darüber.

»In welcher Straße wohnt er?«

»In der Sienna. Das heißt, wir haben erst in der Sienna gewohnt. Jetzt in der Chłodna.«

»Die Sienna ist jetzt auf der arischen Seite, in den Häusern mit ungeraden Nummern wohnen Polen, und viele sind auch schon gegenüber in die geraden Nummern eingezogen«, sagt die Frau langsam. »Aber eine Reihe Häuser stehen noch leer. Da sind zwar viele Deutsche unterwegs, aber man kann sich auch gut verstecken. Du kannst versuchen, von der Sienna aus reinzukommen, wenn es unbedingt sein muss. Aber das wäre Selbstmord.«

»Und wie komme ich zur Sienna?«

Die Frau erklärt es mir. Ich höre ganz aufmerksam zu, so aufmerksam, dass mir schon der Kopf weh tut, aber ich präge mir alles ein, Wort für Wort.

»Schaffst du das?«, fragt sie.

Ich nicke und wiederhole in Gedanken rasch noch einmal die einzelnen Etappen.

»Du wirst es nicht schaffen.« Die Frau mit dem Kopftuch winkt ab. »Aber mach, was du willst. Hast du Geld?«

»Ja.« Ich greife in meine Tasche und ziehe ein paar Scheine heraus. »Bitte sehr.«

Empört wehrt sie ab.

»Bist du des Wahnsinns? Ich habe nicht deshalb gefragt«, sagt sie. »Ich wollte dir ein paar Złoty geben. Ich habe selbst nicht viel, aber ...«

»Ich habe Geld von Großvater«, erkläre ich. »Danke.«

Die Frau steht noch eine Weile da, sieht mich aufmerksam an, zuckt dann die Schultern und sagt:

»Ich gehe jetzt. Warte eine Weile, geh mir nicht nach. Zähl mindestens bis zweihundert. Verstehst du?«

Ich nicke. Sie zupft sich ihr Kopftuch zurecht, zieht den Knoten unterm Kinn stramm und tätschelt mir dann ein wenig unbeholfen den Arm.

»Wie alt bist du denn eigentlich, hm?«, fragt sie.

»Oh, ich bin schon fast neun.«

»Neun Jahre …«, sagt sie still. »Also gut. Ich wünsche dir viel Glück. Und vergiss nicht zu warten, bevor du losgehst. Leb wohl.«

»Auf Wiedersehen«, sage ich.

Die Frau dreht sich um und entfernt sich mit schnellen Schritten. Sie tritt auf den sonnigen Bürgersteig und ist verschwunden. Ich stecke die Birne in meine Jackentasche und zähle in Gedanken; als ich bei zweihundert angekommen bin, mache ich mich auf den Weg.

Jetzt habe ich nicht mehr so viel Angst. Mein Zeitreisespiel fällt mir wieder ein, das ich mir bei meiner ersten Warschau-Wanderung ausgedacht habe – was war ich damals kindisch. Jetzt laufe ich und hüpfe, die Hände in den Taschen. Ich pfeife sogar leise vor mich hin, auch wenn es nicht so richtig klappt. Aber ich sehe den Leuten besser nicht in die Augen, ich schaue einfach zu Boden. Ich komme am Theaterplatz vorbei, auf dem sich viele Morlocken herumtreiben. Im Sächsischen Garten halte ich mich im Schatten der Bäume. Die Straße ist ziemlich schmal. Wenn ich eine Patrouille sehe, drücke ich mich in ein Tor und warte, bis sie vorüber ist. Es ist schon Mittag, als ich am Platz zum Eisernen Tor ankomme. Die Mauern des Bezirks sind schon zu sehen, und wieder krampft sich mein Magen zusammen. Ich habe Durst, fürchte mich aber, etwas zu kaufen. An einer Pumpe bekomme ich schließlich eine Handvoll Wasser. Es ist eiskalt und schmeckt süß. Wohin jetzt? Geradeaus geht es zu den

Markthallen. Dann kommt die Chłodna, aber das hat keinen Sinn. Ich biege nach links ab in eine Parallelstraße zur Marszałkowska. Nach der Beschreibung der Frau mit dem Kopftuch müsste das die Zielna sein, aber ich kann es nicht überprüfen, weil die Straßenschilder alle auf Deutsch sind.

»Sie gehen bis zur Złota«, erklärt ein junger Mann einer dicken, nassgeschwitzten Oma, die mit zwei Päckchen beladen ist. »Die erste Querstraße ist dann die Sosnowa.«

Die Sosnowa! Die ist gleich neben unserem alten Haus! So ein Glück! Aber wo ist die Złota? Die erste Straße rechter Hand ist durch die Mauer abgetrennt. Die zweite auch. Die dritte! Das muss sie sein. Zwischen der Złota und der Sienna gab es einige Höfe, durch die man hineinkam. Von dort haben Kinder Essen in den Bezirk geschmuggelt. Nur wie diese Höfe finden? Die Frau mit dem Kopftuch hatte gesagt, in der Sienna wohnten jetzt Polen. Deshalb dachte ich, die Mauer wäre weg, aber sie steht immer noch. Ich laufe die Straße entlang, eine Kreuzung, wieder eine Mauer, aber … Das kenne ich! Das ist die Sosnowa! Und dort, in der Morgendämmerung, erkenne ich die Häuser der Sienna. Da ist das Café Hirschfeld! Auf der Straße ist viel Betrieb, ich quetsche mich zwischen den anderen Menschen durch, das Brot unterm Hemd fest an mich gedrückt. Vielleicht dieses Tor hier? Ich stürze in den Hof. Nein, wieder eine Mauer. Und nirgends ein Durchbruch zu sehen. Also den nächsten probieren. Wieder eine Mauer.

Dritter Hof. Eine Frau klopft auf dem Balkon einen Läufer aus. Noch ein Tor, dahinter ein weiterer Hof. Wieder eine Mauer, aber nicht ganz so hoch. Daran angrenzend ein Hauseingang mit Wendeltreppe, überdacht, daneben ein Regenrohr. Kein Problem, im Zoo bin ich ein geübter Kletterer geworden – unser Bunker unter dem Dach des Giraffenpavillons war deutlich höher. Vorsichtig schaue ich mich um. Niemand ist zu sehen, aber es könnte mich jemand versteckt hinter einer Gardine durchs Fenster beobachten. Ich warte ein paar Sekunden. Nichts. Also weiter! Ich renne auf das Rohr zu und klettere an den Metallspangen, mit denen es an der Mauer befestigt ist, nach oben. Kurz darauf sitze ich schon auf dem Vordach über der Haustür. Drei Schritte, und ich stehe direkt an der Mauerkante. Sie ist fast vollständig überzogen mit getrocknetem Lehm, gespickt mit scharfen Glasscherben, aber ein Stückchen neben dem Vordach ist frei – hier hat sicher jemand extra die Ziegel gesäubert. Meine Finger finden Halt in einem kleinen Hohlraum an der Kante, ich wage den großen Schritt und stehe auf der Mauer. Was kommt auf der anderen Seite? Ich gehe in die Hocke. Einen halben Meter unter mir entdecke ich einen schmalen Wandvorsprung über einem Fenster. Schnell steige ich hinab und mache mich klein – von der anderen Seite bin ich jetzt jedenfalls nicht mehr zu sehen. Und nun? Ich kann nicht springen, es ist zu hoch, ich habe Angst. Ich kralle meine Finger in die rauen Ziegel und nehme die

Mauer genauer in Augenschein. Da! Unter dem Vorsprung entdecke ich eine Vertiefung in der Mauer. Dann kommt das Fensterbrett, und ich kann springen. Geschafft!

Ich stehe in einem Hof im Bezirk! Gegen die Ziegelmauer gelehnt, atme ich tief durch. Ein laues Lüftchen weht weiße Daunenwölkchen durch den Hof. Da muss jemandem ein Kissen aufgeplatzt sein. Ich schleiche mich vor bis zum Tor und werfe einen Blick auf die Straße. Da ist unser Haus! Und unser Balkon, ich kann ihn genau erkennen. In der Straßenmitte ist eine Sperre errichtet – Stacheldrahtgewirr auf gekreuzten Balken. Kein Mensch ist zu sehen. Aus der Ferne sind Stimmen zu hören, Schreie. Gedämpftes Maschinengewehrfeuer. Das war mir bislang noch gar nicht aufgefallen, aber vielleicht hatte ich einfach nicht darauf geachtet.

Ich suche den Stacheldrahtverhau nach einer Lücke ab, durch die ich schlüpfen könnte. Dort! Gebückt laufe ich auf die Straße bis zu der Sperre. Das Drahtgeflecht ist ein wenig hochgebogen, über dem Pflaster bleibt ein kleiner Zwischenraum. Ich lege mich auf den Rücken und schiebe mich mit den Füßen vorwärts. Schnell! Schon habe ich mir die Hand aufgerissen, mit der ich den Draht hochhalte. Wie eine Schlange krieche ich weiter und bin schließlich auf der anderen Seite. Ich stürze zu unserem alten Tor und renne in den Hof. Alle Pflanzen sind vertrocknet. Die Fenster stehen offen, traurig wehen die zerrissenen Gardinen im Wind. Es sieht aus wie nach einem Orkan – überall liegen Splitter und Scherben, zerfetzte Kleider und zerbrochenes Geschirr. Der nächste Stacheldrahtverhau teilt den Hof, aber er steht schief – zwischen Draht und Mauer klafft eine Lücke. Im Chemielabor von Herrn Duchowiczny sind die Scheiben eingeschlagen, überall liegt Glas. Die Nähstube nebenan ist verwaist. Ich laufe weiter zur Śliska. Daunenwolken, zerstörte Fuhrwerke und Rikschas. Offene Koffer. Ich nehme den bekannten Weg, so oft bin ich ihn schon gelaufen. Als wollte ich zur Bibliothek. Aber obwohl ich den Weg kenne, komme ich mir vor wie in einer fremden Stadt. Nie zuvor habe ich diese Straßen so leer gesehen, hier war es nie leer. Sogar die Bettler vor den Hauswänden sind weg, Bettler waren immer da! Es ist wie ein Traum, und alles erscheint mir so unwahrscheinlich.

Ich haste die Twarda entlang, die einen Bogen beschreibt. Vorbei am Delikatessenladen (keine Delikatessen) und am Lebensmittelgeschäft der Szurmans (keine Schaufenster und Regale). Gleich daneben der Buchankauf und die Buchhandlung von Herrn Mirski – die Tür steht weit offen, auf dem Boden haufenweise zerfledderte Bücher. Der Wind fegt die Seiten über den Gehweg. Die Wäscherei ist verrammelt, Reste eines Gemüsestandes. Die Ciepła. In der Ciepła ist nichts mehr. Das schiefe rote Schild der Seifensiederei Kaminer liegt zerbrochen auf dem Pflaster. Die Kreuzung. Das Geschäft mit den geschwungenen Möbeln – zu sehen sind nur noch die auf die Mauer gemalten Stühle und die verrußte Aufschrift »Kasiczak«. Da ist das große Loch im Gehweg. Ich renne. Der kleine Basar, der jetzt einem Schlachtfeld gleicht. Läden mit zertrümmerten Schaufenstern. Da war die Brücke. Die Chłodna. Jetzt ist es nicht mehr weit. Irgendwo seitlich höre ich die gleichmäßigen Schritte marschierender Morlocken – an den beschlagenen Stiefeln sind sie leicht zu erkennen. Aber ich drehe mich nicht um, ich renne weiter, obwohl ich ganz außer Atem bin. Unser Haus. Ich stürme durchs Tor, kämpfe mich durch die Überreste von Möbeln und aufgeschlitzten Matratzen. Und Koffer – überall liegen Koffer. Das Herz schlägt mir bis zum Hals. Ich laufe ins Treppenhaus, die Stufen hinauf, über Unmengen von Kleidern, zerrissenen Decken und Vorhängen hinweg. Unsere Wohnungstür hängt, aus den Angeln gerissen, schief im Rahmen. Die Diele ...

»Großvater?«, rufe ich und zucke beim Klang meiner Stimme zusammen, weil sie so fremd klingt, so schrill.

Die Zimmertür steht offen. Der massige Schreibtisch steht an seinem Platz. Jemand hat alle Schubladen herausgerissen und auf den Boden geworfen, aber sie sind leer. Mein Bett liegt auf der Seite. Großvaters Bett mit dem ovalen Medaillon und dem Palmenbild steht ganz an der Wand. Der Schrank ist sperrangelweit offen, die Regale sind leer. Nichts ist mehr da, außer meinem alten Globus, zerbrochen in zwei Hälften. Sie sehen aus wie die Schalen eines zerbrochenen Rieseneis. Das Ei eines Dino-

sauriers. Keine Sachen sind mehr da, kein Bettzeug. Keine
Spuren.

Ich setze mich auf Großvaters Bett, vergrabe mein Gesicht in den Händen und schluchze leise, aber nicht, weil
ich so traurig bin – was ich natürlich bin. Vor allem bin ich
erleichtert. Wenn nichts mehr da ist, weder Kleider noch
Bettzeug … Weder Großvaters Noten noch die Fotografien, nichts, nichts, nichts, dann … Dann muss Großvater
geflohen sein, bevor es anfing! Was auch immer hier geschehen sein mag, es ist schnell gegangen. Die Menschen
haben noch versucht, ihre Sachen einzupacken, sie dann
aber unterwegs verloren. Wie viel kann man denn in ein
paar Minuten zusammenpacken? Kaum etwas, das meiste
bleibt im Haus zurück. Wenn also gar nichts hier ist, muss
Großvater ausgezogen sein. Oder geflohen! Wäre er woandershin gezogen, an einen anderen Ort im Bezirk, hätte er
meinen Globus mitgenommen. Wenn er ihn hiergelassen
hat, ist er geflohen. Er hat alles verkauft, was er konnte –
Bettzeug, Bücher, Kleidung. Aber den Globus wollte keiner haben, weil er gesprungen war und zu nichts zu gebrauchen. Er war unverkäuflich! So war es! So muss es
gewesen sein …

Die Matratze in Großvaters Bett ist aufgeschlitzt –
sicher wollte jemand kontrollieren, ob darin nicht Geld
versteckt ist, oder Gold. Ich ziehe das Brot unterm Hemd
hervor und lege es neben mich. Dann rolle ich mich auf
dem Bett zusammen, die Arme fest um die angezogenen

Beine geschlungen. Ich muss mich ausruhen. Plötzlich riecht es in dem Zimmer nach meinem »Früher einmal«. Wenn ich die Augen schließe und das Durcheinander nicht sehe, bin ich zu Hause. Ich ruhe mich ein wenig aus. Dann muss ich wieder fort von hier. Ich habe noch den ganzen Rückweg in den Zoo vor mir, und irgendetwas sagt mir, dass er ungleich schwieriger werden könnte als der Hinweg.

5

Ich wache unvermittelt auf und bin sofort hellwach. Warum liege ich in Großvaters Bett? Warum sind die Fenster nicht verdunkelt? Durch die Scheiben dringt fahles Mondlicht herein und zeichnet rechteckige Flecken auf den Boden. Ich bin zu Hause. Aber das ist ja nicht mehr mein Haus. Alles fällt mir wieder ein.

Ich höre gedämpfte Stimmen, irgendwo in der Nähe quietschen die Räder eines Fuhrwerks. Lautlos springe ich aus dem Bett und schleiche auf Zehenspitzen zum Fenster. Ich habe überall trockenes Stroh aus der Matratze in den Haaren. Der Hof ist dunkel, ich kann nichts erkennen. Die Geräusche kamen von der Straße. Das Parkett knarrt unbarmherzig, als ich mich ins Nachbarzimmer schleichen will, in dem einmal Lidka, ihr Bruder, ihre Eltern und die Kinderfrau mit dem Krähengesicht gewohnt haben. Jemand hat die Tür mit einer Axt eingeschlagen, in den Angeln hängen nur noch splitternde Holzreste. In dem Zimmer herrscht ein schreckliches Chaos. Wer hat hier nach ihnen gewohnt? Ich kann mich nicht mehr an die Leute erinnern, obwohl sie schon zwei Tage nach dem Umzug von Lidkas Familie hierhergekommen sind. Bücher liegen auf dem Fußboden, Bettlaken, Kleiderfetzen, zerbrochenes Geschirr. Eine Fensterscheibe ist eingeschlagen, die zerrissene Gardine flattert im Wind. Die Stimmen draußen sind jetzt ganz deutlich zu hören, sie müssen hier in der Nähe sein.

Ich stehe am Fenster und schiebe die Gardine beiseite. Lichtkegel von Taschenlampen wandern über die Hauswände gegenüber. Morlocken? Ja, aber nicht nur ...

»Leon, alles sauber!«, ruft ein Mann. »Nimm dir den Keller vor.«

Sie suchen jemanden oder etwas! Wertsachen? Flüchtlinge? Sicher beides.

»Hier ist keiner«, sagt ein anderer Mann, direkt unter meinem Fenster.

Es hört sich an, als stünde er hier neben mir! Instinktiv zucke ich zurück, stolpere über ein zusammengestauchtes Federbett und verliere das Gleichgewicht. Ich falle in Scherben und Bücher. Für einen Moment bin ich wie erstarrt, mein Herz setzt aus.

»Hast du das gehört?«, fragt der Mann unter dem Fenster.

Im Nu bin ich auf den Beinen und an der Tür. Im Treppenhaus, ganz unten, schlägt eine Tür, jemand flucht vernehmlich. Was tun? Die Diele ist dunkel, ich kann fast nichts sehen. Ich kann nicht nach unten entkommen ... Der Speicher! Mir fällt wieder ein, wie Frau Lampert mit ihrem Mann aufs Dach gestiegen ist, um nachzusehen, ob

234

man dort ein Solarium einrichten könnte. Die Dachluke war weder verschlossen noch verriegelt. Ich muss auf den Speicher kommen, sie werden ja wohl nicht auf dem Dach suchen? Da kann man sich leicht zwischen den Schornsteinen verstecken. Ich schleiche mich ins Treppenhaus und schaue durch das Geländer hinab – unten tanzen die gelben Lichtbündel der Taschenlampen. Ich will gerade die Treppe hinaufgehen, da fällt mir das Brot wieder ein. Was tun? Wenn sie es sehen, wissen sie, dass jemand hier war. Bücher und Kleidung könnte jemand zurückgelassen haben, aber auf keinen Fall ein ganzes Kastenbrot! Und außerdem ist es ein Brot, wie könnte ich das liegen lassen ...

In Windeseile laufe ich zurück in den Flur. Hastig schnappe ich mir das Brot und stopfe es unter mein Hemd. Dann gehe ich in die Hocke, ziehe mir rasch die Schuhe aus und klemme sie unter den Arm. So können sie mich nicht hören.

Als ich durch die Wohnungstür schlüpfe, sehe ich schon den Rücken eines Mannes, der die Treppe hinaufkommt. Wenn er jetzt bloß nicht hersieht ... So leise ich kann, steige ich die Treppe hoch. Unter den nackten Zehen kann ich die glatten, ausgetretenen Kanten spüren. Ich atme mit offenem Mund und starre mit weit aufgerissenen Augen ins Dunkel – bloß nirgends anstoßen, bloß nichts hinunterpoltern lassen ... Als ich im obersten Stockwerk angekommen bin, überläuft es mich kalt – und wenn nun die Tür zum Speicher abgeschlossen ist? Die Dachluke war es nicht, die Tür schon! Wie konnte ich nur so dumm sein, überhaupt hierher zurückzukommen? Ich hätte doch wissen müssen, dass Großvater nicht hier sitzt und darauf wartet, in den Tod gefahren zu werden! Er hat so viel für mich getan, seine Geige verkauft, um mich in Sicherheit zu bringen, und ich habe alles verdorben! Ich bin ein furchtbar undankbarer Junge! Aber die Tür zum Speicher steht weit offen. Vor Erleichterung sacke ich ganz in mir zusammen. Ich hole tief Luft und tauche geräuschlos in die Finsternis ein.

Das spärliche Mondlicht, das durch die Dachfensterchen einfällt, vermag den riesigen leeren Raum nicht zu erhellen. Die kleinen Quadrate sind nur wenig heller als der tiefschwarze Grund. Wo war nur diese Luke? Die rauen Bodendielen pieksen mich in die nackten Fußsohlen. Langsam taste ich mich, die Schuhe immer noch unter die Achseln geklemmt, mit ausgestreckten Unterarmen vorwärts. Ich stoße gegen ein Möbelstück, das leise scharrend über den Boden rutscht – für ein paar Sekunden bin ich wie erstarrt. Sie haben nichts gehört. Nur die Ruhe. Ich schließe die Augen und versuche mich dazu zu zwingen, gleichmäßig ein- und auszuatmen. Wo stand die Leiter? Ich war doch mehrmals hier oben, daran muss ich mich doch erinnern können. Die Tür, Schornsteine, Fenster. Ein Haufen kaputter Möbel lag irgendwo bei der Tür. Bin ich dort gerade angestoßen? Vorsichtig greife ich ins

Dunkel und ertaste das weiche Polster einer Stuhllehne. Ja, das könnte es sein. Die Möbel waren links. Rechts war ein Kamin und ein Stückchen weiter der nächste. Und an diesem zweiten war die Leiter angebracht. Also los. Ich öffne die Augen und schaue zurück – die weitgeöffnete Tür ist in der Dunkelheit deutlich zu erkennen, an der Wand unterhalb des Treppenabsatzes tanzt schon ein trüber Taschenlampenkreis. Ruhig bleiben. Die Tür ist hinter mir, hier sind die Möbel, also ... Wie viele Schritte mögen das gewesen sein? Acht? Sieben? Durch das Dunkel gehe ich nach rechts, bis meine Fingerspitzen plötzlich an eine unebene Ziegelmauer stoßen. Der Schornstein! Jetzt weiter geradeaus. Ein Schritt, zwei, drei ... Mein Knie stößt irgendwo an, ich bleibe ruckartig stehen, taste erneut. Etwas Geflochtenes ... ein Korb. Weiter. Da bin ich auch schon beim zweiten Kamin. Die Schuhe wollen mir wegrutschen, ich schiebe sie wieder zurecht. Ich müsste die Schnürsenkel verknoten und mir die Schuhe um den Hals hängen, aber dazu ist keine Zeit mehr. Die Leiter war hinter dem Kamin. Da!

Ängstlich sehe ich mich um – von der Treppe kommt ein krächzendes Lachen, der Lichtkegel ist schon ganz nah! Wenn sie bloß nicht hören, wie ich die Luke öffne.

Die Leitersprossen schneiden in meine nackten Füße, ich hole mir einen Splitter, achte aber gar nicht darauf. Mit der Hand über dem Kopf taste ich nach der Luke, da weht mir kühlere Luft um die Finger. Die Luke steht offen –

als ich nach oben schaue, sehe ich schwach die Sterne funkeln. Also musste jemand auf die gleiche Idee gekommen sein wie ich. Oder diejenigen, die die Leute aus den Häusern geholt haben, haben auch die Dächer kontrolliert. Egal. Mit dem Knie stütze ich mich auf den Rand der Luke und stelle vorsichtig die Schuhe auf die Ziegel. Ich muss die Luke schließen. Sie ist mit einem Blech beschlagen und ziemlich schwer. Sie darf mir auf keinen Fall aus der Hand rutschen. Ich nehme alle Kraft zusammen und lasse sie ganz langsam hinunter. Gut, das wäre geschafft. Und jetzt?

Das Dach ist abschüssig, die Ziegel sind uneben. Hoch oben leuchtet gleichgültig der Mond, sein Licht, gebrochen von spärlichen Wolken, zeichnet einen weichen, flauschigen Dunstkreis an den Himmel. Die Schuhe wieder unter den Achseln, schleiche ich in gebückter Haltung Schritt für Schritt in Richtung der nächsten Schornsteine. Auf dieser Seite hat das Haus einen Bombentreffer abbekommen, an der Ecke ist das Dach eingestürzt. Wenn ich mich hinter dem letzten Schornstein, kurz vor der Einsturzstelle, verstecken kann, bin ich in Sicherheit – das denke ich wenigstens.

Unter meinen Füßen klappern die Dachziegel. Wenn sich bloß keiner löst, das wäre das Ende ... Endlich bin ich am Schornstein angekommen, es hat ewig gedauert. Ich kralle mich ins Mauerwerk und krieche über die Ziegel. Noch ein kleines Stückchen ...

Plötzlich packt mich jemand an der Gurgel, ich will schreien, aber schon liegt eine schwere, harte Hand auf meinem Mund. Die Schuhe rutschen, gleich lasse ich sie fallen ...

»Leise!«, zischt jemand aus dem Dunkel.

»Wer ist das?«, fragt eine verängstigte Stimme. »Jetzt haben sie uns gefunden, Herr Ochniak ...«

»Sie sollen leise sein!«, flüstert unser Hauswart wütend.

Ich versuche, etwas zu sagen, aber seine Hand hält mich noch immer geknebelt. Ich darf mich nicht losreißen, das würde alles nur noch schlimmer machen. Im letzten Moment kann ich die Schuhe auffangen, sie landen auf meinem Oberschenkel.

Herr Ochniak starrt mich aus rasenden Augen an, sie funkeln richtig. Plötzlich runzelt er die Stirn, und sein Blick wird sanfter. Er hat mich erkannt!

»Das ist doch der Kleine vom Grzywiński«, flüstert er. »Was machst du denn hier?«

Er lockert den Griff, und ich schnappe nach Luft. Herr Ochniak hilft mir hinter den Schornstein, wo auch die Frau aus dem Erdgeschoss kauert, die damals ihre Kissen aus dem Fenster geworfen hat, als ich mit Lidka Zeitmaschine gespielt habe. Wie hieß sie gleich?

»Was machst du hier?«, fragt Herr Ochniak noch einmal mit gedämpfter Stimme.

»Ich wollte nachsehen, was mit meinem Großvater ist«, flüstere ich zurück.

»Dein Großvater ist geflohen. Er ist schon ... Wann war das? Vor fünf Tagen vielleicht«, sagt Herr Ochniak.

»Und wissen Sie auch, wohin? Wo hat er sich versteckt?«

»Wo wird er sich wohl versteckt haben? Irgendwo hinter der Mauer«, meint der Hauswart achselzuckend. »Seit wann bist du hier?«

»Seit dem Abend.«

»Wie hast du es bloß bis hierher geschafft? Na, du hast auf jeden Fall mehr Glück als Verstand.«

»Hast du sie gesehen?«, fragt die Frau aus dem Erdgeschoss.

»Ja. Sie sind im Haus, sie durchsuchen die Wohnungen.«

»Sie suchen uns«, ruft die Frau.

»Frau Borcuch!«, flüstert der Hauswart drohend. »Sie sollen leise sein.«

»Was ist hier passiert?«, frage ich.

»Was soll schon passiert sein?«, fragt Herr Ochniak bitter zurück. »Hast du keine Augen im Kopf?«

»Aber wo sind denn alle hin? Wo hat man sie hingebracht?«

Herr Ochniak schweigt, Frau Borcuch auch. Auf der Straße hört man die Schreie der Morlocken, ein Schuss fällt.

»Wir verstecken uns schon seit zwei Tagen hier«, sagt Frau Borcuch leise. »Sie haben noch nie nachts gesucht, gestern haben wir die ganze Zeit auf dem Speicher gesessen. Wir haben nichts gegessen.«

Es ist zwar dunkel, aber ich kann trotzdem erkennen, wie eingefallen ihre Wangen sind und wie elend sie aussieht. Ich habe doch das Brot! Und die Birne, die mir die Frau mit dem blauen Kopftuch geschenkt hat! Ich greife in mein Hemd und ziehe das Brot heraus. Dann fasse ich in die Tasche – die Birne ist zwar ein bisschen zerdrückt, aber noch heil.

Mit zitternden Händen nimmt Herr Ochniak das Brot. Ich wende mich ab, weil ich nicht zusehen kann, wie sie essen. Frau Borcuch weint lautlos.

»Wir müssen noch etwas zurücklegen«, mahnt Herr Ochniak. »Wir wissen nicht, wie lange wir hier noch sitzen werden. Wasser haben wir, auf dem Speicher hinter dem Kamin steht eine Wanne voller Regenwasser. Aber zu essen haben wir nur dieses Brot.«

»Ich habe noch eine Birne«, sage ich und reiche sie Frau Borcuch. »Aber Sie können hier nicht ewig sitzen bleiben. Sie müssen fliehen.«

»Das hat sich hier bald wieder beruhigt«, sagt Herr Ochniak. »Die Aktion geht vorüber, wir müssen nur abwarten. Bestimmt wird der Bezirk noch einmal verkleinert, aber dann ist wieder alles wie vorher. Wir müssen nur abwarten.«

»Ich habe ein tolles Versteck auf der anderen Seite der Mauer. Wir können doch zusammen dorthin gehen!«

241

»Nein, nein.« Herr Ochniak schüttelt den Kopf. »Das ist gefährlich. Wir müssen abwarten. Alles wird wieder wie vorher. Wir müssen nur abwarten. Ich bin Hauswart, Hauswarte sind wichtig. Hauswarte wird man auch dann noch brauchen ... Hauswarte braucht man immer.«

Immer weiter murmelt Herr Ochniak dieselben Sätze vor sich hin, es ist zum Verzweifeln. Ich glaube kaum, dass er recht hat. Jedenfalls kann ich unmöglich hierbleiben. Was, wenn sie mich schnappen? Wenn sie mich ausfragen und mir etwas antun? Ich weiß nicht, ob ich stark genug sein werde, Emek und Lidka nicht zu verraten, unser Versteck im Zoo nicht preiszugeben und die Arche. Ich kann nicht hier sitzen und abwarten!

Ich lehne mich gegen den Schornstein, ziehe die Schuhe an und binde sie besonders fest. Dann lasse ich das Kinn auf die Brust sinken und schließe die Augen.

Die Stimmen auf der Straße verstummen, das Fuhrwerk mit seinen quietschenden Rädern fährt weiter. Über den Hausdächern im Osten zeigt sich ein fahler Streifen Licht. Die Dämmerung bricht an.

»Ich gehe«, sage ich. »Ich muss gehen.«

»Sei nicht dumm!«, entgegnet Herr Ochniak schnell. »Die fangen dich! Bleib hier. Siehst du, uns haben sie nicht gefunden. Wenn sie uns bis jetzt nicht gefunden haben, finden sie uns nicht mehr. Die Aktion geht vorüber, dann können wir wieder zurück ins Haus, zurück an die Arbeit.«

»Ich muss gehen«, sage ich noch einmal.

»Wenn sie ihn fangen, sagt er ihnen, wo wir sind!«, ruft Frau Borcuch leise. »Er wird uns verraten!«

»Das werde ich nicht«, sage ich und schiebe mich langsam hinter den Kamin.

»Er sagt ihnen, wo wir sind!«, wiederholt Frau Borcuch hysterisch. »Ich weiß es! Ich habe immer Pech! Ich bin im Krieg schon zweimal abgebrannt und habe alles verloren ... Er stürzt uns ins Verderben!«

Herr Ochniak schaut mich abwesend an, plötzlich erkenne ich, wie sein Blick sich verhärtet. Ich rutsche noch ein Stückchen zurück.

»Ich habe doch Brot gebracht«, sage ich leise.

Da stürzt sich Herr Ochniak mit ausgestreckten Armen und gespreizten Fingern auf mich. Ich mache einen Satz nach hinten, und seine Hand saust an meiner Nasenspitze vorbei. Schnell springe ich auf und haste gebückt zur Dachluke. Ich bin im Vorteil, weil ich kleiner bin und nicht so schwer. Hinter mir höre ich Gepolter, die Dachziegel rutschen über die Schräge, fallen auf die Straße und zerspringen auf dem Pflaster.

»Sie müssen ihn fangen! Fangen!«, schreit Frau Borcuch.

Ich stürze zur Luke, packe den scharfen Blechrand und reiße sie auf mit einem mächtigen Ruck, in den ich meine ganze Kraft lege. Mit ohrenbetäubendem Getöse kracht sie auf die Ziegel auf der anderen Seite des Einstiegs, während ich blindlings in die dunkle Öffnung springe. Ich stürze auf den Boden und stoße mit dem Ellbogen gegen die Leiter. Wie ein Stromschlag fährt mir der Schmerz in den ganzen Arm. Kurz bleibt mir die Luft weg, aber dann bin ich schon wieder auf den Beinen und renne zur Tür ins Treppenhaus. In großen Sprüngen sause ich treppab, gefolgt von purzelnden Töpfen, Büchern und Schachteln. Im Tor angekommen, schnappe ich nach Luft. Ich werde nicht verfolgt. Totenstille herrscht im Treppenhaus. Ich sacke zusammen und stütze mich mit den Händen auf den Knien ab. Rote Flecken tanzen mir vor den Augen. Nichts wie weg.

Ich renne auf die Straße. Es gibt bestimmt noch andere Wege über die Mauer, aber ich kenne sie nicht, und ich habe keine Zeit, sie zu suchen. Wo sind diese Männer und die Morlocken hin? Ich weiß es nicht. Ich muss in die Sienna, von dort aus kenne ich den Weg aus dem Bezirk.

Der Himmel hellt sich zusehends auf, die Mauern der Bürgerhäuser werden schon grau. Ich laufe zur Brücke, weil ich den Weg von dort auswendig weiß.

Der alte Basar, die kleinen Läden. Die Werkstätten in der Żelazna. Die geschwungenen Kasiczak-Möbel. Die Kreuzung – schon sehe ich das zerbrochene rote Schild der Seifensiederei auf dem Pflaster vor der Hauswand liegen. Die Wäscherei – die Bretter, mit denen das Schaufenster verrammelt war, und die Eingangstür liegen auf dem Gehweg, drinnen flackert Licht. Da sind sie! Das Herz schlägt mir bis zum Hals, ich laufe schneller. Jemand schreit mir hinterher, dann fällt ein Schuss. Der Knall ist ohrenbetäubend, er hallt von den Wänden wider. Die Kugel fährt in den Putz, ein Regen aus kleinen Steinchen peitscht mir ins Gesicht. Ich schreie und springe instinktiv zur Seite, bleibe aber nicht stehen. Ich renne, als wären mir Flügel aus den Armen gewachsen. Herrn Mirskis Bücher auf der Straße, die eingeschlagene Schaufensterscheibe des Delikatessenladens. Die Twarda zieht einen sanften Bogen. Ich stürze durch das Tor, renne in den Hof. Unter meinen Schuhen knirscht das Glas von Herrn Duchowicznys Reagenzgläsern. Das zweite Tor, unser alter Hof. Hastig rutsche ich unter dem Stacheldraht in der Sienna hindurch und zerschneide mir die Hand, beachte das aber nicht weiter. Welcher Hof war es? Dort ist der Kosmetiksalon, dann müsste es ... Ja! Flink wie ein Äffchen erklimme ich die Hauswand und stehe auf dem Vorsprung. Noch ein Schritt, dann springe ich. Ich lande im Hof, stürze auf die Knie und gehe zu Boden. Dort liege ich auf dem Rücken, wieder bleibt mir die Luft weg. Hoch über mir der blassblaue Himmel, eingerahmt von den schwarzen Dachrändern der Häuser um diesen Hof. Ich fühle mich in Sicherheit, dabei bin ich es ganz und gar nicht. Schließlich rapple ich mich auf und klopfe meine Kleider aus. Ich ziehe mir die Mütze tief in die Stirn und schlüpfe vorsichtig durch das Tor.

Ich bin auf der Złota. Die Straße ist menschenleer, aber sicher sind viele schon aufgestanden. Sie werden sich in Kürze auf den Weg zur Arbeit machen. Ich muss mich beeilen.

6

Am späten Nachmittag erreiche ich den Zoo. Weil ich den Weg schon kenne, komme ich ein wenig schneller voran, obwohl mir auf Schritt und Tritt Morlocken begegnen. Sie schenken mir keine Beachtung, irgendwie wirken sie nervös. Ich fahre auf der Stoßstange einer Straßenbahn über die Brücke – jetzt bin ich nicht mehr so dumm, mit den anderen Fahrgästen an der Haltestelle zu warten. Als die Bahn am Schlossplatz abbremst, bevor sie auf den Nowy Zjazd abbiegt, komme ich angerannt. Ein Junge mit Schiebermütze betrachtet mich aufmerksam. Er steht an der Ecke unter einer Laterne und hält ein flaches Kästchen vor dem Bauch. Ein Zigarettenverkäufer, bestimmt einer von Emeks Freunden. Als ich ihm zuwinke, macht er große Augen und dreht sich rasch weg.

An der Haltestelle nach der Brücke springe ich ab. Auch hier sind viele Morlocken mit Maschinengewehren unterwegs. Ich laufe am Park entlang, die Schmalspurbahn rumpelt an mir vorbei. Dann springe ich über die Straße – in meinem Traum stand hier irgendwo der Mann aus der Zukunft mit seinen großen bunten metallenen Ballons. Plötzlich nehme ich aus dem Augenwinkel eine Bewegung zwischen den Bäumen wahr! Ich reiße den Kopf herum und bleibe wie angewurzelt stehen. Nein, ich habe mich wohl getäuscht ... Ich verstecke mich im Gebüsch, suche nach einer Lücke im Zaun und bin kurz darauf wieder im Zoo. Durch das Unterholz hinter dem ehemaligen Ententeich laufe ich zum Wisentgehege. Dann kommen die Bisons mit dem riesigen Bombenkrater in der Mitte. Anschließend die Gehege für Mischlinge und absonderliche Tiere, von denen Emek mir erzählt hat, die ich mir aber nur schwer vorstellen kann. Endlich bin ich bei den weißen Pfauen angelangt, dahinter ragt die Ruine des Giraffenpavillons auf. Niemand zu sehen. Irgendwo hinter mir knackt ein Zweig, ich werfe mich auf den Boden und schaue vorsichtig hinter einem Grasbüschel hervor. Ich muss mich wohl getäuscht haben. Für alle Fälle bleibe ich noch eine Weile liegen, ehe ich den umgestürzten Baumstamm hinaufklettere und durch die Öffnung im Boden schlüpfe. Endlich kann ich mich ausruhen.

»Emek?«, rufe ich leise. »Bist du da?«

Stille. Da fällt mir auf, dass seine Hängematte weg ist! Auch der Sack mit den Vorräten und die Decken. Und die Petroleumlampe. Alles ist weg! Nur die Kisten, auf denen ich geschlafen habe, stehen noch da, eine gesprungene Schüssel und irgendwelche Abfälle. Wo ist er? Sollte er etwa ... Geräuschvoll ziehe ich die Luft ein – sie sind ohne mich abgefahren! Bestimmt hatten sie dieselbe Befürchtung wie ich. Sie haben gedacht, ich wäre geschnappt worden und hätte unser Versteck verraten. Da sind sie ohne mich aufgebrochen. O nein! Aber vielleicht ist es noch nicht zu spät ...

Ich rutsche den Stamm hinab und renne zum Zaun. Im Nu bin ich über die Allee, umkurve einen Baum und ... Ich bleibe wie angewurzelt stehen, mein Herzschlag setzt aus. Vor mir steht eine ältere Frau – es ist die Frau mit dem Garten, die uns immer wieder etwas zu essen hinterlassen hat, obwohl wir es nie angerührt haben. Erstaunt sieht sie mich an. Eine ganze Weile geschieht überhaupt nichts – sie sieht mich an und ich sie. Endlich reiße ich mich los und springe ins Gebüsch.

»Warte doch«, ruft sie mir nach, aber ich sehe mich nicht einmal nach ihr um.

Alles verkehrt! Warum musste ich den Zoo denn überhaupt verlassen? Der Zaun, der Weg – ich warte in den Büschen, bis ein Pärchen vorbeigegangen ist. Mein Herz klopft wie wild. Der Mann hält die Frau an der Hand, sie trägt einen Strauß Kornblumen. Beide lachen. Ich husche über die Straße, über den Bahndamm. Rein ins Gebüsch. Finde ich die Bucht mit der Arche? Ich muss!

Ich komme an unserer Badestelle vorbei. Die hohen Brennnesseln – irgendwo hier war es. Da ist die Schrottbarrikade! Ich öffne den Deckel der Tonne und krieche in den Tunnel.

Die Arche liegt noch auf den Stämmen! Ich könnte heulen und schreien vor Freude! Schnell laufe ich hin. Die unter den Zweigen verborgene Luke klappt auf, und Emek schaut heraus. Er sieht mich mit einer Mischung aus Belustigung und Erstaunen an.

»Bist du das wirklich, Heinzelmännchen?«

Ich bekomme weiche Knie, sinke in den Sand und kann nicht mehr. Die Tränen laufen mir übers Gesicht, ich heule wie ein kleines Kind! Emek springt aus der Arche, ihm nach Lidka.

Beide stürzen auf mich zu. Lidka umarmt mich ganz fest, Emek steht abseits, die Hände in den Taschen vergraben.

»Ich habe gedacht, ihr seid schon losgefahren«, sage ich.

»Ich wollte auch«, anwortet Emek. »Aber sie wollte unbedingt noch warten. So oder so, heute Abend geht es los.«

»Ich wusste, dass du zurückkommst«, sagt Lidka.

»Was du getan hast, war eine Riesendummheit«, schimpft Emek, setzt sich neben uns und schaut, einen Grashalm im Mund, auf die Weichsel.

Ich nicke. »Ich weiß.«

Wortlos sitzen wir im Sand, das Wasser schlägt sanfte Wellen und gluckst leise an den Strand. Eine verirrte Biene summt durch die Brennnesseln.

»Warst du im Bezirk?«, fragt Emek schließlich.

»Ja.«

»Richtig drin? Hinter der Mauer?«

»Ja.«

»Und ... was ist da?«

»Ich will es nicht wissen!« Lidka schüttelt den Kopf und hält sich schnell die Ohren zu. »Sag nichts.«

Ich sehe Emek an, er sieht mich an. Ich beiße mir auf die Lippen und schüttle nur langsam den Kopf. Er wendet den Blick ab und schaut zum Himmel, zu einer gefiederten Wolke, die gemächlich über der Stadt dahintreibt.

»Bei Sonnenuntergang legen wir ab«, erklärt Emek, steht auf und verschwindet in der Arche.

»Ich habe dein Hemd mitgenommen«, sagt Lidka leise. »Und das Buch auch.«

»*Die Zeitmaschine?* Wunderbar!«

»Und an die Wand im Keller unter dem Zebragehege habe ich geschrieben, dass wir geflohen sind. Also nicht so direkt, natürlich, nur ›L und R sind unterwegs‹. Das werden sie schon verstehen, meinst du nicht?«

»Ganz bestimmt.« Ich nicke. »Und was ist mit Miksio?«

»Ach, der ist schon an Bord. Er sitzt in einem Käfig, den Emek hinter dem Gebäude gefunden hat, wo früher die Waschbären und Stachelschweine gelebt haben. Er ist zwar ein bisschen rostig und verbogen, aber das geht schon. Aber er ist leider nicht begeistert.«

»Wer? Miksio?«

»Na klar. Er sitzt nur trübsinnig in einer Ecke und will nichts fressen, obwohl ich ihm ein schönes Stück Möhre in seinen Käfig gelegt habe.«

»Das wird schon wieder. Und Bernstein?«

»Ich weiß nicht. Als wir die Sachen hergetragen haben, hat er sich bei Emeks Bunker herumgetrieben, als wüsste er, dass wir fortgehen. Ich weiß ja, dass das nicht sein kann, aber ich könnte schwören, dass ich das in seinen Augen gesehen habe. Ich finde, wir müssten ihn mitnehmen. Den ersten Winter hat er irgendwie überlebt. Den zweiten auch, das ist fast schon ein Wunder. Den kommenden wird er wohl nicht überstehen. Außerdem wissen wir nicht, was weiter mit dem Zoo passiert.«

»Dann lass ihn uns mitnehmen.«

»Aber wie? Emek sagt, wir hätten keine Zeit, ihn zu fangen.«

»Vielleicht müssen wir ihn einladen mitzukommen.«

Lidka kichert etwas unsicher, hört aber gleich wieder auf, als sie mir ins Gesicht sieht. »Meinst du das ernst?«

»Natürlich. Warum denn nicht?«

»Aber ...«, setzt Lidka an, bricht wieder ab und zuckt die Achseln. »Wir können es ja versuchen. Ich wollte sowieso noch im Garten Salat holen. Der wird so schnell welk, deshalb wollte ich ihn möglichst spät pflücken, damit er lange hält. Aber ist das nicht dumm? Bernstein ist doch ein Tier, und Tiere denken anders als Menschen.«

»Woher willst du das wissen?«

»Du bist komisch«, meint Lidka.

»Du bist auch komisch. Gehen wir? Wir müssen vorsichtig sein, mich hat eine der Gärtnerinnen gesehen.«

»Das ist schlecht.« Lidka wiegt bedenklich den Kopf.

»Komm, ich hole nur noch einen Sack für den Salat. In einem Beet hinter den Elefanten habe ich auch ein paar Köpfe Blumenkohl gesehen. Sie waren noch nicht sehr groß, aber die können wir auch noch mitnehmen.«

»Nicht alle«, protestiere ich. »Einen oder zwei. Dass man es nicht so sieht.«

Lidka sieht mich verständnislos an. »Wir kommen doch sowieso nicht zurück.«

»Aber diese Menschen bleiben hier. Sie arbeiten schwer in ihren Gärten. Das können wir nicht tun. Es ist schon ein Unterschied, ob man sich hier und da eine Möhre ausleiht oder die ganze Ernte stiehlt.«

Lidka denkt kurz nach, dann nickt sie und seufzt:

»Du hast recht, wir nehmen nur zwei.«

Diesmal müssen wir uns lange hinter dem Wall verstecken, weil viele Leute unterwegs sind. Endlich kommen wir doch noch über die Schienen und durch den Zaun. Der Zoo ist menschenleer, es ist bestimmt schon bald sechs. Ohne Schwierigkeiten ernten wir ein paar Salatköpfe, jeden aus einem anderen Beet. Wir finden auch den Blumenkohl, obwohl der Gärtner das Beet geschickt mit Brettern abgedeckt hat. Mir ist nicht wohl bei der Sache. Die Kohlköpfe sind noch grünlich und nicht viel größer als Äpfel. Es sind gerade mal acht Stück. Ich betrachte sie unschlüssig. Sie sind bestimmt noch nicht reif. Schließlich lassen wir den Blumenkohl stehen und nehmen stattdessen ein paar Tomaten mit.

»Und was jetzt?«, fragt Lidka.

»Jetzt müssen wir noch Bernstein finden.«

»Wenn er nicht gefunden werden will, haben wir keine Chance. Ich habe ihn meistens in der Nähe seines alten Geheges gesehen. Lass es uns dort versuchen.«

Die kaputten Käfige, in denen einst die Schakale und die geheimnisvollen Agutis lebten – das stand auf einer erhaltenen Tafel am Gitter –, stehen ganz in der Nähe des Zebrageheges, direkt hinter den Eisbären. Das Gras ist hier sehr hoch, überall liegt Schrott und Müll herum.

»Kannst du ihn sehen?«, fragt Lidka und schaut in einen der Käfige.

»Nein.«

»Ich habe es ja gesagt, wenn er nicht will, dann ... O!«

»Was, o?«

Ich drehe mich um und schaue in dieselbe Richtung wie Lidka. Bernstein sitzt unter einem Bäumchen am anderen Ende des Platzes, vor dem Löwengehege. Er sieht uns mit seinen goldenen Augen an. Die Strahlen der gelben Nachmittagssonne bescheinen seine Flanke. In diesem Licht sieht er aus wie eine Messingstatue.

»Und? Was jetzt?«, fragt Lidka flüsternd.

Ich räuspere mich, gehe einen Schritt auf Bernstein zu, und obwohl ich mir ein bisschen blöd dabei vorkomme, fange ich an, mit ihm zu reden: »Hör mal zu. Wir fahren endgültig fort von hier, wir kommen nicht zurück. Wir haben eine Arche und etwas zu essen. In ein paar Monaten ist wieder Winter, mit Schnee und Frost. Du kannst nicht hierbleiben. Wenn du willst, kannst du mit uns mitkommen. Heute Abend«, ich überlege einen Moment und fahre dann fort, »bekommst du ein Stück Wurst. Viel haben wir nicht mehr, aber ein bisschen schon.«

Der Schakal legt den Kopf schief und lässt mich nicht aus den Augen. Ich sehe ihn mir ein paar Sekunden lang an, dann zucke ich die Achseln.

»Dann mach, was du willst. Wir gehen jetzt.«

Ich werfe mir den Sack mit dem Salat über die Schulter und breche auf in Richtung Weichsel. Lidka geht neben mir und dreht sich alle naselang um.

»Er sitzt immer noch da«, seufzt sie.

»Nichts zu machen.«

»Vielleicht müssten wir ihn fangen. Ihn in eine Falle locken ...«

»Und dann? Ihn in einen Käfig sperren? Ich finde, das wäre nicht richtig, das würde ihm bestimmt nicht gefallen. Außerdem würden wir es nicht hinbekommen, das weißt du doch auch.«

»Aber wir ...« Wieder dreht Lidka sich um und bricht mitten im Satz ab, bevor sie aufgeregt flüsternd vermeldet: »Er läuft uns nach!«

Ich kann mir ein Lächeln nicht verkneifen, aber ich sage kein Wort und schaue auch nicht zurück. Wir schlüpfen durch den Zaun und kauern uns in die Büsche am Wegesrand. Bernstein setzt sich in unserer Nähe unter einen

Fliederbusch. Freie Bahn, ein Zug ist auch nicht in Sicht. Rasch wetzen wir über die Straße und den Bahndamm, Bernstein uns hinterher – mit einem eleganten Satz ist auch er über die Schienen. Er wartet im Gebüsch und sieht uns fragend an.

»Das ist ja fast schon unheimlich«, flüstert Lidka. »Er verhält sich tatsächlich so, als würde er alles verstehen.«

Wir schlagen uns durch die Büsche, vorbei an der Badebucht und hinein in die Brennnesseln. Als wir an der Schrottbarrikade ankommen und ich den Tonnendeckel abnehme, wirft Bernstein mir einen argwöhnischen Blick zu. Also steige ich als Erster hinein, um ihm zu zeigen, dass es keine Falle ist. Kurz darauf gleitet er elegant durch den Tunnel und läuft dann ein paar Meter zur Seite, um den Sicherheitsabstand wiederherzustellen.

»Ja, und das hier ist dann also unsere Arche«, sage ich unbeholfen und zeige auf unser Schiff.

Skeptisch beäugt Bernstein die Konstruktion, bleibt stehen, läuft dann hin und beschnuppert das Deck. Plötzlich streckt Emek seinen Kopf aus der Luke zwischen den Zweigen, und der Schakal springt mit einem kurzen, leisen Bellen zurück. Emek macht große Augen.

»Wie habt ihr das geschafft?«, fragt er.

»Das war Rafał«, erklärt Lidka. »Er hat mit ihm gesprochen. Eigentlich mussten wir gar nichts tun.«

»Die Frage ist nur, ob er an Bord kommen will«, sage ich.

Wieder nähert sich Bernstein vorsichtig der Arche und setzt dort die unterbrochene Deckbeschnupperung fort.

»Wir werden sehen«, meint Emek und sieht zum Himmel. »Schönes Wetter. Wir haben nicht mehr viel Zeit. Wir müssen loskommen, bevor es dunkel wird.«

»Und dann?«

»Dann fahren wir«, sagt Emek achselzuckend. »Nachts ist niemand unterwegs, da ist der Fluss frei. Die Flößer gehen meistens über Nacht vor Anker, die Wasserschutzpolizei lässt sich da auch nicht oft blicken. Wenn wir Glück haben, kommen wir ungehindert aus Warschau raus. Danach wird es einfacher.«

»Ist es denn nicht gefährlich, nachts auf dem Fluss zu sein?«, fragt Lidka.

»Doch. Aber ich kenne die Weichsel ganz gut, und die Arche ist klein. Damit laufen wir nicht auf Sandbänke oder Riffe auf. Höchstens die Strömung könnte uns gefährlich werden, aber wenn die Nacht klar wird, bekomme ich das hin. Wir müssen aber vor Einbruch der Dunkelheit ablegen, weil ich diesen Uferabschnitt nicht so genau kenne und es hier ziemlich seicht ist. Nicht, dass wir irgendwo aufsitzen.«

»Und wofür sind diese Stöcke?«, frage ich mit Blick auf drei lange kräftige entrindete Äste.

»Das sind die Holme. Stoßstäbe. Damit können wir uns vorwärtsschieben, das Boot an Hindernissen vorbeimanövrieren oder uns von Sandbänken abstoßen«, erklärt Emek.

»Wir müssen sie auf Deck befestigen, weil sie nicht mit an Bord gehen.«

Wir zurren die Stäbe mit Schnüren fest, dann bringe ich den Sack mit den Salatköpfen an Bord. Emek und Lidka haben wirklich an alles gedacht. Die mit Zeltstoff ausgelegten Kisten im vorderen Teil der Arche sind für die Lebensmittel – es gibt eine Kiste für Brot, Käse, Wurst und Speck und eine für Gemüse. Zwischen den Kisten hat Emek eine kleine Blechwanne montiert, in der wir sauberes Wasser mitführen. Dann gibt es noch eine Kiste für Werkzeug und eine für unsere Kleider, in der ich auch meine *Zeitmaschine* und das Wechselhemd finde. An einem Nagel in der Decke hängt die Petroleumlampe, und Lidka hat sämtliche Kerzen aus ihrem Versteck mitgenommen.

An die Spanten, die Streben am Boden der Arche, hat Emek zu beiden Seiten lange Bretter genagelt, auf denen man sitzen oder schlafen kann, und wenn man darauf kniet, kann man durch die Bullaugen zwischen den Zweigen schauen. Neben einer dieser Bänke ist ein Käfig angebracht, in dem Miksio im Heu schläft. Als ich in die Arche komme, öffnet er träge ein Auge, aber als er mich gesehen hat, dreht er sich um und schläft weiter. Das Möhrenstück, von dem Lidka erzählt hat, ist verschwunden – Miksios Appetit ist offenbar zurückgekehrt.

Im Bauch der Arche riecht es nach Harz und Teer. Das wird jetzt mein Haus, jedenfalls für die nächste Zeit. Was Großvater wohl sagen würde, wenn er mich jetzt hier sehen könnte? Er wäre sicher entsetzt. Er weiß, dass ich nicht schwimmen kann.

Als die Sonne schon zur Hälfte hinter den Dächern am anderen Weichselufer verschwunden ist, sind wir so weit.

»Das war es dann wohl«, sagt Emek. »Wir können los.«

»Dann lasst uns vor der Abfahrt noch einmal zusammensitzen«, bittet Lidka feierlich.

Wir setzen uns in den Sand, die Gesichter der untergehenden Sonne zugewandt. Einerseits bin ich ein bisschen traurig, dass wir den Zoo verlassen, weil ich mich hier gut auskenne und mich sicher fühle. Andererseits kann ich kaum erwarten, dass es losgeht. Unsere Arche ist keine Zeitmaschine, aber sie geht mit uns auf Reisen – sie führt uns in etwas gänzlich Neues und Unbekanntes. Ich bin noch nie mit einem Schiff gefahren, und obwohl mir bewusst ist, dass es gefährlich werden kann, wiegt die Vorfreude auf das Abenteuer schwerer als die Angst.

»Das genügt«, sagt Emek und steht auf, und wir folgen seinem Beispiel.

Bernstein beobachtet aufmerksam, wie Lidka an Bord geht, während Emek und ich die Holzkeile unter den Stämmen wegschlagen, auf denen unsere Arche steht.

»Na?«, sage ich zu dem Schakal. »Jetzt oder nie. Springst du nun?«

Wieder legt Bernstein den Kopf schief, ohne mich aus den Augen zu lassen. Dann schaut er zurück in Richtung Zoo. Er überlegt.

»Wozu länger warten?«, sage ich zu ihm. »Entweder du kommst mit uns, oder du bleibst hier alleine mit den Morlocken.«

Jetzt schaut er wieder zu mir.

»Das kannst du dir ...«, fängt Emek an, aber da fällt Bernstein seine Entscheidung und springt mit einem eleganten Satz durch die Luke.

Lidka entfährt ein kurzer Schreckensschrei, aber dann entschuldigt sie sich gleich dafür – ihre Stimme klingt, als säße sie in einer Tonne.

»Ich habe einen Schreck bekommen. Er ist mir in den Rücken gesprungen.«

»Was macht er jetzt?«, frage ich.

»Er sieht sich um.«

Ich beuge mich über den Rand der Luke und schaue hinein. Bernstein beschnüffelt sorgfältig die Proviantkisten und schaut dann zu mir, als wollte er sagen: ›Die Wurst ist da. Du hast mich nicht angeflunkert.‹ Dann läuft er zu Miksios Käfig, springt auf die Bank, setzt sich und lässt die rosa Zunge heraushängen wie ein Hund.

»Das hatte ich nicht so erwartet«, sagt Emek.

»Was denn?«, frage ich und ziehe den Kopf wieder aus der Luke.

»Sie ist zu schwer.« Emek deutet auf die Stämme, die auch nach Entfernung der Keile einfach auf dem Sand liegen. »Die sollten rollen.«

»Und was jetzt?«

»Wir müssen schieben.« Emek kratzt sich nachdenklich am Kopf. »Ich hoffe, wir kriegen das hin, sonst müssen wir sie komplett entladen, damit sie leichter wird.«

Wir stemmen uns mit den Schultern gegen das Heck, ohne das Antriebsrad zu berühren, und schieben mit aller Kraft. Ein paar Sekunden lang rührt die Arche sich keinen Millimeter. Ich beiße die Zähne zusammen, grabe die Füße in den Sand und schiebe so stark, dass mir rot vor Augen wird. Plötzlich löst sich die Arche mit einem lauten Schmatzen von den Stämmen und rückt ein paar Zentimeter vor.

»Das war der Teer«, sagt Emek leise. »Der hatte alles verklebt. Jetzt geht es leichter.«

Wir schieben weiter, und die Arche bewegt sich Zentimeter um Zentimeter voran. Der Bug taucht schon ins Wasser ein, kurz darauf geht es tatsächlich schon etwas leichter, aber das Schiff leistet immer noch Widerstand. Ich spüre, wie mir das Wasser in die Schuhe läuft.

»Weshalb schwimmt sie nicht?«, frage ich angestrengt schnaufend.

»Weil es hier zu seicht ist«, erklärt Emek. »Sie sitzt auf. Aber ich habe alles freigeräumt, da ist nur Sand, also kann nichts passieren. Wir müssen sie nur bis zu dem Baum bringen, gleich außerhalb der Bucht wird es tiefer. Deswegen hatte ich die Werft hier geplant. Innen alles trocken?«

»Trocken!«, ruft Lidka. »Aber ich fürchte mich ein bisschen!«

Emek verdreht wortlos die Augen, schüttelt den Kopf und grinst mir verschwörerisch zu. Wir sind mitten in der Bucht, das Wasser reicht mir bis über die Knie. Die Arche lässt sich jetzt ganz leicht bewegen, obwohl die Bordwand noch einen guten halben Meter über die Wasseroberfläche hinausragt.

»Pass auf«, schnauft Emek. »Ich muss auf Deck und mit dem Holm steuern, sie kommt uns quer.«

»Wer kommt quer?«

»Na, die Arche! Ich muss sie zur Mündung steuern. Kannst du alleine schieben?«

»Klar.« Ich nicke.

Emek klettert an Deck, schnürt einen der Stäbe los und setzt sich rittlings auf den falschen Baumstamm. Er rammt den Stab in den Boden. Als ich die Arche schiebe, merke ich, dass sie leicht einschwenkt.

»Noch ein Stück«, schnauft Emek.

Kurz darauf ist der Bug der Arche unter den Zweigen des Baumes an der Mündung unserer Bucht verschwunden. Das Wasser reicht mir bis zum Bauch, es ist eiskalt, aber ich kümmere mich nicht darum. Plötzlich erstarrt Emek und zieht den Stab aus dem Wasser.

»Was ist denn?«, frage ich. »Wieso steuerst du nicht mehr?«

»Still! Hörst du?«

Ich schaue zurück und lausche. Tatsächlich, da ist etwas zu hören ... Ich war so auf das Schieben konzentriert, dass ich nichts anderes mitbekommen habe, aber jetzt ist ganz deutlich das Knacken von Zweigen zu hören. Plötzlich bellt ganz in der Nähe ein Hund. Ich kenne dieses Gebell, das ist kein Schoßhündchen. Das ist ein Schäferhund, wie ihn die Morlocken im Bezirk an der Leine geführt haben!

»Schneller!«, treibt Emek mich an, rammt den Stab wieder in den Boden und stemmt sich mit aller Macht dagegen.

Ich schiebe so stark, dass ich spüre, wie mir die Adern auf der Stirn anschwellen. Die Arche gleitet weiter unter die Zweige, die an der Bordwand scheuern, Emek ist nicht mehr zu sehen. Noch ein paar Meter! Das Schiff wird immer leichter, das Wasser reicht mir jetzt bis zur Brust. In den nassen Kleidern kann ich mich kaum noch bewegen. Noch ein Stückchen ...

Da zerreißt eine gewaltige Explosion die Luft, Metallteile und Bleche fliegen mir um die Ohren. Ich glaube, ich bin taub.

Emek schreit etwas, aber ich höre vor allem diesen Pfeifton in meinen Ohren. Als ich über die Schulter schaue, sehe ich, dass durch die gesprengte Schrottbarrikade ein Morlock nach dem anderen mit Helm und Gewehr auf den Strand drängt.

7

Ohne lange nachzudenken, kehre ich ihnen den Rücken und versetze der Arche mit schier übermenschlichen Kräften einen solchen Stoß, dass sie vollständig unter den Zweigen verschwindet. Wo kommen die auf einmal her? Wie haben sie uns gefunden? Habe ich sie vielleicht hergeführt? Nein, ausgeschlossen ... Aber ich hatte doch das Gefühl, ich würde verfolgt. Warum bin ich nicht vorsichtiger gewesen? Plötzlich saust etwas an mir vorbei, und im Wasser spritzt eine kleine Fontäne in die Höhe – den Schuss höre ich erst verzögert. Sie schießen auf mich! Das eisige Wasser liegt eng um meinen Brustkorb, die Arche schwimmt nun von selbst. Die nassen Blätter der herabhängenden Zweige klatschen mir ins Gesicht. Ich halte mich krampfhaft am Schaufelrad fest, meine Füße haben keinen Halt mehr. Ich schwimme! Die Morlocken schießen immer noch, um mich herum spritzen die Fontänen auf, die Splitter zerfetzter Zweige wirbeln durch die Luft. Ich muss nur auf die Seite der Arche kommen, zur Luke, dann zieht Emek mich hinein. Ich versuche, mit den Beinen zu strampeln, aber die nassen Schuhe sind schwer wie zwei Bleiklumpen.

Plötzlich wird es heller – wir sind unter dem Baum hindurch! Um mich herum erstreckt sich die leere, honiggelbe Weite des Flusses. Das Orange des Himmels färbt das Wasser golden.

»Halt fest!«, schreit Emek und hält mir das Ende des Stabes hin.

Ich strecke eine Hand aus und kralle meine Finger um das Holz, aber es ist furchtbar glitschig. Ich traue mich nicht, mit der anderen Hand das Schaufelrad loszulassen. Plötzlich dreht die Arche ab, die Strömung hat sie erfasst. Durch den gewaltigen Ruck entgleitet mir das Schaufelrad. Ich gehe unter. Als ich schreien will, schlucke ich nur Wasser.

»Halt den Holm fest!«, schreit Emek.

Das Schiff schlingert in der Strömung und trifft mich mit der Bordwand. Ich versuche, mich festzuhalten. Wenn Emek jetzt nicht steuert, wird die Arche entweder kentern oder die Strömung treibt sie ans Ufer!

Plötzlich schlägt mir etwas gegen den Arm. Wie ein Kieselstein oder eine schnelle Hummel – es tut gar nicht weh. Erstaunt nehme ich den hellroten Fleck wahr, der sich in Wellen um mich herum ausbreitet. Was ist das?

»Rafał!«, schreit Emek.

Ich höre ihn, als wären meine Ohren mit Watte verstopft. Das Wasser nimmt mir die Sicht.

Die Arche schwimmt weiter, ich bleibe zurück. Verschwommen erkenne ich eine Gestalt vor mir. Ich sehe

Emek, der vor dem roten Himmel verzweifelt mit den Armen rudert.

»Alles in Ordnung! Fahrt weiter!«, will ich rufen, aber ich kann mich nicht einmal selbst hören.

Und dann löst sich alles in einer rötlichen, klebrig-eisigen Finsternis auf. Ich kann weder die Arche sehen noch Emek. Auch den Himmel nicht. Ruhig treibe ich im Wasser. Es ist wie fliegen. Und dann wird es endgültig dunkel.

*

Die Stille und die Dunkelheit sind kalt. Ich habe keinen Boden unter den Füßen, ich hänge in der Luft. Ich lege den Kopf in den Nacken, um die Sterne über mir zu sehen, aber das undurchdringliche Dunkel umgibt mich von allen Seiten.

»Hallo!«, rufe ich. »Ist da jemand?«

Stille. Plötzlich blitzt irgendwo weit, weit von mir entfernt ein kleiner goldener Funke auf. Ich kneife die Augen zusammen und starre gebannt in seine Richtung. Der Funke wird größer, er flackert. Er kommt auf mich zu! Aber das ist ja gar kein Licht ... Rotierende goldene Gitterstäbe, ein Messinggestell, das an ein Regenschirmskelett erinnert, dreht sich langsam in einem bauchigen Käfig. Die Zeitmaschine! Jemand sitzt darin. Wer ist das? Er trägt einen langen beigefarbenen Gehrock, darunter eine braune Weste mit goldener Uhrkette und ein weißes

Hemd mit Stehkragen. Sein dunkles Haar ist glatt frisiert, im Drahtgestell seiner Brille spiegelt sich das Licht. Das muss der Zeitreisende sein! Direkt vor mir hält die Zeitmaschine an, ich kann im Gesicht den Luftzug spüren, der durch die Drehung der Gitterstäbe entsteht. Der Zeitreisende sieht mich aufmerksam an und zieht einen Hebel zu sich heran.

»Du schon wieder. Du solltest nicht hier sein«, sagt er.

»Ich müsste in der Arche sein, aber sie ist ohne mich abgefahren. Die Morlocken haben uns erwischt.« Gleich fange ich an zu weinen.

»Ich weiß«, nickt der Zeitreisende und beugt sich über das Steuerpult seiner Maschine. »Aber keine Sorge, alles geht gut aus.«

»Wirklich?«, frage ich ungläubig, und weil er nicht antwortet, frage ich weiter: »Wohin reisen Sie?«

»Nicht wohin, sondern nach wann«, verbessert er mich lächelnd. »Was glaubst du?«

»In die Zukunft. Um Weena vor dem Waldbrand zu retten. Das würde ich an Ihrer Stelle tun.«

Der Zeitreisende sieht mich eine Weile nachdenklich an, dann ändert er etwas an den Einstellungen der Maschine.

»Du hast recht. Das sollte ich tun«, sagt er. »Warum bin ich nicht selbst darauf gekommen?«

»Könnten ...« Ich fahre mir schnell mit der Zunge über die Lippen. »Könnten Sie mich vor Ihrer Abreise noch kurz in der Vergangenheit absetzen. Gar nicht weit, nur eine Stunde zurück. Dann könnte ich Emek, Lidka und mich selbst vielleicht warnen und ihnen, also uns sagen, was passieren wird.«

»Nein, das geht leider nicht«, sagt der Zeitreisende und schüttelt bedauernd den Kopf.

»Weshalb nicht«, frage ich verzweifelt.

»Aus zweierlei Gründen. Der erste, wesentliche, wenn auch nicht so schwerwiegende Grund ist, dass wir uns nicht hätten treffen können, wenn ich das tun würde. Das wäre ein Paradox.«

»Was heißt das?«

»Wenn du dich selbst gewarnt hättest und mit deinen Freunden in der Arche weggefahren wärst, hätten wir uns nicht treffen können. Dann hättest du aber auch nicht in die Vergangenheit reisen und dich warnen können. Dieser Widerspruch könnte gravierende Konsequenzen für das gesamte Universum haben. Die Vergangenheit lässt sich nicht ändern. Nur die Zukunft liegt in unseren Händen.«

»Ach!«, seufze ich enttäuscht und versuche, seine Worte zu verstehen. »Aber wenn das so ist, wozu sollte man dann überhaupt durch die Zeit reisen? Wozu haben Sie die Maschine gebaut, wenn man mit ihr sowieso nichts ändern kann?«

»Aus Neugierde natürlich«, antwortet der Zeitreisende. »Aber je länger ich mit ihr unterwegs bin, desto klarer wird mir, dass sie eigentlich unnütz ist. Die Zukunft ergibt sich aus der Vergangenheit. Wenn man sich an das Vergangene erinnert, an Gutes wie an Schlechtes, kann man die Zukunft so gestalten, dass sie besser ist als die Vergangenheit.«

»Das verstehe ich nicht so richtig«, seufze ich.

»Heute war gestern noch Zukunft, und morgen wird in zwei Tagen schon Vergangenheit sein«, erklärt der Zeitreisende geheimnisvoll. »Deshalb muss man sich erinnern. Die Erinnerung ermöglicht es uns, bereits begangene Fehler nicht noch einmal zu machen und fortzuführen, was gelungen war. Verstehst du?«

Ich ziehe die Stirn in Falten und denke über seine Worte nach. Schließlich sage ich ernst: »Ich bin mir nicht ganz sicher, aber ich glaube schon. Wenn die Morlocken heute die ganze Welt beherrschen und allen Leid zufügen, morgen aber besiegt werden, dann muss man sich daran erinnern, damit in Zukunft nicht die nächsten auftauchen, richtig?«

»Genau!« Der Zeitreisende nickt eifrig. »Kinder und Erwachsene werden sich noch jahrelang nicht erinnern wollen, dass auf der Welt so furchtbare Dinge geschehen sind wie in deiner Zeit, weil diese Erinnerung so schmerzhaft ist. Aber nur die Erinnerung und das Wissen darum machen es ihnen möglich, eine bessere und glücklichere Zukunft zu gestalten.«

»Das verstehe ich. Aber was ist dann mit Weena? Wie

können Sie sie retten, wo Sie doch schon wissen, dass sie tot ist?«

»Das passiert doch erst noch! Und ich weiß auch nicht sicher, ob sie tot ist, sondern nur, dass sie verschwunden ist, ich habe ihren Tod ja nicht gesehen. Ich kann sie immer noch retten. Vielleicht habe ich das sogar schon getan?«

»Das ist furchtbar kompliziert ... Und der zweite Grund? Sie sagten, es gebe noch einen Grund, weshalb Sie mich nicht in die Vergangenheit mitnehmen können.«

»Ja. Der zweite, entscheidende Grund ist, dass meine Maschine nur für eine Person ausgelegt ist«, erklärt der Zeitreisende lächelnd. »Siehst du? Hier ist kein Platz mehr, nicht einmal für jemanden, der so klein ist wie du. Aber mach dir keine Sorgen, alles wird gut. Wer könnte das besser wissen als ich? Ich fliege los. Auf Wiedersehen!«

Schon fangen die Gitterstäbe wieder an zu rotieren, schneller und schneller.

»Herr Zeitreisender!«, rufe ich und versuche, durch die Leere, in der ich hänge, zu ihm zu schwimmen, aber es gelingt mir nicht.

Ich strample mit Armen und Beinen so stark ich kann, aber ich komme nicht von der Stelle. Der Zeitreisende winkt mir zum Abschied zu, die Gitterstäbe verwandeln sich in eine flackernde Wolke, die ihn umgibt.

»Herr Zeitreisender! Warten Sie doch! Werden wir uns noch einmal begegnen?«, rufe ich.

»Ich habe doch ›Auf Wiedersehen‹ gesagt und nicht ›Leb wohl‹«, ruft der Zeitreisende vergnügt zurück. »Und das sage ich nicht nur aus Höflichkeit!«

Die Konturen der Maschine verblassen, das Gesicht des Zeitreisenden wird durchsichtig und ist plötzlich verschwunden. Wieder umgibt mich grenzenlose Dunkelheit. Ich spüre etwas Feuchtes auf meiner Wange, schnell wische ich die Träne weg. Ich schließe die Augen und drehe mich in der kalten Leere langsam um die eigene Achse.

»Kleiner?«, sagt jemand leise. »Hörst du mich? He, Kleiner!«

Die Worte kommen aus der Dunkelheit geschwommen. Sie flimmern undeutlich wie die ersten Strahlen der aufgehenden Sonne. Die Dunkelheit löst sich auf, erst langsam, dann immer schneller. Auch der Ton kommt zurück – er schwillt rasend schnell an, wie der Lärm einer einfahrenden Lokomotive.

Das ist Wasserrauschen. Jemand berührt mein Gesicht, drückt meine Hand.

»Wer ist das?«, will ich sagen, bekomme aber nur ein unbestimmtes Krächzen heraus.

Ich schlage die Augen auf. Zuerst sehe ich nur einen hellen Fleck. Ich blinzle ein paarmal, und das Bild wird schärfer. Ich kann Grasbüschel erkennen und spüre Sand unter den Fingern.

»Rafał? Sieh mich an«, sagt da wieder die Stimme.

Ich kenne sie. Ich versuche, den Kopf zu drehen, und

kneife die Augen zusammen. Eine junge Frau beugt sich über mich. Sie hat helle Haare und ein helles Gesicht. Angst spricht aus ihren Augen. Das ist doch ... Das ist Janka aus der Bibliothek! Die mich auf einen Teller Suppe mit zur Armenspeisung genommen hat.

Ich liege im Sand, stahlblaue Flusswellen umspülen meine Füße. Ein Schuh fehlt – ich bekomme einen Riesenschreck, als ich das bemerke. Was mache ich ohne Schuh? Aber der Schreck verfliegt so schnell, wie er gekommen ist.

»Rafał«, sagt Janka. »Alles wird gut.«

»Was ist mit Emek? Und mit Lidka?«, frage ich.

»Mit wem? Von wem sprichst du?«

»Was ist mit der Arche?«, frage ich weiter.

»Rafał, du bist verletzt. Ein Durchschuss in der Schulter. Wir müssen hier weg, ich hebe dich jetzt hoch, ja?«

Verletzt? Warum spüre ich dann nichts?

Janka greift unter meinem Arm durch und zieht mich hoch. Da explodiert plötzlich der Schmerz in meinem Arm, genau wie die Granate, die die Schrottbarrikade gesprengt hat. Ich schreie auf.

»Leise! Versuch, leise zu sein«, sagt Janka.

Sie zieht mich hoch, das Wasser rinnt mir aus der Hose. Ist es noch Abend? Nein, die Sonne steht hoch am Himmel. Es ist schon der nächste Tag. Emek, Lidka, Miksio und Bernstein sind schon weit fort. Weit fort von Warschau.

Janka schleppt mich durch die Büsche und über den

Bahndamm. Auf dem Weg steht eine Kalesche, vor die ein Pferd gespannt ist. Nein, keine Kalesche, eine Kutsche. Daneben sehe ich eine ältere Frau – es ist dieselbe, die mich nach meiner Rückkehr in den Zoo gesehen hat, die Frau, deren Garten ich gepflegt habe. Was macht sie hier? Unter dem schwarzen Verdeck ist eine weich gepolsterte Bank. Ein Mann springt aus der Kutsche, kommt zu uns gelaufen und nimmt mich Janka ab. Ich kann weder Himmel noch Sonne sehen, sie werden vom Kutschendach verdeckt. Unter meinem Rücken spüre ich das weiche Polster. Die alte Frau steigt ein, sie legt ihren Arm unter meinen Kopf. Wieder ist der Schmerz zurück, ich jaule auf.

»Gleich wirst du versorgt«, sagt die Frau.

»Ich hätte früher kommen müssen!«, hadert Janka mit sich und klettert auf den Bock neben den Kutscher.

»Du konntest doch gar nicht«, erwidert der Mann und greift nach den Zügeln. »Stella hat gesagt, hier ist es sicher.«

»Ich hätte früher kommen müssen!«, beharrt Janka.

»Stella?«, frage ich matt.

»Ja. Sie musste aus Warschau fliehen, jemand hat sie angeschwärzt. Nicht reden, alles wird gut.«

Alles wird gut.

Epilog

Die Kutsche fuhr los, und wir ließen den Zoo weit hinter uns. Ich kam bei der alten Frau unter, in der Grochowska-Straße, und ich blieb dort bis zum Ende des Krieges. Wir sind enge Freunde geworden. Später hat Großvater mich ausfindig gemacht, und dann habe ich meine Eltern getroffen (oder sie eigentlich erst kennengelernt), aber das ist wieder eine andere Geschichte.

Ich weiß nicht, wie die Morlocken unsere Werft entdeckt haben. Außer uns wusste niemand von dem Geheimnis. Wahrscheinlich war es einfach Zufall. Haben die Hunde sie hingeführt, die unseren Spuren und Bernsteins Geruch gefolgt sind? Oder haben die Morlocken mich tatsächlich verfolgt, und ich habe ihnen den Weg gezeigt? Ich weiß es nicht.

Ich habe oft an unsere Arche gedacht. Ob Emek es wohl geschafft hat, aus der Stadt herauszufahren. Ob er bis Thorn gekommen ist, bis zum Flößerkai? Vielleicht hat er auch gar nicht vor Thorn angelegt, sondern ist einfach weitergefahren. Bis Danzig und dann über die Ostsee nach Schweden …

Oder vielleicht noch weiter, um Europa herum und bis

nach Afrika. Bernstein hätte das bestimmt gefallen. Da hätte er sich wie zu Hause gefühlt.

Aber manchmal ... Manchmal kam es mir auch so vor, als hätte es die Arche nie gegeben. Als hätte ich Emek nicht kennengelernt, nicht Miksio und nicht Bernstein, als wäre ich Lidka nie begegnet. Als wäre das nur ein Traum gewesen.

Es sollte noch einige Jahre dauern, ehe ich von der weiteren Geschichte unserer Arche und vom Schicksal meiner Freunde erfuhr. Erst als ich mit meiner privaten Zeitmaschine – mit der jeder von uns reist und die wir meistens Leben nennen – schon fast in der Erwachsenenwelt angekommen war, war der Zeitpunkt gekommen.

Emek und Lidka haben den Krieg überlebt. Er hat niemanden aus seiner Familie wiedergefunden, Lidka schon. Sie zog mit ihren Eltern in den Warschauer Stadtteil Żoliborz. Emek ist auf die Weichsel zurückgekehrt.

Die Arche ist nur bis Jabłonna gekommen, dort hat die starke Strömung sie in die Trümmer einer zerstörten Brücke getrieben, die Schaufelrad und Steuer ruiniert und ein großes Loch in die Bordwand gerissen haben. Die Flößer haben meinen Freunden geholfen, genau wie Emek gehofft hatte. Bernstein ist geflohen, wir haben nicht in Erfahrung bringen können, was aus ihm geworden ist. Miksio ist bei Lidka geblieben. Sie hat sich bis an Miksios

Lebensende um ihn gekümmert, und ich habe ihr geholfen. Er ist sehr alt geworden, und ich glaube, er hatte ein glückliches Waschbärenleben.

»Rafał, das ist nun aber wirklich eine andere Geschichte«, sagt Lidka. »Klapp jetzt den Laptop zu. Was sagt die Uhr?«

»Dreizehn Uhr sieben«, antworte ich mit Blick auf die Anzeige in der rechten oberen Bildschirmecke.

»Also noch drei Minuten«, seufzt Lidka. »Dann ist endlich Schluss mit deinen Zeitreisegeschichten.«

»Wir werden sehen«, entgegne ich schmunzelnd.

Ich klappe den Computer zu und stecke ihn in die Tasche. Eine geniale Erfindung – nicht die Tasche natürlich, der Laptop. Schade, dass sie nicht von mir ist. Aber dafür habe ich Dutzende andere Dinge erfunden. Nur waren weder die spezielle Stahllegierung noch die Zündkerze und nicht einmal der Ölpumpenkolben so spektakulär wie ein Computer.

»Warum können wir uns nicht einfach auf eine Bank setzen wie alle anderen«, schimpft Lidka. »So eine Schnapsidee, sich in unserem Alter hinter der Hotdog-Bude zu verstecken wie ein paar Ganoven. Warum können wir denn nicht zu Aśka gehen und mit ihr reden?«

»Ich habe dir doch gesagt, dass sie allein war«, erkläre ich geduldig.

»Allein! Ich glaube, du bist auf deine alten Jahre völlig übergeschnappt«, meckert Lidka. »Ich warte jetzt höchstens noch fünf Minuten, dann geh ich zu ihr, und du kannst sehen, wo du bleibst. Was sagt die Uhr?«

»Dreizehn Uhr zehn«, antworte ich.

Unsere Enkeltochter steht neben dem Eingang zum Schlangenhaus und stöpselt sich ihren iPod in die Ohren. Da öffnet sich die Glastür, und ein Junge tritt heraus. Er trägt graue Wollhosen, Hemd und Pullover. Sein flammend rotes Haar steht nach allen Seiten ab ...

»Rafał ...«, flüstert meine Frau versteinert. »Das ist ... Das kann doch nicht sein!«

Aśka geht auf den Jungen zu, betrachtet ihn interessiert und sagt dann:

»Krasse Haare. Hat deine Mutter dir das erlaubt?«

»All die Jahre hast du es erzählt ... Und ich habe dir nicht geglaubt. Wie kann das sein?«, flüstert mir Lidka ins Ohr.

»Keine Ahnung«, antworte ich achselzuckend. »Gleich gehen sie zu den Hotdogs.«

»Du warst so klein ...« Lidka hat Tränen in den Augen.

»Fang mir hier jetzt bloß nicht an zu heulen!«

Wir sehen zu, wie die beiden Kinder sich dem Kiosk nähern. Dann sind sie aus unserem Blickfeld verschwunden.

»Wo sind sie hin?«, fragt Lidka.

»Sie essen.«

»Ich kann sie nicht sehen! Ich linse um die Ecke.«

»Warte!«, rufe ich und packe sie am Ärmel, aber es ist natürlich schon zu spät. Lidka kommt hinter dem Kiosk hervor, ich hinterher. Der kleine magere Junge, der ich einmal war, starrt uns mit großen Augen an. Schnell verstecken wir uns wieder.

»Er hat uns gesehen«, flüstert Lidka panisch.

»Ich weiß«, sage ich beschwichtigend. »Das musste so sein. Jetzt gehen sie sich die Flamingos anschauen, dann verschwinden sie aus dem Zoo. Wir müssen beim Tor warten.«

»Aber weshalb?«, fragt Lidka.

»Weil ich dann unters Auto komme. Das habe ich doch erzählt. Ich werde bewusstlos, und dann tragen wir mich, also den kleinen Jungen, in die Zeitmaschine und schicken ihn in den Zoo vor siebzig Jahren.«

»Aber warum musst du überhaupt unters Auto kommen?«, hakt Lidka nach. »Wäre es nicht einfacher, hinzugehen und dich zu warnen?«

»Nein«, seufze ich und schüttle den Kopf. »Denn so ist es nicht gewesen. Wir können die Vergangenheit nicht ändern.«

»Aber du hast mir doch erzählt, dass du bewusstlos warst und erst im Keller wieder zu dir gekommen bist«, sagt Lidka irritiert. »Das ergibt doch überhaupt keinen Sinn! Selbst wenn wir dich, also ihn in die Vergangenheit zurückschicken, wie geht es dann weiter? Wer kümmert sich um dich, wenn die Zeitmaschine wieder im Zebragehege gelandet ist?«

»Na, das ist doch ganz logisch. Der, der die Zeitma-

278

schine gebaut hat und der jetzt bestimmt über die Lichtung rennt und sich die Haare rauft, weil er vergessen hat, nach seiner Landung im Zoo die Hebel zu blockieren. Und danach findet ihr mich.«

»Der Zeitreisende? Aber ... Ach so!« Lidka nickt. »Na sicher ...«

»Genau, der Zeitreisende«, antworte ich grinsend. »Ich habe dir doch erzählt, wie ich ihn ein paar Jahre nach dem Krieg noch einmal getroffen habe und ...«

»Jaja, tausendmal«, fällt mir Lidka ins Wort. »Das kannst du mir nachher noch einmal erzählen. Jetzt gehen sie ... Aśka und Rafał, also Aśka und du, ihr geht weg!«

»Wir müssen.« Ich richte mich auf, und etwas zwickt mich im Kreuz. »Ich glaube, ich bin zu alt für das alles.«

»Du?« Lidka lächelt mich an, und da verschwinden ihre Falten, und ich sehe das Gesicht des Mädchens, das vor über siebzig Jahren im Hof in der Chłodna mit mir gespielt hat. »Nie im Leben!«

Ich lächle zurück, drücke ihr einen zarten Kuss auf die Wange, und wir begeben uns zum Ausgang. Ein bisschen aufgeregt bin ich schon, immerhin erwartet uns in allernächster Zukunft eine Aufgabe, von der meine weit entfernte Vergangenheit abhängt.

ENDE

Nachwort

oder
Was die erste Leserin dieses Buches
von mir wissen wollte

»Was war in echt?«, fragt Kaśka, kurz nachdem wir das Buch zu Ende gelesen haben und ich es ins Regal zurücklegen will. »Zeitreisen gibt es ja nur im Märchen.«

»Ja und nein«, entgegne ich lächelnd. »Du hast gerade eine gemacht und ein Stück Vergangenheit kennengelernt. Ein einfaches Buch kann eine Zeitmaschine sein.«

»Und der Bezirk? Hat es den in Warschau wirklich gegeben?«

»Ja. Er wurde Ghetto genannt und umfasste einen Großteil von Śródmieście und Wola, vom heutigen Kulturpalast fast bis zum Einkaufszentrum Arkadia.«

»Der war ja riesig!«, ruft Kaśka erstaunt.

»Groß, aber nicht groß genug für die vielen Menschen, die dort leben mussten. Fast eine halbe Million. So viele wie heute zum Beispiel in ganz Danzig leben. Und dabei ist Danzig so groß, dass auf seinem Stadtgebiet siebenundachtzigmal das Ghetto Platz hätte.«

»Dann muss es im Bezirk ja furchtbar eng gewesen sein!«

»Das war es auch. In jeder Wohnung lebten mehrere Familien.«

»Aber warum? Konnten sie nicht woandershin ziehen?«

»Nein. Das Ghetto war eine Art Gefängnis, in dem die Deutschen während des Zweiten Weltkrieges Menschen gefangen gehalten haben. Sie haben in vielen Städten und Ländern, die sie besetzt hielten, solche Bezirke eingerichtet. Insgesamt gab es über tausend Ghettos, aber das in Warschau war das größte. Wer im Ghetto war, durfte nicht mehr raus.«

»Warum?«

»Weil die Deutschen die ganze Welt erobern und die Völker ausrotten wollten, die sie für schlechter hielten als sich selbst. Als Erstes wollten sie das jüdische Volk ausrotten. In den Ghettos waren vor allem Juden eingesperrt.«

»Aber Rafał hieß Grzywiński, das ist doch ein polnischer Name.«

»Das jüdische Volk hatte jahrhundertelang keinen eigenen Staat. Die Juden lebten in verschiedenen Ländern und nahmen häufig einheimische Namen an.«

»Dann waren das keine Polen?«

»Die meisten hatten die polnische Staatsangehörigkeit, sie sprachen Polnisch und hatten häufig auch polnische Familienmitglieder. Sie waren also Polen jüdischer Herkunft. Aber im Ghetto lebten auch Juden anderer Nationalitäten, die die Deutschen aus anderen eroberten Ländern hierhergebracht hatten.«

»Na gut ...« Kaśka denkt nach. »Aber als Rafał im Sommer noch einmal in den Bezirk gegangen ist, war da fast niemand mehr. Warum?«

»Weil die Deutschen im Jahr 1942 die geplante Ausrottung des jüdischen Volkes endgültig in die Tat umsetzen wollten. Aber das kommt sicher noch in der Schule im Geschichtsunterricht genauer dran.«

»Heißt das, dass die meisten Gefangenen im Ghetto gestorben sind«, fragt Kaśka, die sich nicht mit ausweichenden Antworten abspeisen lässt.

»Die meisten schon, aber manche konnten sich retten. Viele Ghettokinder so wie Rafał fanden Unterschlupf bei polnischen Familien, die sich als deren Verwandte ausgegeben haben. Manche sind auch in polnischen Waisenhäusern gelandet, in denen man dann die Informationen über die Herkunft der neuen Zöglinge gefälscht hat. Und wieder andere haben sich außerhalb der Ghettomauern versteckt und mussten sich irgendwie selbst durchschlagen.«

»So wie die Jungs, die auf dem Platz der drei Kreuze Zigaretten verkauft haben?«

»Genau. Diese Kinder hat es tatsächlich gegeben. Joseph Ziemian hat ihre Geschichte in dem Buch *Sag bloß nicht Mosche zu mir, ich heiße Stasiek!* aufgeschrieben.«

»Und der Zoo? Warum waren da keine Tiere mehr?«

»Als die Deutschen nach Kriegsbeginn Warschau bombardiert haben, wurde auch der Zoo getroffen. Die Zoogebäude waren beschädigt, aber Zoodirektor Jan Żabiński und seine Frau Antonina konnten die meisten Tiere retten. Nach der Kapitulation Warschaus und seiner Besatzung durch die Wehrmacht haben die Deutschen die Tiere auf ihre Zoos verteilt. Der Warschauer Zoo stand leer, aber das Ehepaar Żabiński hat sich weiter um ihn gekümmert, dass er in Gänze erhalten bleibt und nach dem Krieg wiedereröffnet werden kann. So kamen sie auf die Idee, erst einmal Kleingärten, eine Schweinezucht und eine Fuchsfarm dort einzurichten, damit die Deutschen das Zoogelände nicht bebauen, keine Bäume fällen und die Gehege nicht endgültig zerstören. Der Zoo war riesig und bot jede Menge Verstecke. Die Żabińskis haben Juden geholfen, die aus dem Ghetto geflohen waren, und sie im Zoo versteckt. Antonina Żabińska hat nach dem Krieg ein Buch darüber geschrieben.«

»Und Rafał?«, fragt Kaśka. »Hat er wirklich gelebt, oder ist er erfunden?«

»Er hat wirklich gelebt, aber nicht alle Abenteuer aus dem Buch haben tatsächlich so stattgefunden. Wir wissen nicht einmal, wie er wirklich hieß. Seine Geschichte erzählt hat mir eine Frau, die im Buch Stella heißt. Der Großvater des Jungen war Geiger. Als er mitbekam, dass die Deutschen das Ghetto auflösen würden, wollte er seinen Enkelsohn in einer polnischen Familie außerhalb des

Ghettos unterbringen. Ihm wurden auch wirklich die Haare gebleicht, mit demselben Ergebnis wie im Buch. Auch seine Wanderung mit Stella verlief so, wie sie im Buch beschrieben ist. Wahr ist auch die Geschichte mit dem Hortensienstrauß, den Stella auf der Straße von einer Bekannten bekommen hat.«

»Aber wenn ich nun am 14. August in den Warschauer Zoo gehen würde, würde ich da wahrscheinlich nicht diesen Jungen vor dem Schlangenhaus treffen, oder?«, fragt Kaśka vorwitzig. »Es gibt ja keine Zeitreisen.«

»Ich weiß nicht, ob du Rafał dort treffen würdest, aber irgendeinen Gast aus der Vergangenheit ganz bestimmt.«

»Wie das denn? Einen Gast aus der Vergangenheit?!«

»Ganz einfach! Du begegnest ihnen auf Schritt und Tritt, jeden Tag. Manche kennst du sogar persönlich, deine Großeltern zum Beispiel oder deren Freunde. Sie sind nicht mit der Zeitmaschine gereist, sondern ganz normal zu Fuß gekommen, aber sie haben in der Vergangenheit gelebt und können sich noch gut an sie erinnern. Wenn du sie fragst, werden sie dir sicher davon erzählen, und ihre Geschichten sind manchmal spannender als die verrücktesten Bücher oder Filme. Du musst nur zuhören.«

Erläuterungen

1 Centos (Centralne Towarzystwo Opieki nad Sierotami i Dziećmi Opuszczonymi): Die Organisation wurde 1924 ins Leben gerufen, um Waisen- und Straßenkinder nach dem Ersten Weltkrieg zu unterstützen. In der Zwischenkriegszeit finanzierte Centos Waisenhäuser und Kinderheime, organisierte medizinische Versorgung und Sommerferienlager.

2 Toporol (Towarzystwo Popierania Rolnictwa): Die 1933 gegründete Gesellschaft zur Unterstützung der Landwirtschaft sollte jüdische Jugendliche mit der Arbeit in der Landwirtschaft vertraut machen. Im Ghetto organisierte Toporol die Beräumung und Bepflanzung von Grundstücken, die für den Gemüseanbau geeignet erschienen.